# 時間移民

劉慈欣

中短篇
科幻小說選
III

中和出版
OPEN PAGE

中

# 時間移民

## 劉慈欣中短篇科幻小說選　III

劉慈欣　著

香港中和出版有限公司
www.hkopenpage.com

序

# 「要麼遍佈宇宙，要麼徹底滅亡」
## 劉慈欣

　　作為一種基於想像力的文學形式，科幻小説並不能夠對未來做出科學的預測，它只是描述未來的各種可能性，同時，它也提供了一個看世界和看未來的獨特視角。我們首先看看科幻的視角是甚麼。

　　大家可能都知道一張叫「暗淡藍點」的照片，這可能是人類歷史上最著名的照片之一，它是二十世紀九十年代，旅行者一號宇宙探測器在距地球六十億公里的太空中拍攝的，初看上去，整張照片全是黑色，很仔細地看才能發現這一片黑色中有一個小小的亮點，它十分小，僅有這張照片的 0.12 個像素那麼大，如果不加以指示很難發現它的存在。有人形容它是太空中的一粒塵埃，其實按照比例計算，這個暗淡的小點放在宇宙中，比地球大氣層中的一粒塵埃還要小得多。

　　這個亮點就是地球。

　　人類世界的全部，和我們有關的一切，所有活着和曾經活過的人，所有曾經有過和正在進行的歷史和生活，都在這粒塵埃上。

　　這就是科幻的視角，對於人類的發展和未來，這個視角與我們傳統的視角是有很大差異的，從這個視角去看，我們對人類社會的可持續發展會有一些新的感悟。

首先，目前可持續發展所依賴的基礎：環境保護、阻止全球氣候變化、對資源開採的節約和節制、基於環保的綠色生活方式等，其重要性是毋庸置疑的，在可以想見的未來，堅守並貫徹以上的理念，是人類文明得以延續的基本保證。

但是從科幻的視角，從六十億公里外看一看那個暗淡的藍點，我們就真切地感受到人類世界是多麼渺小，對於文明的發展，這樣一個小世界存在着天然的脆弱和不確定性，這些脆弱和不確定性極大地影響着人類可持續的未來。

對發展的威脅可能來自發展自身。世界正走在現代化的進程上，儘管近年來遇到了包括疫情、局部戰爭、國際社會分裂和對抗加劇這些挫折，但從長遠的大趨勢看，現代化的進程不可遏止，現有的不發達國家和地區全面達到西方的發展程度和生活水平並非遙不可及的事，而如果全世界都進入這樣的發展狀態，粗略估算，人類將需要四個半地球的資源。要實現人類社會真正的可持續發展，我們必須找到另外的三個半地球。

未來的不確定性還來自地球自然界本身。地球的生態系統是一個極其複雜的系統，處於不斷的波動之中。例如：在地球漫長的歷史中，大氣溫度上升或下降幾度是一件很平常的事情，但對於現代人類社會來説卻可能是滅頂之災。全球平均氣溫上升幾度，就會因冰川融化導致海面全面上升，致使沿海經濟區被淹沒，大量人口向內地遷移，進而造成世界經濟的混亂和崩潰；而地球平均氣溫下降幾度，將導致全球農業體系的崩潰，使世界處於大饑荒之中。就在現在人們擔憂過量的碳排放導致氣溫上升時，卻很少有人意識到地球的下一個小冰期可能正在到來。在地球這樣一粒宇宙塵埃上，生態圈長期的穩定只是一種幻覺。

為了應對未來的種種不確定性，人類社會將在政治、經濟和文

化等方面做出不斷的努力，但我們所能最終依賴的力量，還是來自於科技的進步。

首先，在地球的生態空間之內，技術的進步可以開發出全新的資源。在歷史上，煤炭、石油和核能取代了木材，合成材料取代了棉花和皮革；在未來，科技的進步能夠帶來更加高效和環保的能源，能夠從之前從未利用過的自然資源中產生新的材料，能夠培育出適應各種氣候的高產農作物。無論是在未來變化的地球環境中生存下去，還是努力阻止地球環境發生變化，都要藉助科技的力量。

從地球向外看，我們就看到了一條更為廣闊的發展之路。太陽系中有着巨量的資源，在八大行星上，在小行星帶中，人類生存和發展需要的資源，從水到金屬、從有機物到核聚變燃料，應有盡有，我們能夠從太陽系中找到的遠不止三個半地球，按地球可以最終養活一千億人口計算，那麼整個太陽系中的資源總量可以養活十萬個地球的人口。一個人只有走出搖籃才能實現可持續的成長，人類文明作為一個整體，要想擁有真正的可持續的未來，也必須走出地球這個搖籃，否則，人類的未來將像阿瑟·克拉克在科幻小說《2001——太空奧德賽》中描述的那樣：「在一片豐饒中，他們慢慢餓死。」

這兩個方向的可持續發展，都是以科學技術的不斷進步為基礎的，在這方面，人類面對的現實並不是很樂觀的。

我們現在所處的年份，曾經無數次在科幻小說中出現。對比一下以往的科幻小說中的 21 世紀 20 年代和已經變為現實的 2023 年，我們能有的只是一聲歎息。

在科幻小說中的 2023 年，地球的同步軌道上運行着宏偉的太空城，月球像地球的近郊一樣繁榮；在火星上已經建成多處人類殖民城市，生活着數以百萬的人；在小行星帶進行着大規模的礦業開採；在木衛一的冰封海洋上，在海王星軌道以外，都有人類開拓新世界

的身影。太空航行已經普遍使用核動力飛船，擁有現在的化學動力飛船所不可比擬的運載和續航能力。在那個 2023 年，十萬個地球正在誕生之中。談到可持續的未來，這是一幅符合邏輯的圖景，但在現實的 2023 年中，我們還看不到這幅圖景的影子。

在現實的 2023 年，唯一與科幻小説中對這個年份的想像相近的，是信息技術的發展。在過去的三十年，信息技術以遠超其他技術的速度躍進，信息網絡已經滲透到人類社會的方方面面，全面深刻地改變着我們的生活。特別是近來，人工智能開始有了取得突破的跡象，引起廣泛的關注，科幻小説中無數次描述過的 21 世紀強人工智能已經現出端倪。

但是，正是信息技術的快速發展掩蓋了其他科技領域進步的緩慢，造成了科技全面飛速進步的假象。

如果把科學發展產生的技術進步看成一棵大樹的話，在今天，這棵樹上最容易夠到的果實已經都被摘完了。科技進一步的發展和突破需要巨大的投入和長遠的規劃，而這一點，在目前對可持續發展所持的理念上並沒有被放到最重要的位置。目前，世界各國對於基礎科學研究和航天探索的資金投入，只有對環境保護事業投入的幾十分之一。

現在對可持續發展的規劃，是建立在環境保護、資源節約和建立綠色生活的基礎上的，但要得到一個真正可持續的未來，我們還需要更多的開拓和進取精神。國際社會需要更長遠的發展規劃，需要對基礎研究和技術創新全力關注和投入，這方面的很多事業，可能只有大範圍的國際合作才能完成。

這本選集所收錄的科幻小説題材各異，描述了未來的多種可能性，這些用想像力構建的未來世界雖然色彩各異，形態不一，但都有一個共同點：那裡的科學技術已經發展到很高的水平，藉助於科技

的力量，人類能夠為自己開拓更加廣闊的生存空間。這無數個想像世界中的一個將變為現實，成為我們的未來。也許在那樣的世界中，人類會面臨來自社會發展和大自然的更多的挑戰，我們必須接受未來的挑戰，用發展來解決發展遇到的問題。

最後，對於人類的未來，引用科幻作家喬治・威爾斯的一句話：「要麼遍佈宇宙，要麼徹底滅亡。」

# 目錄

前不見古人
後不見來者
念天地之蒼茫
獨愴然而涕下
————— 題記

# 移民

## 告全民書

迫於環境和人口的已無法承受的壓力，政府決定進行時間移民，首批移民人數為 8000 萬，移民距離為 120 年。

要走的只剩下大使一個人了，他腳下的大地是空的，那是一個巨大的冷庫，裡面冷凍着 40 萬人，在這個世界的其他地方，還有 200 個這樣的冷庫，其實它們更像 —— 大使打了一個寒戰 —— 墳墓。

樺不同他走，她完全符合移民條件，並拿到了讓人羨慕的移民卡。但與那些嚮往未來新生活的人不同，她認為現世和現實是最值得留戀的。她留下了，讓大使一個人走向 120 年之後的未來。

一小時之後，大使走了，接近絕對零度的液氦淹沒了他，凝固了他的生命。他率領着這個時代的 8000 萬人，沿着時間踏上了逃荒之路。

# 跋涉

無知覺中，時光流逝，太陽如流星般劃過長空，出生、愛情、死亡，狂喜、悲傷、失落，追求、奮鬥、失敗，一切的一切，如迎面而來的列車，在外部世界中呼嘯着掠過……

……10 年……20 年……40 年……60 年……80 年……100 年……120 年。

# 第一站：黑色時代

絕對零度下的超睡中，意識隨機體完全凝固，完全感覺不到時間的存在，以至於大使醒來時，以為是低溫系統出現故障，出發後不久臨時解凍的。但對面原子鐘巨大的等離子顯示告訴他，120 年過去了，一個半人生過去了，他們已是時代的流放者。

100 人的先遣隊[1] 在一星期前醒來並出動與這個時代聯繫。隊長這時站在大使旁邊，大使的體力還沒有恢復到能說話的程度，在他探詢的目光下，先遣隊長搖搖頭，苦笑了一下。

國家元首在冷凍室大廳裡迎接他們。他看去是一個飽經風霜的人，同他一起來的人也一樣。在 120 年之後，這很奇怪。大使把自己時代政府的信交給他，並轉達自己時代人民對未來的問候。元首沒說太多的話，只是緊緊握住大使的手，元首的手同他的臉一樣粗糙，使大使感到一切的變化並不像他想像的那麼大，他有一種溫暖的感覺。

---

1　編按：先遣隊，比其他冷凍者先甦醒過來，執行先期了解環境任務的團隊。

但這種感覺在走出冷凍室後立刻消失了。外面是黑色的：黑色的大地，黑色的樹林，黑色的河流，黑色的流雲。他們乘坐的懸浮車吹起了黑色的塵土。路上向反方向行駛的坦克縱隊已成了一排行駛的黑塊，空中低低掠過的直升機群也像一群黑色的幽靈，特別是現在的直升機聽不到一點聲音。一切像被天火遍燒了一樣。他們駛過了一個大坑，那坑太大了，像大使時代的露天煤礦。

　　「彈坑。」元首說。

　　「……彈坑？」大使沒說出那個駭人的字。

　　「是的，這顆當量大約 15000 噸級。」元首淡淡地說，苦難對他已是淡淡的了。

　　在兩個時代的會面中，空氣凝固了。

　　「戰爭甚麼時候開始的？」

　　「這次是兩年前。」

　　「這次？」

　　「你們走後還有過幾次。」

　　接着元首避開了這個話題。他不像是 120 年後的晚輩，倒像大使時代的長輩，這樣的長輩出現在那個時代的工地和農場裡，他們用自己寬闊的胸懷包容一切苦難，不讓一點溢出。「我們將接收所有的移民，並且保證他們在和平環境中生活。」

　　「這可能嗎，在現在這種情況下？」大使的一個隨員問道，他本人則沉默着。

　　「這屆政府和全體人民將不惜一切代價做到這點，這是責任。」元首說，「當然，移民還要努力適應這個時代，這有些困難，120 年來變化很大。」

　　「有甚麼變化？」大使說，「一樣的沒有理智，一樣的戰爭，一樣的屠殺……」

「您只看到了表面。」一位穿迷彩服的將軍說，「以戰爭為例，現在兩個國家這樣交戰：首先公佈自己各類戰術和戰略武器的數量和型號，根據雙方各種武器的對毀率，計算機可以給出戰爭的結果。武器是純威懾性質的，從來不會動用。戰爭就是計算機中數學模型的演算，以結果決定戰爭的勝負。」

「如何知道對毀率呢？」

「有一個國際武器試驗組織，他們就像你們時代的……國際貿易組織。」

「戰爭已經像經濟一樣正規和有序了。」

「戰爭就是經濟。」

大使看了一眼車窗外的黑色世界，「但現在，世界好像不僅僅在演算。」

元首用深沉的目光看着大使，「算過了，但我們不相信結果真能決定勝敗。」

「所以我們發起了你們那樣的戰爭，流血的戰爭，『真』的戰爭。」將軍說。

「我們現在去首都，研究一下移民解凍的問題。」元首再次避開了這個話題。

「返回。」大使說。

「甚麼？！」

「返回。你們已無法承受更多的負擔了，這個時代不適合移民，我們再向前走一段吧。」

懸浮車返回了一號冷凍室。告別前，元首遞給了大使一本精裝的書。「這 120 年的編年史。」他說。

這時，一位政府官員帶來一位 123 歲的老人，他是現在能找到的唯一一位與移民同時代生活過的人，他堅持要見見大使。「好多的

事，你們走後，好多的事啊！」老人拿出兩個碗，大使的時代的碗，又給碗裡滿上了酒，「我的父母是移民，這酒是我 3 歲時他們走前留給我的，讓我存到他們解凍時喝。我見不到他們了！我也是你們見到的最後一個同時代的人了。」

喝了酒後，大使望着老人平靜乾涸的雙眼，正想這個時代的人似乎已不會流淚了，老人的眼淚流了下來。他跪了下來，抓住大使的雙手。

「前輩保重，西出陽關無故人啊！」

大使在被液氦的超低溫凝固之前，樺突然出現在他那殘存的意識中，他看到她站在秋日的落葉上，後來落葉變黑，出現了一塊墓碑，那是她的墓碑嗎？

## 跋涉

無知覺中，太陽如流星般劃過長空，時光在外部世界飛速掠過……

……120 年……130 年……150 年……180 年……200 年……250 年……300 年……350 年……400 年……500 年……600 年。

## 第二站：大廳時代

「怎麼這麼久才叫醒我？！」大使吃驚地看着原子鐘。

「先遣隊已以百年為間隔醒來並出動了 5 次，最長我們曾在一個時代生活了 10 年，但每次都無法實現移民，所以沒有喚醒您，這個

原則是您自己確定的。」先遣隊長説。大使這才發現他比上次見面老了許多。

「又遇到戰爭了？」

「沒有，戰爭永遠消失了。前三個時代生態環境繼續惡化，直到二百年前才開始好轉，但後兩個時代拒絕接收移民。這個時代同意接收，最後需要您和委員會來決定。」

冷凍室大廳裡沒有人。在巨大的密封門隆隆開啟時，先遣隊長低聲對大使説：「變化遠遠超出您的想像，要有精神準備。」

大使踏進這個時代的第一步，腳下響起了一陣樂聲，夢幻般，像過去時代風鈴聲。他低頭，看到自己踏在水晶狀的地面上，水晶的深處有彩色的光影在變幻，水晶看上去十分堅硬，踏上去卻像地毯般柔軟。踏到的位置響起那風鈴般的樂聲，同時有一圈圈同心的彩色光環以踏點為中心擴散開來，如同踏在平靜的水面上激起的水波。大使抬頭望去，發現目力所及之處，整個平原都是水晶狀了。

「全球所有的陸地都鋪上了這種材料，以至於整個世界都像人造的一樣。」先遣隊長説，看着大使驚愕的目光，他笑了，好像説：這才是吃驚開始呢！大使又注意到自己在水晶地面上的影子，有好幾個，以他為中心向四面散開。他抬起頭來……

六個太陽。

「現在是深夜，但二百年前就沒有夜晚了，您看到的是同步軌道上的六個反射鏡把陽光反射到地球夜晚的一面，每個鏡面有幾百平方公里的面積。」

「山呢？」大使發現，地平線處連綿的群山不見了，大地與藍天的相接處如尺子劃出的一般平直。

「沒有山了，全被平掉了，全球各大洲都是這樣的平原。」

「為甚麼？！」

「不知道。」

大使覺得那六個太陽如大廳裡的六盞燈。大廳！對了，他有了一個朦朧的感覺。進一步，他發現這是一個乾淨得出奇的時代，整個世界沒有塵土，令人難以置信的，一點都沒有。大地如同一個巨大的桌面一樣乾淨。天空同樣一塵不染，呈乾淨的純藍色，但由於六個太陽的存在，天空已失去了過去時代的那種廣闊和深邃，像大廳的拱頂。大廳！他的感覺更確定了，整個世界變成了一個大廳！鋪着柔軟的發出風鈴聲的水晶地毯，有着六個吊燈的大廳！這是個精緻的、乾淨的時代，同上次的黑色時代形成鮮明對比。以後的移民編年史中，他們把它叫大廳時代。

「他們不來迎接我們嗎？」大使看着眼前空曠的平原問道。

「我們得自己到首都去見他們。雖然有精緻的外表，這卻是個沒有禮儀的時代，甚至連好奇心也沒有了。」

「他們對移民是甚麼態度？」

「同意接收，但移民只能在與社會隔絕的保留區生活。至於保留區的位置，在地球還是其他行星上，或在太空專建一個城市，由我們決定。」

「這絕對不能接受！」大使憤怒地說，「全體移民必須融入現在的社會，融入現在的生活，移民不是二等公民，這是時間移民最基本的原則！」

「這不可能。」先遣隊長搖搖頭。

「是他們的看法？」

「也是我的。哦，請聽我把話說完。您剛解凍，而這之前我已在這個時代生活了半年多。請相信我，現實遠比您看到的更離奇，就是發揮最瘋狂的想像力，您也無法想像出這個時代的十分之一，與此相比，舊石器時代的原始人理解我們的時代倒容易多了！」

「移民開始時已經考慮了適應的問題，所以移民的年齡都在 25 歲以下。我們會努力學習，努力適應這一切的！」大使説。

「學習？」先遣隊長笑着搖搖頭。「您有書嗎？」他指着大使的手提箱問，「甚麼書都行。」大使不解地拿出一本伊·亞·岡察洛夫在 19 世紀末寫的《環球航海遊記》，這是他出發前看到一半的書。先遣隊長看了一眼書名説：「隨便翻到一頁，告訴我頁數。」大使照辦了，翻到 239 頁。先遣隊長流利地背誦起航海家在非洲的見聞，令人難以置信的，一字不差。

「看到了嗎，根本不需要學習，他們就像我們往磁盤上拷數據一樣向大腦中輸入知識！人的大腦能達到記憶的極限。如果這還不夠，看這個，」先遣隊長從耳後取下一個助聽器大小的東西，「這是量子級的存貯器，人類有史以來所有的書籍都可以存在裡面，願意的話可以連一個賬本都不放過！大腦可以像計算機訪問內存一樣提取它的信息，比大腦本身的記憶還快。看到了嗎，我自己就是人類全部知識的載體，如果願意，您在不到一小時的時間內也能做到。對他們來説，學習是一種古老的不可理解的神秘儀式。」

「他們的孩子一出生就馬上得到一切知識？」

「孩子？」先遣隊長又笑了，「他們沒有孩子。」

「那孩子呢？」

「我説過沒有。家庭在更早的時候就沒有了。」

「就是説，他們是最後一代人了。」

「也沒有代，代的概念不存在了。」

大使的驚奇現在變成了茫然。但他還是努力去理解，並多少理解了一些。「你是説，他們永遠活着？！」

「身體的一個器官失效，就更換一個新的，大腦失效，就把其中的信息拷備出來，再拷到一個新培植的腦中去。當這種更換在進行

了幾百年後，每人唯一留下的是自己的記憶。你能說清他們是孩子還是老人嗎？也許他們傾向於把自己當老人，所以不來接我們。當然，願意的話，也會有孩子的，克隆或是更傳統的方法，但不多了。這一代長生者現在已生存了三百多年，還會繼續生存下去。這一切會產生出一個甚麼樣的社會形態，您能想像得出嗎？我們所夢想的東西：博學、美貌、長生，在這個時代都是輕而易舉能得到的東西。」

「那麼這是理想社會了？他們還有想要而得不到的東西嗎？」

「沒有，但正因為他們能得到一切，同時也就失去了一切。對我們來說這很難理解，對他們來說卻是真實的感受。現在遠不是理想社會。」

大使的茫然又變成了沉思。天空中的六個太陽已斜向西方，很快落到地平線下。當西天只剩下兩個太陽時，啟明星出現了，接着，真正的太陽在東方映出霞光。那柔和的霞光使大使感到了一絲慰藉，宇宙間總有永恆不變的東西。

「500 年，時間不算長，怎麼會有這麼大的變化呢？」大使像在問先遣隊長，又像在問整個世界。

「人類的發展是一個加速度，我們時代那 50 年的發展，可與過去 500 年相比，而現在的 500 年，也許與過去的 50000 年相當了！您還認為移民能適應這一切嗎？」

「加速到最後會是甚麼？」大使半閉起雙眼。

「不知道。」

「你所擁有的全人類的知識也不能回答這個問題嗎？」

「我遊歷這幾個時代最深的感受是：知識能解釋一切的時代過去了。」

……

「我們繼續朝前走！」大使作出了決定，「帶上那塊芯片，還有他

們向人腦輸入知識的機器。」

在進入超睡前的朦朧中，大使又見到了樺，樺越過 600 年的漫漫長夜向他看了一眼，那讓人心醉又心碎的眼神，使大使在孤獨的時間流浪中有了家園的感覺。大使夢見水晶大地上出現了一陣飄渺的飛塵，那是樺的骨胳變成的嗎？


## 跋涉

無知覺中，太陽如流星般劃過長空，時光在外部世界飛速掠過……

……600 年……620 年……650 年……700 年……750 年……800 年……850 年……900 年……950 年……1000 年。


# 第三站：無形時代

冷凍室巨大的密封門隆隆開啟，大使第三次站在未知時代的門檻前，這次他做好了對看到一個全新時代的精神準備，但出門後發現，變化沒有他想像的那麼大。

水晶地毯仍然存在，鋪滿大地；六個太陽也在天空中發着光。但這個世界給人的感覺與大廳時代全然不同。首先，水晶地毯似乎已經「死」了，深處的光影還有，但暗了許多，在上面走動時不再發出風鈴聲，也沒有美麗的波紋出現。太空中的六個太陽，有四個已暗淡無光，它們發出的暗紅色光只能標明自己的位置，而不能照亮下面的世界。最引人注意的變化是：這世界有塵土了！塵土在水晶

地面上薄薄地落了一層。天空不再純淨，有灰色的流雲。地平線也不是那麼清晰筆直了。所有的一切給人這樣一個感覺：大廳時代的大廳已人去屋空，外部的大自然慢慢滲透進來。

「兩個世界都拒絕接收移民。」先遣隊長説。

「兩個世界？」

「有形世界和無形世界。有形世界就是我們熟知的世界，儘管已很不相同。有同我們一樣的人，但對很大一部分人來説，有機物已不是他們的主要組成部分了。」

「同上次一樣，平原上還是看不到一個人。」大使極目遠望。

「有幾百年人們不用那麼費力地在地面上行走了。您看！」先遣隊長指指空中的某個位置，大使透過塵土和流雲，隱約看到一些飛行物，距離很遠，看上去只是一群小黑點。「那些東西，也許是一架飛機，也許就是一個人。任何機器都可能是一個人的身體，比如海上的一艘巨輪，可能就是一個人的身體，操縱巨輪的電腦的存貯器是這個人大腦的拷貝。一般來説每個人有幾個身體，這些身體中總有一個是同我們一樣的有機體，這是人們最重視的一個身體，雖然也是最脆弱的，這也許是由於來自過去的情感吧。」

「我們是在做夢嗎？」大使喃喃地問。

「與有形世界相比，無形世界更像一個夢。」

「我已經能想像出那是甚麼，人們連機器的身體也不要了。」

「是的。無形世界就是一台超級電腦的內存，每個人是內存中的一個軟件。」

先遣隊長指了指前方，地平線上有一座山峰，孤獨地立在那裡，在陽光下閃着藍色的金屬光澤。「那就是無形世界中的一個大陸。您還記得上次我們帶回的那些小小的量子芯片吧，而您看到的是量子芯片堆成的高山！由此可以想像、或根本無法想像，這台超級電腦的容量。」

「在它裡面，是一種甚麼樣的生活呢？在內存裡人們甚麼都不是，只是一些量子脈衝的組合罷了。」大使說。

「正因為如此，您可以真正隨心所欲，創造您想要的一切。您可以創造一個有千億人口的帝國，在那裡您是國王；您可以經歷一千次各不相同的浪漫史，在一萬次戰爭中死十萬次；那裡每個人都是一個世界的主宰，比神更有力量。您甚至可以為自己創造一個宇宙，那宇宙裡有上億個星系，每個星系有上億個星球，每個星球都是各不相同的您渴望或不敢渴望的世界！不要擔心沒有時間享受這些，超級電腦的速度使那裡的一秒鐘有外面的幾個世紀長。在那裡，唯一的限制就是想像力。無形世界中，想像與現實是一個東西，當您的想像出現時，想像同時也就變為現實了，當然，是量子芯片內的現實，用您的說法，脈衝的組合。這個時代的人們正在漸漸轉向無形世界，現在生活在無形世界中的人數已超過有形世界。雖然可以在兩個世界都有一份大腦的拷貝，但無形世界的生活如毒品一樣，一旦經歷過那生活，誰也無法再回到有形世界裡來，我們充滿煩惱的世界對他們如同地獄一般。 現在，無形世界已掌握了立法權，正在漸漸控制整個世界。」

跨過 1000 年的兩個人，夢遊似地看着那座量子芯片的高山，忘記了時間，直到真正的太陽像過去億萬年的每一天那樣點亮了東方，才回到了現實。

「再以後會是甚麼呢？」大使問。

「無形世界中，作為一個軟件，您可以輕易地拷貝多個自我，如果對自己性格的某些方面不喜歡，比如您認為在受着感情和責任心的折磨，您也可以把這兩樣都去掉，或把他們拷貝一個備份，需要時再連接到您的自我上。您也可以把一個自我分裂成多個，分別代表您個性的某個方面。進一步，您可以和別人合為一體，形成一個由

兩者精神和記憶組合而成的新自我。再進一步，還可以組合幾個幾十個或幾百個人……夠了，我不想讓您發瘋，但這一切在無形世界中隨時都在發生。」

「再以後呢？」

「只能猜測，現在最明顯的跡象是，無形世界中的個體可能會消失，最終所有人合為一個軟件。」

「再以後？」

「不知道。這已是個哲學問題了，經過了這幾次解凍，我已經害怕哲學了。」

「我則相反，已是個哲學家了。你說得對，這是個哲學問題，必須從哲學的深度來思考。對這次移民，我們早就該這樣思考，但現在也不晚。哲學是一層紙，現在至少對於我，這層紙捅破了，突然間，幾乎突然間，我知道我們以後的路了。」

「我們必須在這時代結束移民，再走下去，移民將更難適應目的時代的環境。」先遣隊長說，「我們應該起義，爭得自己的權力。」

「這不可能，也沒必要。」

「我們難道還有別的選擇？」

「當然有，而且這個選擇就像前面正在升起的太陽一樣清晰和光明。請把總工程師叫來。」

總工程師同大使一起解凍，現在正在冷凍室中檢查和維護設備。由於他的解凍很頻繁，已由出發時的青年變成老人了。當茫然的先遣隊長把他叫來後，大使問：「冷凍還能維持多少長時間？」

「現在絕熱層良好，聚變堆的工作情況也正常。在大廳時代，我們按當時的技術更換了全部的製冷設備，並補充了聚變燃料，現在看來，所有 200 個冷凍室，即使以後不更換任何設備和不進行任何維護，也可維持 12000 年。」

「好極了。立刻在原子鐘上設定最終目的地，全體人員進入超睡，在到達最終目的地之前，不再有任何人解凍。」

「最終目的地定在……」

「11000 年。」

……

樺又進入了大使超睡前的殘存意識中，這一次最真實：她的長髮在寒風中飄動，大眼睛含着淚，在呼喚他。在進入無知覺的冥冥中之前，大使對她喊：「樺，我們要回家了！我們要回家了！！」


## 跋涉

無知覺中，太陽如流星般劃過長空，時光在外部世界飛速掠過……

……1000 年……2000 年……3500 年……5500 年……7000 年……9000 年……10000 年……11000 年。


## 第四站：回家

這一次，甚至在超睡中也能感覺到時光的漫長了。在一萬年的漫漫長夜中，在一百個世紀的超長等待中，連忠實地控制着全球 200 個超級冷凍室的電腦都要睡着了。在最後的一千年中，它的部件開始損壞，無數隻由傳感器構成的眼睛一隻隻地閉上，集成塊構成的神經一根根癱瘓，聚變堆的能量相繼耗盡，在最後的幾十年中，冷凍室僅靠着絕熱層維持着絕對零度。後來，溫度開始上升，很快到了

危險的程度，液氦開始蒸發，超睡容器內的壓力急劇增高，11000年的跋涉似乎都將在一聲爆破中無知覺地完結。但就在這時，電腦唯一還睜着的那雙眼看到了原子鐘的時間，這最後一秒鐘的流逝喚醒了它古老的記憶，它發出了一個微弱的信號，甦醒系統啟動了。在核磁脈衝的作用下，先遣隊長和一百名先遣隊員的身體中接近絕對零度的細胞液在不到百分之一秒的時間內溶化，然後升到正常體溫。一天後，他們走出了冷凍室。一個星期後，大使和移民委員會的全體委員都甦醒了。

當冷凍室的巨門剛剛開啟一條縫時，一股外面的風吹了進來。大使聞到了外面的氣息，這氣息同前三個時代不同，它帶着嫩芽的芳香，這是春天的氣息，家的氣息。大使現在已幾乎肯定，他在一萬年前的決定是正確的。

大使同委員會的所有人一起跨進了他們最後到達的時代。

大地是土的，但土是看不見的，因為上面長滿了一望無際的綠草。冷凍室的門前有一條小河，河水清澈，可以看到河底美麗的花石和幾條悠閒的小魚。幾個年輕的先遣隊員在小河邊洗臉，他們光着腳，腳上有泥，輕風隱隱傳來了他們的笑聲。只有一個太陽，藍天上有雪白的雲朵。一隻鷹在懶洋洋地盤旋，有小鳥的叫聲。遠遠望去，一萬年前大廳時代消失了的山脈又出現在天邊，山上蓋滿了森林……

對經歷過前三個時代的大使來說，眼前的世界太平淡了，他為這種平淡流下熱淚。經過11000年流浪的他和所有人需要這平淡的一切，這平淡的世界是一張溫暖而柔軟的天鵝絨，他們把自己疲憊破碎的心輕輕放上去。

平原上沒有人類活動的跡象。

先遣隊長走過來，大使和委員們的目光集中在他臉上，那是最

後審判日裡人類的目光。

「都結束了。」先遣隊長説。

誰都明白這話的含義。在神聖的藍天綠草之間，人類沉默着，平靜地接受了這個現實。

「知道原因嗎？」大使問。

先遣隊長搖搖頭。

「由於環境？」

「不，不是由於環境，也不是戰爭，不是我們能想到的任何原因。」

「有遺跡嗎？」大使問。

「沒有，甚麼都沒留下。」

委員們圍過來，開始急促地發問。

「有星際移民的跡象嗎？」

「沒有，近地行星都恢復到未開發狀態。也沒有恆星際移民的跡象。」

「甚麼都沒留下？一點點，一點點都沒有？」

「是的，甚麼都沒有。以前的山脈都被恢復了，是從海洋中部取的岩石和土壤。植被和生態也恢復得很好，但都看不到人工的痕跡。古跡只保留到公元前一世紀，以後的時代痕跡全無。生態系統自行運轉估計有五千多年了，現在的自然環境類似於新石器時代，但物種不如那時豐富。」

「甚麼都沒留下，怎麼可能？！」

「他們沒甚麼話要説了。」

最後這句話使大家再次陷入沉默。

「這一切您都預料到了，是嗎？」先遣隊長問大使，「那麼，您應該想到原因了？」

「我們能想到，但永遠無法理解。原因要在哲學的深度上找。在對存在思考到終極時，他們認為不存在是最合理的並選擇了它。」

「我説過，我怕哲學！」

「那好，我們暫時離開哲學吧。」大使走遠幾步，面向委員們。

「移民到達，全體解凍！」

200 個聚變堆發出最後的強大能量，核磁脈衝在熔化着 8000 萬人。一天後，人類從冷凍室中走出，並在沉寂了幾千年的各個大陸上擴散開來。在一號冷凍室所在的平原上，聚集了幾十萬人，大使站在冷凍室門前巨大的台階上面對他們，只有很少一部分人能聽到他的講話，但他們把聽到的話像水波一樣傳開去。

「公民們，本來計劃走 120 年的我們，走了 11000 年，最後到達這裡。現在的一切你們都看到了，他們消失了，我們是僅存的人類。他們甚麼都沒有留下，但又留下了一切。這幾天，所有的人一直在努力尋找，渴望找到他們留下的隻言片語，但沒有，甚麼都沒有。他們真沒甚麼可説的嗎？不！他們有，而且説了！看這藍天，這草地，這山脈，這森林，這整個重新創造的大自然，就是他們要説的話！看看這綠色的大地，這是我們的母親！是我們力量的源泉！是我們存在的依據和永恆的歸宿！以後人類還會犯錯誤，還會在苦難和失望的荒漠中跋涉，但只要我們的根不離開我們的大地母親，我們就不會像他們那樣消失。不管多麼艱難，人類和生活將永遠延續！公民們，現在這世界是我們的了，我們開始了人類新的輪迴。我們現在一無所有，但又擁有人類有過的一切！」

大使把那個來自大廳時代的量子芯片高高舉起，把全人類的知識高高舉起。突然，他像石像一樣凝固了，他的眼睛盯着人海中一個飛快移動的小黑點，近了，他看清了那束在夢中無數次出現的長髮，那雙他認為在一百個世紀前已化為塵土的眼睛。樺沒留在 11000 年

前，她最後還是跟他來了，跟他跨越了這漫長的時間沙漠！當他們擁抱在一起時，天、地、人合為一體了。

「新生活萬歲！」有人高呼。

「新生活萬歲！！」這呼聲響徹了整個平原，群鳥歡唱着從人海上空飛過。

在一切都結束之後，一切都開始了。

**1999　於娘子關**

# 白堊紀往事

這是六千五百萬年前白堊紀晚期普通的一天，真的不可能搞清是哪一天了，但確實是普通的一天，這一天的地球，是在平靜中度過的。

　　那時各大陸的形狀和位置與現在大不相同，恐龍主要分佈在兩塊大陸上，其一是岡瓦納古陸，它在幾億年前原本是地球上唯一的完整大陸，現在經過分裂，面積已大為減小，但仍有現在的非洲和南美洲合起來那麼大；其二是羅拉西亞大陸，是從岡瓦納古陸分裂出去的一塊大陸，後來形成現在的北美洲。

　　在這一天，在所有的大陸上，所有的生命都在為生存而奔波，在這蒙昧之中的世界，它們不知道自己從哪裡來，也不關心自己到哪裡去，當白堊紀的太陽升到正空時，當蘇鐵植物的大葉在地上投下的影子縮到最小時，它們只關心從哪裡找到自己今天的午餐。

　　一頭霸王龍找到了自己的午餐，它此時正處於岡瓦納古陸的中部地區，在一片高大的蘇鐵林中的一塊陽光明媚的空地上。它的午餐是一條剛剛抓到的肥碩的大蜥蜴，它用兩隻大爪把那隻拚命扭動的蜥蜴一下撕成兩半，把尾巴那一半扔進大嘴裡，津津有味地大嚼起來，這時它對這個世界和自己的生活很滿意。

　　就在距霸王龍左腳一米左右的地方，有一個螞蟻的小鎮，鎮子大部分處於地下，裡面生活着一千多隻螞蟻。今年的旱季很長，日子越來越難了，它們已經連着兩天捱餓了。

　　霸王龍吃完後，後退兩步，滿意地躺在樹蔭裡睡午覺了。它的倒臥使小鎮產生了一場強烈的地震，湧到地面的螞蟻們看到霸王龍的身軀像遠方一道高大的山脈，不一會兒地震又發生了，只見那道山脈在大地上來回滾動着，霸王龍把一隻巨爪伸進嘴裡，在巨牙間使勁摳着，螞蟻們很快明白了恐龍睡不着的原因：牙縫裡塞了肉，很難受。

螞蟻小鎮的鎮長突然間有了一個主意，它攀上一棵小草，向下面的蟻群發出一股氣味語言，氣味所到之處，螞蟻們理解了鎮長的意思，也發出氣味把這信息更廣地傳播開來，蟻群中觸角揮動，出現了一陣興奮的浪潮。隨後，在鎮長的率領下，蟻群向霸王龍行進，在地面上形成了幾道黑色的小溪。

　　十分鐘後，螞蟻們便跟着鎮長開始登上恐龍的巨爪。霸王龍看到了前臂上的蟻群，揮起另一支手臂要把它們掃下去。它揮起的巨掌如一片烏雲瞬間遮住了正午的太陽，蟻群所在的前臂平原立刻暗了下來。螞蟻們驚恐地仰望着空中的巨掌，急劇揮動着它們的觸鬚，鎮長則抬起前爪指着恐龍的大嘴，其他的螞蟻也學着鎮長的樣子，一起指着恐龍的嘴。霸王龍愣了幾秒鐘，似乎明白了螞蟻的意思。它想了想，把舉着的那隻爪子放了下來，前臂平原上立刻雲開日出。霸王龍張開大嘴，將爪子的一根指頭搭到它的巨牙上，形成了一座溝通前臂平原與巨牙的橋樑。螞蟻猶豫着，鎮長首先向指頭走去，蟻群隨後跟上。

　　一群螞蟻很快走到了手指的盡頭，它們站在那光滑的圓錐形指尖上，充滿敬畏地向恐龍的嘴裡看了一眼，它們彷彿面對着一個處於雷雨前的暗夜中的世界，一陣充滿血腥味的潮濕的大風迎面颳來，那無盡的黑暗深處有隆隆的雷聲傳來。當螞蟻們的眼睛適應了黑暗，模糊地看到黑暗中的遠方有一大片更黑的區域，那片區域的邊界還在不斷地變幻着形狀，好半天螞蟻們才明白那是恐龍的嗓子眼兒，隆隆的雷聲就是從那裡傳出的，這聲音是從那大黑洞的深處霸王龍龐大的胃發出的。螞蟻們驚恐地收回目光，紛紛從指尖爬上了恐龍的巨牙，然後沿着牙面那白色的光滑峭壁爬下去。在寬大的牙縫中，螞蟻們開始用它們有力的雙顎撕咬卡在那裡的粉紅色的蜥蜴肉。這時霸王龍已經把指頭搭到了上排牙上，後來的螞蟻在持續不斷地爬

上去，然後進入牙縫中吃肉，這使得上牙的情景彷彿是下牙的鏡像。在恐龍的十幾道牙縫中，有上千隻螞蟻在忙碌着。很快，牙縫中的殘肉被剔得乾乾淨淨。

霸王龍牙齒間的不適感消失了，恐龍還沒有進化到能說聲謝謝的地步，它只是快意地長出一口氣，一時間突然出現的颶風掠過兩排巨牙，把所有的螞蟻都吹了出去。蟻群像一片黑色的灰塵紛紛從空中飄落，由於它們身體極輕，都安然無恙地降落在距霸王龍頭部一米多遠的地方。飽餐一頓的螞蟻們心滿意足地向小鎮的入口走去，而消除了齒間不適的霸王龍，又打了一個滾回到涼爽的樹蔭裡，舒適地睡去。

地球在靜靜地轉動着，太陽無聲地滑向西方，蘇鐵植物的影子在悄悄拉長，林間有蝴蝶和小飛蟲在靜靜地飛着，在遠方，遠古大洋上的浪花拍打着岡瓦納古陸的海岸……

沒有人知道，在這寧靜的一刻，地球的歷史已被扭向另一個方向。


# 一、信息時代

時光飛逝，五萬年過去了。

恐龍和螞蟻的相互依存關係一直延續下來，兩個物種一同創造了白堊紀文明，跨越了石器時代、青銅時代、鐵器時代、蒸汽機時代、電氣時代、原子時代，現在進入了信息時代。

恐龍在各大陸上建起了巨大的城市，這些城市中有上萬米高的大樓，站在它們的樓頂向下看，就像坐在人類的高空飛機上鳥瞰一樣，可以看到雲層幾乎貼着大地。這些巨樓站立在雲海之上，下面

的雲很密時，總是處於萬里晴空之中的頂層的恐龍就會打電話問底層的門衛，下面是不是在下雨，以決定它們下班回家時要不要帶傘。它們的傘也很大，像人類馬戲團的頂棚。它們的汽車每一輛都有人類的一幢樓房那麼大，行駛時地面在顫動。恐龍的飛機像人類的巨輪那麼大，飛行時如驚雷滾過長空，並在地面上投下大大的影子。恐龍還進入了太空進行探險，在地球同步軌道上運行着它們大量的衛星和飛船，這些航天器同樣是龐然大物，在地面上就能看出其形狀。恐龍的世界是由龐大而複雜的計算機網絡連在一起的，它們的計算機鍵盤上的每一個鍵都有人類的電腦屏幕那麼大，而它們的電腦屏幕像人類的一面牆那麼寬。

　　與此同時，螞蟻世界也進入了先進的信息時代。螞蟻世界的能源動力與恐龍世界完全不同，它們不使用石油和煤炭，而是採集風力和太陽能。在螞蟻城市中能看到大量的風力發電機，外形和大小與人類的孩子玩的紙風車相仿；城市的建築表面都是一種光亮的黑色材料，那是太陽能電池。螞蟻世界的另一個重要技術是用生物工程製造的動力肌肉，這種動力肌肉的外形像一根根粗電纜，注入營養液後就能夠進行各種頻率的伸縮以產生動力，螞蟻的汽車和飛機都是由這種動力肌肉作為發動機的。螞蟻也有計算機，它們都是米粒大小的圓粒，與恐龍的計算機不同，沒有任何集成電路，所有的計算都是由複雜的有機化學反應完成。螞蟻計算機沒有顯示屏，它用化學氣味輸出信息，這些極其複雜精細的氣味只有螞蟻能夠分辨，螞蟻的感覺可以把這些氣味翻譯成數據、語言和圖像。這些粒狀化學計算機同樣聯成了龐大的網絡，只是它們之間的聯網不是通過光纖和電波，而是通過化學氣味，計算機之間用氣味語言來交換信息。螞蟻社會的結構與人類今天見到的蟻群大不相同，反倒更像人類。由於採用生物工程生產胚胎，蟻后在生殖繁衍後代中的作用已微不

足道，所以它們在螞蟻社會中沒有今天這樣的地位和重要性。

　　螞蟻和恐龍兩個世界間形成了一種相互依存的關係，四肢笨拙的恐龍依賴螞蟻的精細操作技能，在恐龍世界的所有工廠中，都有大量的螞蟻在工作，它們主要從事恐龍工人無法勝任的微小零件的製造、精密設備和儀器的操作、維護和維修等。螞蟻在恐龍社會發揮重要作用的另一個重要領域是醫學，恐龍的所有手術仍然由螞蟻醫師們進入它們那巨大的內臟來實施，螞蟻擁有了許多精密的醫療設備，包括微小的激光手術刀、能夠在恐龍血管中行駛並清淤的微型潛艇等。

　　岡瓦納大陸上的螞蟻帝國最後統一了各個大陸上的未開化的螞蟻部落，建立了名叫螞蟻聯邦的覆蓋整個地球的螞蟻世界。

　　與螞蟻世界相反，原本統一的恐龍帝國卻發生了分裂，羅拉西亞大陸獨立，建立了另一個龐大的恐龍國家 —— 羅拉西亞共和國。後來經過上千年的擴張，岡瓦納帝國佔據了原生印度、原生南極和原生澳大利亞，而羅拉西亞共和國則把自己的版圖擴張至原生亞洲和原生歐洲兩個大陸。岡瓦納帝國主要由霸王龍組成，而羅拉西亞共和國主要龍種是暴龍，雙方在領土擴張的漫長歷史中不斷爆發戰爭。但在最近的兩百年，隨着核時代的到來，戰爭卻停止了。這完全是核威懾的結果，兩個大國都存貯了大量的熱核武器，戰爭一旦爆發，這些核彈會使地球變成一個沒有生命的放射性熔爐。正是對共同毀滅的恐懼，使白堊紀地球維持了這針尖上的可怕和平。

　　隨着時間的流逝，恐龍社會在地球上急劇膨脹，它們的數量迅速增加，各個大陸變得擁擠起來，環境污染和核戰爭兩大威脅變得日益嚴重。螞蟻和恐龍兩個世界間的裂痕再次出現，白堊紀文明籠罩在一層不祥的陰雲之中。

　　在剛剛閉幕的本年度龍蟻峰會上，螞蟻世界要求恐龍世界採取

斷然措施，銷毀所有核武器，保護環境和限制數量增長，在要求被拒絕後，白堊紀世界中的所有螞蟻全體罷工。


# 二、螞蟻罷工

　　岡瓦納帝國首都，在高聳入雲的皇宮中的一間寬闊的藍色大廳中，達達斯皇帝躺在一張大沙發上，用大爪捂着左眼，不時痛苦地呻吟一聲。圍着它站着幾頭恐龍，它們是：國務大臣巴巴特、國防大臣洛洛加元帥、科學大臣尼尼坎博士、醫療大臣維維克醫生。

　　維維克醫生欠身看着皇帝說：「殿下，您的左眼已經發炎了，急需手術，但現在找不到動眼科手術的螞蟻醫生，只能用抗生素藥物維持，這樣下去，您的這隻眼睛有失明的危險。」

　　「見鬼！」皇帝咬牙切齒地說，接着問醫生：「全國的醫院都沒有螞蟻醫生了嗎？」

　　維維克點點頭：「是的殿下，大量需要手術的病人得不到治療，已經引起了一定的社會恐慌。」

　　「大概更大的恐慌不是來自於此吧。」皇帝說着，轉向國務大臣。

　　巴巴特欠一下身說：「當然，殿下。現在，全國有三分之二的工廠已經停工，有幾個城市還停電，羅拉西亞共和國的情況也比我們好不到哪裡去。」

　　「那些恐龍能夠操縱的機器和生產線也停下來了嗎？」

　　「是的殿下，在製造業，比如汽車製造之類，如果精細的小部件造不出來，那些恐龍能夠生產的大部件也無法裝配成能夠使用的成品，所以也都停止生產了。在另外一些工業部門，如化工和發電，螞蟻罷工剛開始還影響不大，但後來隨着設備故障的增加，維修又跟

不上，癱瘓的工廠越來越多。」

　　皇帝暴跳如雷：「混蛋！龍蟻峰會剛結束，我們就命令你們在全國範圍內對恐龍產業工人進行緊急培訓，以使它們能夠逐步勝任原來由螞蟻從事的精細操作。」

　　「殿下，這幾乎是一件不可能的事。」

　　「對於偉大的岡瓦納帝國沒有甚麼是不可能的！在帝國漫長的歷史上，岡瓦納恐龍經歷過比這大得多的危機，有多少次敵眾我寡的血戰，多少次撲滅覆蓋整個大陸的森林大火，多少次在大陸板塊運動後岩漿橫流的大地上生存下來……」

　　「但，殿下，這次不同……」

　　「有甚麼不同的？！只要勤學苦練，恐龍也能擁有一雙靈巧的手！我們的世界不會因此而屈服於那些小蟲子的要挾！」

　　「我將讓您看到，這是一件多麼困難的事……」國務大臣說着，張開它的大爪，把兩根紅色的電線放到沙發上，「殿下，您能試着做一個維修機器設備最基本的操作：把這兩根導線接起來嗎？」

　　達達斯皇帝大爪的每根指頭都有半米長，比茶杯還粗，那兩根直徑三毫米的電線，在它看來比我們眼中的頭髮絲還細，它費了很大勁，蹲在那裡把兩眼緊湊在沙發上，試圖把那兩根電線捏起來，爪子粗大的錐形指甲像幾顆小炮彈般光滑，夾起的電線最終都滑落下去，剝開電線的膠皮進行連接更是談不上了。皇帝歎了口氣，不耐煩地一揮爪子把電線掃到地上。

　　「就算是您最終練就了這接線的細功夫，還是無法進行維修工作，我們這粗大的手指不可能伸進那些只有螞蟻才能鑽進去的精密機器中。」

　　「唉……」科學大臣尼尼坎長歎一聲，感慨地說：「早在八百年前，先皇就看到了恐龍世界對螞蟻細微操作技能的依賴所產生的危

險，並做出了巨大的努力，研究新的技術和設備以擺脫這種依賴，但恕我冒昧，在包括殿下在位的這兩個世紀，這種努力幾乎停止了，我們舒適地躺在螞蟻服務的溫床上，忘記了居安思危。」

「我沒有躺在誰的溫床上！」皇帝舉起兩隻大爪憤怒地說，「事實上，先皇看到的那種危險也無數次在我的惡夢中出現。」它用一根粗指頭抵着尼尼坎的前胸，「但你要知道，先皇擺脫對螞蟻技能依賴的努力是因為失敗而停止的，在羅拉西亞共和國也一樣！」

「是這樣，殿下！」國務大臣點點頭，指指地上的電線對尼尼坎說：「博士，您不可能不知道，要想讓恐龍順利地完成接線操作，這兩根電線必須有十至十五厘米粗！即使具有這樣大的形體，我們也不可能想像一部內部盤着像小樹那麼粗的電線的移動電話，或者同樣的一台電腦。與此類似，要想由恐龍操作和維護，有一半的機器設備必須造得比現在大百倍甚至幾百倍，這樣，資源和能源的消耗也相應地是現在的幾百倍，這是恐龍世界的經濟根本無法承受的！」

科學大臣點點頭承認了上面的說法：「是的，更要命的是，有些設備的部件是不可能大型化的，比如光學和電磁波通訊設備，包括光波在內的電磁波的波長，決定了調製和處理它們的部件一定是微小的。沒有微小部件，怎麼可能想像會有計算機和網絡？在分子生物學和基因工程的研究和生產方面也是類似的。」

醫療大臣說：「我們的醫療也離不開螞蟻，沒有他們，恐龍的外科手術無法想像。」

科學大臣總結道：「龍蟻聯盟是大自然在進化中的一項選擇，它的意義是十分深遠的，沒有這種聯盟，地球上的文明根本不可能出現，我們絕不能容忍螞蟻破壞這個聯盟。」

「可現在我們怎麼辦呢？」皇帝攤開雙爪看看大家問。

一直沉默的國防大臣洛洛加元帥說話了：「殿下，螞蟻聯邦固然

有它們的優勢，但我們也有自己的力量，螞蟻世界的城市比我們娃娃的積木玩具還小，我們撒泡尿就能把它沖垮！帝國應該使用這種力量。」

皇帝點點頭，對元帥說：「好吧，你命令總參謀部制定一個行動方案，毀滅幾座螞蟻城市，給他們一個警告！」

「元帥，」國務大臣拉住正要離去的洛洛加說，「關鍵是要與羅拉西亞協調好。」

「對！」皇帝點點頭，「要與它們同時行動，以防讓多多米做好人，把螞蟻聯邦拉到羅拉西亞那邊去。」


# 三、最後的戰爭

「在我們的那三座城市被摧毀後，為避免更大的損失，螞蟻聯邦已經暫時結束罷工，恢復在恐龍世界的工作。現在的事實已經很清楚：要麼螞蟻消滅恐龍；要麼整個地球文明一起毀滅！」螞蟻聯邦最高執政官卡奇卡在議會講壇上對議員們說。

「我同意最高執政官的看法。」螞蟻參議員比盧比在自己的座位上揮動着觸角說，「照現在的趨勢發展下去，地球生物圈只有兩個命運：或者被恐龍大工業產生的污染完全毒化，或者在岡瓦納和羅拉西亞兩個恐龍大國間的核戰爭中被完全毀滅！」

它們的話在螞蟻議員們中引起了強烈反響：「對，是做最後抉擇的時候了！」「消滅恐龍，拯球文明！」「行動吧！行動吧！！」……

「請大家冷靜一下！」螞蟻聯邦的首席科學家喬耶博士揮動觸角平息了喧譁，「要知道，螞蟻和恐龍的共生關係已經延續了五萬年，龍蟻聯盟是地球文明的基礎，當然也是螞蟻文明的基礎，如果這個

聯盟突然消失，並且其中的一方恐龍文明被消滅，螞蟻文明真的能夠獨自存在下去嗎？大家都知道，在龍蟻聯盟中，恐龍從螞蟻這裡得到的東西一直是很明確很具體的，而螞蟻從恐龍那裡得到的，除了基本的生活物資外，還有一些無形的東西，這就是它們的思想和科技知識，對於螞蟻文明來說，後者顯然是更重要的，螞蟻也許能夠成為出色的工程師，但永遠也成不了科學家！因為螞蟻大腦的生理結構決定了我們永遠也不可能擁有恐龍的兩樣東西：好奇心和想像力。」

比盧比參議員不以為然地搖搖頭：「好奇心和想像力？噴噴，博士，您以為這是兩樣好東西嗎？正是這兩樣東西，使恐龍成為一種神經兮兮的動物，使它們的情緒變幻不定，喜怒無常，整天在胡思亂想的白日夢中浪費時光。」

「但，參議員，正是這種變幻不定和胡思亂想，才使靈感和創造成為可能，才使探索宇宙最深層規律的理論研究成為可能，而後者是技術進步的基礎……」

「好了好了！」卡奇卡不耐煩地打斷喬耶博士的話，「現在不是進行這種無聊的學術討論的時候，博士，螞蟻世界現在面臨的問題只有一個：是消滅恐龍，還是與它們一起毀滅？」

喬耶無言以對。

卡奇卡轉向若列，點頭示意。

若列元帥走上講壇：「我想讓大家看一樣小東西，這也是我們不依賴恐龍老師而進行的技術發明中的微不足道的一項。」

在元帥的示意下，有兩隻螞蟻拿上來兩小條薄薄的白色片狀物，像兩片小紙屑，若列介紹說：「這是螞蟻最傳統的武器 —— 雷粒的一種最新型號，這種片狀的雷粒，是聯邦的軍事工程師們專為這場終極戰爭研製的。」它揮了一下觸鬚，又有四隻螞蟻抬上來兩小段導線，

就是在恐龍的機器中最常見的那種，一段是紅色的，另一段為綠色。它們把這兩段導線放到一個支架上，然後把那兩片白色的小條分別纏到兩段導線的中部，小條緊緊地貼在導線上，像在上面纏了兩圈白膠布。但接下來神奇的事情發生了：那兩圈小白條突然開始變色，分別變成與它們所纏的導線一樣的顏色，一條變紅一條變綠，很快，它們就與所纏的導線融為一體，根本無法分辨出來。卡奇卡說：「這就是聯邦的最新武器：變色雷粒。它們一旦安裝到位，恐龍是絕對無法發現的！」約兩分鐘後雷粒爆炸，啪啪兩聲脆響後，兩段導線都被齊齊切斷。

「屆時，聯邦將出動由一億隻螞蟻組成的大軍，它們中的一部分是目前正在恐龍世界工作的螞蟻，另一部分則正在潛入恐龍世界。這支大軍將在恐龍的機器內部的導線上，安裝兩億片變色雷粒！我們把這個行動稱為斷線行動。」

「哇，真是一個宏偉的計劃！」比盧比參議員讚歎道，引發了議員們一陣由衷的附和聲。

「同時進行的另一個行動也同樣宏偉！聯邦將出動另一支由兩千萬螞蟻組成的大軍，潛入五百萬恐龍的頭顱，在它們的大腦主血管上安裝雷粒。這五百萬頭恐龍是地球上幾十億恐龍中的精英部分，它們包括國家領導層、科學家、關鍵崗位上的技術人員和操作人員等，這些恐龍一旦被消滅，整個恐龍世界就像失去了大腦，所以我們把這個行動稱為斷腦行動。」

「計劃的最精彩之處是對恐龍世界打擊的同時性！」卡奇卡接着說，「安放在恐龍世界機器中的那兩億顆雷粒，和佈設在恐龍大腦中的五百萬顆雷粒，將在同一時刻爆炸！這一時刻的誤差不會超過一秒鐘！這使得恐龍世界的任何一部分都不可能得到其他部分的救援和替代，整個恐龍社會將像大洋中部一艘被抽掉了船底的大船，飛

快地沉下去！那時，我們就是真正的地球統治者了。」

「尊敬的卡奇卡執政官，能否告訴我們那一偉大時刻的具體時間？」比盧比問，拚命抑制着自己的興奮。

「所有雷粒的引爆時間，將設定在一個月後的午夜。」

螞蟻們發出了一陣歡呼。

喬耶博士拚命地揮動觸鬚，想讓眾螞蟻安靜下來，但歡呼聲經久不息，它大喝了一聲，才使大家安靜下來把目光轉向它。

「夠了！你們都瘋了？！」喬耶大喊道，「恐龍世界是一個極其複雜的超巨型系統，這個系統如果在一瞬間全面崩潰，會產生我們難以預測的後果。」

「博士，除了恐龍世界的毀滅和螞蟻聯邦在地球上的最後勝利，您能告訴大家還會有甚麼別的後果嗎？」卡奇卡問。

「我說過，難以預測！」

「又來了，喬耶書呆子，您那一套我們都厭煩了。」比盧比說，其他的議員對首席科學家掃了大家的興也紛紛表示不滿。

若列走過來用前爪拍拍喬耶，元帥是一隻冷靜的螞蟻，也是剛才少數沒有同大家一起歡呼的螞蟻之一，「博士，我理解您的憂慮，其實這種擔心我們也有過，我想恐龍的核武器失控算是最可能的一個吧。但不用擔心，雖然兩個恐龍大國的核武器系統都全部由恐龍控制，日常少量由螞蟻進行的維護工作也在恐龍的嚴密監視之下，但對於螞蟻特種部隊來說，進入其內部也不是一件難事。我們在核武器系統中安放的雷粒數量將比別的系統多一倍，當那一時刻過後，核武器系統會同其他系統一樣全面癱瘓，不會造成很大的災難。」

喬耶歎了口氣：「元帥，事情要複雜得多，問題的關鍵在於，我們真的了解恐龍世界嗎？」

這個問題讓所有的螞蟻都愣了一下，卡奇卡看着喬耶說：「博

士，螞蟻遍及恐龍世界的每一個角落，而且上萬年來一直如此！您怎麼能提出一個如此愚蠢的問題？！」

喬耶緩緩地搖搖觸鬚：「螞蟻和恐龍畢竟是兩個差異巨大的物種，生活在兩個完全不同的世界裡。直覺告訴我，恐龍世界肯定存在着某些螞蟻完全不知曉的巨大秘密。」

「如果您提不出甚麼具體的來，那就等於沒説。」比盧比不以為然地説。

喬耶説：「為此，我請求建立一個信息收集系統，具體的計劃是：當你們每向恐龍的大腦中佈設一顆雷粒，同時也向它的耳蝸中安裝一個竊聽器，我將領導一個部門監聽和分析這些竊聽器發回的信息，以期能盡快發現一些我們以前不知道的東西。」

# 四、雷粒

通訊大廈是巨石城信息網絡的中心，擔負着首都同全國的信息處理和交換義務。在岡瓦納帝國共有上百個這樣的網絡中心，構成了帝國龐大信息網絡的主幹。

一支螞蟻小分隊已經進入了信息網絡中心的一台服務器內部，它們由上百支螞蟻組成，在五個小時前沿着一根供水管潛入通信大廈，然後又從地板上一道極小的縫隙進入了服務器機房，最後由通風孔進入這台報務器內部。在恐龍巨大的建築和機器中，螞蟻是通行無阻的。聽到有恐龍走來，螞蟻們趕緊躲到比他們的城市中的足球場還大的主板下面，它們聽到機櫃的門打開來，透過主板上的小孔，看到一面放大鏡遮住了整個天空，放大鏡中扭曲地映出了恐龍工程師的一隻巨大的眼睛。這時螞蟻們膽戰心驚，但最後恐龍並沒有發

現它們。恐龍工程師沒有發現螞蟻剛剛佈設的幾十顆雷粒，那些小小的薄片已與貼於其上的導線顏色渾然一體，根本不可能分辨出來。在十幾根不同顏色和粗細的導線上都貼上了薄片雷粒。還有幾張薄片雷粒貼在電路板上，這些雷粒具有更高級的變色功能，它能在不同的位置變出不同的顏色，與下面的電路板精確對應，天衣無縫，比貼在導線上的雷粒更難被發現。這種雷粒並不會爆炸，當到達設定的時間後，它會流出幾滴強酸，將電路板上的蝕刻電路溶斷。

機櫃的門關上後，服務器中的世界立刻進入夜晚，只有一個電源指示燈像一顆綠色的月亮掛在空中，冷卻扇的嗡嗡聲和硬盤噠噠的輕響反而加劇了這個世界的寧靜。

不久，在信息網絡中心的每台服務器中，都有一支螞蟻小部隊完成了雷粒的佈設。

在廣闊的外部世界，在各個大陸上，有上億隻螞蟻正在恐龍世界的無數大機器中幹着同樣的事。

這天夜裡，岡瓦納恐龍帝國皇帝達達斯做了一個惡夢，它夢見黑壓壓的一大片螞蟻從鼻孔爬進了自己的身體，然後又從嘴裡成長長的一列爬出來，出來的每隻螞蟻嘴裡都啣着一塊東西，那是自己被咬碎的內臟。螞蟻們扔下碎塊後又從鼻孔鑽進去，形成了一個不停循環的大圈……

達達斯皇帝的夢並非完全沒有根據，此時，真的有兩隻螞蟻正在鑽進它的鼻孔，這兩隻兵蟻在白天就潛入了它的臥室，藏在枕頭下等待機會。在鼻孔呼吸大風的呼嘯聲中，它們很有經驗地在縱橫交錯的鼻毛叢林間懸浮着行走，以免觸發恐龍的噴嚏。它們很快通過了鼻腔，沿着以前在無數次手術中早已熟悉的道路來到了眼球後面。螞蟻們順着半透明的視覺神經前行，向着大腦進發。有時，薄薄的膈膜擋住了通路，它們就在上面咬出洞穿過它，那洞極小，

恐龍感覺不到。兩隻螞蟻終於到達了大腦，大腦靜靜地懸浮於腦液中，像一個神秘的獨立生命體。螞蟻們仔細尋找着，很快找到了那根粗大的腦血管，它是供應大腦血液的主要通道。一隻螞蟻打開了微小的頭燈，很快找到了大腦的主血管，另一隻螞蟻把一顆黃色的雷粒貼在血管透明的外壁上。然後它們從大腦部分撤出，在潮濕黑暗的頭顱中沿着另一條曲折的道路向斜下方爬行，很快到達耳部，來到耳膜前，有一絲亮光從半透明的耳膜透進來，經過耳蝸放大的外界微小的聲音在耳膜上轟轟作響。兩隻螞蟻開始在耳膜下安裝竊聽器。

達達斯皇帝的惡夢還在繼續，夢中自己的內臟已被完全掏空，有更多的螞蟻鑽了進去，要用自己的身體當蟻穴……當它一身冷汗地醒過來時，那兩隻螞蟻已經完成了自己的任務，無聲地從鼻孔中爬出來，爬下床，從地板上撤出了臥室。

達達斯皇帝沉重地翻了個身，再次進入了仍然被惡夢困擾的睡眠。


# 五、海神和明月

在螞蟻聯邦統帥部，執政官卡奇卡和聯邦軍隊總司令若列元帥正在指揮着毀滅恐龍世界的巨大行動。有兩個大屏幕分別顯示着斷線行動和斷腦行動的進展情況。

「看起來一切順利。」若列對卡奇卡說。

這時，聯邦首席科學家喬耶走了進來。卡奇卡對它打招呼說：

「啊，喬耶博士，有一個星期沒看見您了！一直在忙着分析竊聽到的信息嗎？看您那嚴肅的樣子，好像真有甚麼驚人的秘密要告訴我們了？」

喬耶點點觸鬚：「是的，我必須立刻和你們兩位談談。」

「我們很忙，請您簡短一些。」

「我想讓二位聽一段錄音，是在昨天召開的岡瓦納帝國和羅拉西亞共和國首腦會議上，我們竊聽到的達達斯和多多米的對話。」

卡奇卡不耐煩地說：「這次會議有甚麼秘密可言？我們都知道兩國在裁減核武器問題上又談崩了，岡瓦納和羅拉西亞之間的戰爭一觸即發，這更證明了我們行動的正確，必須在恐龍世界的核大戰爆發之前消滅它們。」

喬耶說：「您說的是新聞公告，而我要你們聽的是它們秘密進行的會談的細節，這中間，透露出一件我們以前不知道的事。」

錄音開始播放。

……

多多米：「達達斯殿下，您真的認為螞蟻會那麼容易屈服嗎？幾乎可以肯定，它們回到恐龍世界復工只是緩兵之計，螞蟻聯邦一定在策劃着針對恐龍世界的重大陰謀。」

達達斯：「多多米總統，您以為我愚蠢到連這麼明顯的事實都看不出來嗎？但與羅拉西亞的『明月』進入負計時的事相比，螞蟻的威脅，甚至你們的核威脅，都變得微不足道了。」

多多米：「是的是的，比起螞蟻威脅和核戰爭的危險，『明月』和『海神』當然是地球文明更大的危險，那我們就先談這個問題吧：在『明月』的事情上指責我們是不恰當的，是『海神』首先進入了負計時！」

……

「停停停，」卡奇卡揮揮觸角說，「博士，我聽不明白它們在說甚麼。」

喬耶暫停了錄音機後說：「這段對話中有兩個重要信息：它們提

到的『明月』和『海神』是甚麼？負計時又是甚麼？」

「博士，恐龍高層領導者的談話中常常出現各種古怪的代號，您幹嘛要在這上面疑神疑鬼？」

「從它們的談話中可以聽出，這是很危險的兩樣東西，能夠對整個地球世界構成威脅。」

「從邏輯上說這是不可能的。博士，能夠對整個地球構成威脅的東西一定是一個很大的設施，這樣的設施如果存在，螞蟻聯邦不可能不知道。」

「執政官，我同意您的看法：地球上不可能有大的設施能瞞過螞蟻而存在，但簡單的規模較小的設施卻有可能，它不需要螞蟻的維護就能正常運行，比如一顆單獨的洲際導彈，就可以在沒有螞蟻參與的情況下長期待命並隨時可以發射。也許，『明月』和『海神』就是類似這樣的東西。」

「要是這樣就不必擔心了，這種小設施是不可能對整個地球構成威脅的，我剛說過，即使能量最高的熱核炸彈，要想毀滅地球也需要上萬枚。」

喬耶有幾秒鐘沒有說話，然後它把頭湊近卡奇卡，它們觸鬚交錯，眼睛幾乎撞在一起：「這就是問題的關鍵了，執政官，核彈真的是目前地球上能量最高的武器嗎？」

「博士，這是常識啊！」

喬耶縮回頭來，點點觸鬚：「不錯，是常識，這就是螞蟻思維致命的缺陷，我們的思想只局限於常識，而恐龍則在時時盯着未知的新領域。」

「那都是些與現實無關的純科學領域。」

「那我就提醒你們一件與現實有關的事：還記得三年前夜空中突然出現的那個新太陽嗎？」

卡奇卡和若列當然記得，那件亙古未有的事給它們的印象太深了。那是一個寒冷的冬夜，南半球的正空中突然出現了一個新太陽，世界在瞬間變成白晝。那太陽的光芒十分強烈，直視它會導致暫時的失明。那個太陽大約亮了二十秒鐘就熄滅了，它輻射的熱量使得那個嚴冬之夜變得像夏天般悶熱，突然融化的積雪產生的洪水淹沒了好幾座城市。這件事當時令螞蟻們很震驚，它們去問恐龍是怎麼回事，但恐龍科學家們也沒有給出任何解釋，缺乏好奇心的螞蟻很快就把這件事忘了。

　　「當時，螞蟻所進行的觀測所得到的唯一能確定的結果是：那個新太陽出現在太陽系內，距地球約一個天文單位。」

　　卡奇卡仍不以為然：「博士，您所提到的事情仍然與現實無關，就算那種能量真的存在，您也無法證明恐龍已經把它弄到地球上來了，事實上這種可能性幾乎不存在。」

　　「我以前也是這麼想的，但……請你們接着聽下面的錄音吧。」喬耶説着，又啟動了錄音機。

　　……

　　達達斯：「我們這場遊戲太危險了，危險得超出可以忍受的上限，羅拉西亞應該立刻停止『明月』的負計時，或至少將其改為正計時，如果這樣，岡瓦納也會跟着做的。」

　　多多米：「應該是岡瓦納首先停止『海神』的負計時，如果這樣，羅拉西亞也會跟着做的。」

　　達達斯：「是羅拉西亞首先啟動『明月』的負計時的！」

　　多多米：「可是，殿下，在更早一些的時候，也就是三年前的十二月四日，如果岡瓦納的飛船沒有在太空中做那件事，『明月』和『海神』根本就不會存在！那個魔鬼早已沿着彗星軌道飛出太陽系，與地球無關了！」

達達斯:「那是為了科學研究的需要……」

多多米:「夠了!到現在您還在重複這種無恥的謊言!是岡瓦納帝國把地球文明推到了懸崖邊緣,你們這些罪犯沒有資格對羅拉西亞提出任何要求!」

達達斯:「看來羅拉西亞共和國是不打算首先作出讓步了?」

多多米:「岡瓦納帝國打算嗎?」

達達斯:「那好吧,看來我們都不在乎地球的毀滅。」

多多米:「如果你們不在乎,我們也不在乎。」

達達斯:「呵呵呵,好的好的,恐龍本來就是對甚麼都不在乎的種族。」

……

喬耶停止了播放,問卡奇卡和若列:「我想,二位已經注意到了對話中提到的那個日期。」

「三年前的十二月四日?」若列回憶着,「就是那個新太陽出現的日子。」

「是的,把所有這一切聯繫起來,不知你們有甚麼感覺,但我感到毛骨悚然。」

卡奇卡說:「我們不反對您盡力搞清這件事。」

喬耶歎了口氣:「談何容易!搞清這個秘密的最好辦法,是到恐龍的軍事網絡中查詢,但螞蟻的計算機與恐龍的在結構上完全不同,所以我們雖然能夠隨意進入恐龍計算機的硬件部分,卻至今不能從軟件上入侵,否則,怎麼會用竊聽這樣的笨辦法來搜集情報呢?而用這種方式,在短時間內揭開這個秘密是不可能的。」

「好吧,博士,我會提供您從事這個調查所需要的力量,但這件事不能影響我們正在進行的對恐龍的全面戰爭,現在唯一令我毛骨悚然的事就是讓恐龍帝國繼續存在下去。我覺得您一直生活在幻覺

中，這對聯邦正在從事的偉大事業是不利的。」

喬耶沒再說甚麼，轉身走了，第二天它就失蹤了。


# 六、恐龍世界的毀滅

兩隻兵蟻悄悄地從岡瓦納帝國皇宮大門的底縫中爬出，它們是負責在皇宮的計算機系統和恐龍的頭顱中佈設雷粒的三千隻螞蟻中最後撤出的兩隻。爬出門縫後，它們開始爬下那高大的台階，就在第一級台階筆直的懸崖上，它們看到了一個向上爬的螞蟻的身影。

「咦，那不是喬耶博士嗎？！」一隻兵蟻吃驚地對另一隻說。

「聯邦首席科學家？不錯，是他！」

「他怎麼會到這裡來？我怎麼看他怪怪的？」一隻兵蟻看着喬耶爬進門縫中後說。

「事情有些不對，你的對講機呢？快向長官報告！」

達達斯皇帝正在主持一個由帝國主要大臣參加的會議，一個秘書走進來通報：螞蟻聯邦首席科學家喬耶博士緊急求見皇帝。

「讓它等一等，開完會再說。」達達斯一揮爪說。

秘書出去不長時間又回來了：「它說有極其重要的事情，堅持要立即見您，並且要求國務大臣、科學大臣和帝國軍隊總司令也在場。」

「混蛋，這個小蟲蟲怎麼這麼沒禮貌？！讓它等着，要不就滾！」

「可它……」秘書看了看在座的大臣們，伏到皇帝耳邊低聲說：「它說自己已從螞蟻聯邦叛逃。」

國務大臣插話說：「喬耶是螞蟻聯邦領導層的重要成員，它的思維方式似乎也與其他螞蟻不太一樣，它這樣來，可能真有甚麼緊急重要的事。」

「那好，就讓它到這裡來吧。」達達斯指指會議桌寬大的桌面説。

「我為拯救地球而來。」喬耶站在會議桌光滑的平原上，對周圍高山似的恐龍説，翻譯器把它的氣味語言譯成恐龍語，由一個看不見的擴音器播放出來。

「哼，好大的口氣，地球現在很好嘛。」達達斯冷笑了一聲説。

「您很快就不這麼認為了。我首先要各位回答一個問題：『明月』和『海神』是甚麼？」

恐龍們頓時警覺起來，互相交換着目光，喬耶周圍的「高山」一時陷入沉默中，過了好一會兒，達達斯才反問：「我們憑甚麼要告訴你呢？」

「殿下，如果它們真是我預料的那種東西，我也會向你們透露一個關係到恐龍世界生死存亡的超級秘密，你們會認為這種交換是值得的。」

「如果它們不是你預料的那種東西呢？」達達斯陰沉地問。

「那我就不會告訴你們那個超級秘密，你們也可以殺死我或者永遠不讓我離開這裡，以保住你們的秘密。不管怎樣，大家都沒有甚麼損失。」

達達斯沉默了幾秒鐘，對坐在會議桌左邊的帝國科學大臣點點頭：「告訴它。」

在螞蟻聯邦統帥部，若列元帥放下電話，神色嚴峻地對卡奇卡執政官説：「已經發現了喬耶的行蹤，看來我們的預測是對的，這家伙叛逃了。」

「雷粒的佈設行動進行的怎麼樣了？」

「斷線行動已完成了百分之九十二，斷腦行動也完成了百分之九十。」

卡奇卡轉向顯示着世界地圖的大屏幕，看着閃爍着五光十色的

各個大陸，沉默了幾秒鐘後說：「讓地球的歷史翻開新的一頁吧，十分鐘後引爆！」

聽完了幾位恐龍大臣的敘述，震驚使喬耶頭昏目眩，一時站立不穩，更說不出話來。

「怎麼樣，博士？您是否可以按照剛才的承諾，告訴我們您的那個秘密？」達達斯問。

喬耶如夢初醒：「這太……太可怕了！！你們簡直是魔鬼！不過，螞蟻也是魔鬼……快，立刻給螞蟻聯邦最高執政官去電話！」

「您還沒有回答……」

「殿下，沒有時間公佈甚麼秘密了！它們已經知道我到這裡來，隨時都會提前行動，恐龍世界的毀滅已是千鈞一髮，整個地球的毀滅將緊跟其後！相信我吧，快打電話！快！！」

「好吧。」恐龍皇帝拿起會議桌上的電話，喬耶心急如焚地看着它的粗指頭一個一個地按動着電話機上那碩大的按鍵，隨後從達達斯爪中的話筒中隱約聽到了接通的信號聲，幾秒鐘後信號聲停止，它知道卡奇卡已在另一端拿起了那小如米粒的電話，話筒中很快傳來了它的聲音：

「喂，誰呀？」

達達斯對着話筒説：「是卡奇卡執政官嗎？我是達達斯，現在……」

正在這時，喬耶聽到周圍響起了一陣細微的咔噠聲，像是許多鐘錶的秒針同時走動了一下，它知道，這是從恐龍們的頭顱中傳出的雷粒的爆炸聲，所有的恐龍同時僵住了，這一刻的現實像被定格，達達斯爪中的話筒重重地摔在距喬耶不遠處的桌面上，發出一聲驚天動地的巨響，然後，所有的恐龍都轟然倒下，桌面平原晃動了幾下，那些恐龍高山消失後，地平線處顯得空曠了。喬耶爬上電話的耳機，裡面仍在傳出卡奇卡的聲音：

「喂，我是卡奇卡，您有甚麼事嗎？喂……」

耳機的音膜在這聲音中振動着，使站在上面的喬耶渾身發麻，它大喊：「執政官！我是喬耶！！」與剛才不同，它發出的氣味語言沒有被轉化成聲音，因而也無法被線路另一端的卡奇卡聽到，皇宮的翻譯系統已經被雷粒破壞了。喬耶沒有再說話，它知道說甚麼都晚了。

接着，大廳內所有的燈都滅了，這時已是傍晚，這裡的一切陷入昏暗之中。喬耶向着最近的一個窗子爬去，遠處城市交通的喧譁聲消失了，一切都陷入一片死寂之中，很像剛才恐龍倒下前的僵滯狀態。當喬耶越過會議桌的邊緣向下爬時，外面開始有種種不和諧的聲音傳進來，先是遠遠的恐龍的跑動聲和驚叫聲，喬耶知道這聲音來自皇宮外面，因為皇宮內肯定已經沒有活着的恐龍了，它們都死於自己頭顱中的雷粒；然後，遠處的城市有警報聲，斷斷續續地持續了不長時間就消失了；當喬耶在地板上向着窗子爬過一半路程時，遠處開始傳來隱約的爆炸聲。它終於爬上了窗子，向外看去，巨石城盡收眼底，傍晚的城市籠罩在一片黑暗中，可以看到幾根細長的煙柱升上還沒完全黑下來的天空，後來更多的煙柱出現了，在某些煙柱的根部出現了火光，城市的輪廓在火光中時隱時現。起火點越來越多，火光透過窗子，在喬耶身後高高的天花板上映出跳動的暗紅色光影。

# 七、終極威懾

「我們成功了！！」若列元帥看着大屏幕上紅光閃爍的世界地圖興奮地喊道，「恐龍世界已徹底癱瘓，它們的信息系統已經完全中

斷，所有的城市都已斷電，被雷粒所破壞的車輛已堵死了所有的道路，火災正在到處出現和蔓延。斷腦行動已經消滅了四百多萬恐龍世界的重要領導成員，岡瓦納帝國和羅拉西亞共和國的首腦機構已不存在，這兩個恐龍大國已陷入沒有大腦的休克狀態，整個社會一片混亂。」

「這還只是開始，」卡奇卡說，「所有的恐龍城市已經斷水，存糧也將很快被這些食量很大的居民吃光，那時候真正致命的時刻才到來，大批恐龍將棄城而出，在沒有交通工具和道路堵塞的情況下，它們不可能在短時間內真正疏散開來，它們的食量太大了，至少有一半的恐龍將在找到足夠的食物之前餓死。其實，在恐龍棄城之際，它們的技術社會就已經徹底崩潰，恐龍世界已退回到低技術的農業時代了。」

「兩個大國的核武器系統怎麼樣了？」有螞蟻問。

若列回答：「正如我們預料的那樣，恐龍的所有核武器，包括洲際導彈和戰略轟炸機，都在我們大量雷粒的破壞下成了一堆廢鐵，沒有發生任何意外的核事故或核污染。」

「好極了，這真是一個偉大的時刻，我們只需等待恐龍世界自行滅亡就可以了！」卡奇卡興高采烈地說。

正在這時，有螞蟻報告，說喬耶博士回來了，急着要見卡奇卡和若列。當疲憊不堪的首席科學家走進指揮中心時，卡奇卡憤怒地斥責道：

「博士，你在最關鍵的時刻背叛了螞蟻聯邦的偉大事業，你將受到嚴厲的審判！」

「當你們聽完我已得知的一切時，就明白到底誰該受到審判了。」喬耶冷冷地說。

「你到岡瓦納皇帝那裡去幹甚麼了？」若列問。

「我從它那裡知道了『明月』和『海神』到底是甚麼。」

博士的這句話使螞蟻們亢奮的情緒頓時冷了下來，它們專注地把目光集中在喬耶身上。

喬耶看看四周問：「首先，這裡有沒有誰知道反物質是甚麼？」

螞蟻們沉默了一會兒，卡奇卡説：「我知道一些：反物質是恐龍物理學家們猜想中的一種物質，它的原子中的粒子電荷與我們世界中的物質相反。反物質一旦與我們世界的正物質相接觸，雙方的質量就全部轉化為能量。」

喬耶點點觸鬚説，「現在大家知道有比核武器更厲害的東西了，在同樣的質量下，正反物質湮滅產生的能量要比核彈大幾千倍！」

「但這和那神秘的『明月』『海神』有甚麼關係？」

「請聽我接着説：還記得三年前那個南半球的夜間突然出現的新太陽嗎？這次閃光是從一個沿彗星軌道進入太陽系的小天體上發出的，那個天體直徑還不到三十公里，只是漂浮在太空中的一個小石塊。但它是由反物質構成的！在它經過小行星帶時，與一塊隕石相撞，隕石與反物質發生湮滅爆發出巨大的能量，產生了那次閃光。當時，羅拉西亞和岡瓦納都發射了探測器，也都得到了同樣的結果。這次湮滅產生了許多大大小小的反物質碎片，這些碎片都飛散到太空之中。恐龍天文學家很快定位了幾塊碎片，這並不是很困難，因為在小行星帶以內，太陽風中的正粒子會與反物質產生湮滅，使那些碎片表面發出一種特殊的光。那時正值羅拉西亞和岡瓦納軍備競賽的高峰期，於是，兩個恐龍大國同時產生了一個極其瘋狂的想法：採集一些反物質碎片帶回地球，作為一種威力遠在核彈之上的超級武器威懾對方……」

「等等，等等，」卡奇卡打斷了喬耶的話，「這裡有一個明顯的邏輯錯誤：既然反物質與正物質接觸後會發生湮滅，那它們用甚麼容

器來存貯它並把它帶回地球呢？」

　　喬耶接着說：「恐龍天文學家發現，那個反物質天體的相當大一部分是反物質鐵，它們在太空中定位的碎片也都是反物質鐵。反物質鐵與我們世界的鐵一樣，能受到磁場的作用，這就為解決存貯問題提供了可能，這使得恐龍有可能製造一種容器，容器的內部為真空，並產生一個強大的約束磁場，把要存貯的反物質牢牢約束在容器的正中，避免它與容器的內壁相接觸，這樣就可以對反物質進行存貯，並能夠將它運送或投放到任何地方。當然，這種想法最初只是一種理論上的可能，要想用這種容器將反物質帶回地球，則是一個極其瘋狂和危險的舉動，但瘋狂是恐龍的本性，稱霸世界的慾望戰勝了一切，它們真的那麼做了！

　　「是岡瓦納帝國首先走出了這通向地獄的第一步。它們設計並製造了磁約束容器，它是一個空心球，在採集反物質碎片時，這個空心球分成兩個半球，分別固定在飛船在兩支機械臂上，飛船緩慢地接近反物質碎片，機械臂舉着兩個半球極其小心地向碎片合攏，最後將碎片扣在空心球中，在兩個半球合攏的同時，球內由超導體產生的約束磁場開始工作，將碎片約束在球體正中，然後，飛船就將這個球體帶回了地球。

　　「岡瓦納飛船載着球體容器進入地球大氣層，那塊碎片重達四十五噸，如果在大氣層內湮滅，將使九十噸的正反物質在大氣層內轉化為純能，這巨大的能量將毀滅地球上的一切生命。羅拉西亞恐龍當然不想與岡瓦納帝國玉石俱焚同歸於盡，所以它們眼巴巴地看着那艘飛船降落在海面上。

　　「接下來發生的事情使瘋狂達到了巔峰：岡瓦納飛船降落後，在海上將那個球體容器轉載到一艘大貨輪上，這艘船叫海神號，以後恐龍也就將它所運載的反物質碎片稱為『海神』了。這艘大船不是駛

回岡瓦納，而是駛向羅拉西亞大陸，最後停泊在羅拉西亞最大的港口上！在整個航程中，羅拉西亞不敢對這艘毀滅之船進行任何攔截，只能聽之任之，那艘船進入港口如入無人之境。海神號停泊後，船上的恐龍乘直升機返回岡瓦納，把船遺棄在港口。羅拉西亞恐龍對海神號敬若神明，不敢對它有任何輕舉妄動，因為它們知道，岡瓦納帝國可以遙控球體容器，隨時關閉容器內的約束磁場，使那塊反物質與容器接觸而發生湮滅。如果這事發生，整個世界的毀滅在所難免，但最先毀滅的是羅拉西亞大陸，大陸上的一切將在海岸出現的一輪死亡太陽的烈焰中瞬間化為灰燼。那真是羅拉西亞共和國最黑暗的日子，而岡瓦納帝國手握地球的生命之弦，變得無比猖狂，不斷地向羅拉西亞提出領土要求，並命令其解除核武裝。

「但這種一邊倒的局面並沒有持續多久，岡瓦納的海神行動僅一個月後，羅拉西亞採取了同樣的行動，用同樣的技術從太空中將第二塊反物質碎片帶回地球，並做了與岡瓦納帝國同樣的事：將其裝載到一艘叫明月號的貨輪上，運到了岡瓦納大陸最大的港口。

「於是，恐龍世界再次形成了平衡，這是終極威懾下的平衡，地球已被推到了毀滅的邊緣上。

「為了避免世界性的恐慌，海神行動和明月行動都是在絕密狀態下進行的，即使在恐龍世界，也只有極少數的人知道它的底細。這兩個行動都使用了不惜成本的高可靠性設備、可替換的模塊結構，加上系統的規模不大，所以完全不需要螞蟻的維護，螞蟻聯邦也就至今對此一無所知。」

喬耶的敘述使統帥部所有的螞蟻都極為震驚，它們從勝利的巔峰一下子跌入了恐懼的深淵，卡奇卡説：「這不只是瘋狂，是變態！這樣以整個世界共同毀滅為基礎的終極威懾，已完全失去了任何政治意義和軍事意義，只是徹底的變態！」

「博士，這就是您所推崇的恐龍的好奇心、想像力和創造力產生的結果。」若列元帥譏諷地説。

「別扯遠了，還是回到世界面臨的極度危險中來吧。」喬耶説，「我要談到兩個恐龍大國元首曾提到的『負計時』了。為了避免在對方這種先發制人的打擊下無還手之力，兩個恐龍大國幾乎同時對『海神』和『明月』採取了一種新的待命方式，這就是所謂『負計時』。這以後，本土遙控站不再用於對反物質容器發出引爆信號，相反，它發出的是解除引爆的信號；而球形容器則每時每刻都處於引爆倒計時狀態，只有在收到本土遙控站的解除信號後，它才中斷本次倒計時，重新復位，從零開始新的一輪倒計時，並等待着下一次的解除信號。每次的解除信號由岡瓦納皇帝和羅拉西亞總統親自發出。這樣，當某一方遭受對方先發制人的打擊而陷入癱瘓後，解除信號就無法發出，球形容器就會完成倒計時引爆反物質。這種待命方式使先發制人的打擊等於自殺，使得敵人的存在成為自己存在的必要條件，同時，也使地球面臨的危險上升了一個等級，『負計時』是這場終極威懾中最為瘋狂，或用執政官的話説，最為變態的部分。」

統帥部再次陷入死寂之中。卡奇卡首先打破沉寂，它的氣味語聲有些顫抖：

「這就是説，『海神』和『明月』現在都在等待着下一個解除信號？」

喬耶點點觸鬚：「也許是兩個永遠不會發出的信號。」

「您是説，岡瓦納和羅拉西亞的遙控站已經被我們的雷粒破壞了？！」若列問。

「是的。達達斯告訴了岡瓦納遙控站的位置，也告之我他們偵察到的羅拉西亞遙控站的位置，我回來後在斷線行動的數據庫中查詢，發現這是兩個很小的信號發射站，由於其用途不明，我們只在其中

的通訊設備裡佈設了很少的雷粒，岡瓦納遙控站中佈設了三十五顆，羅拉西亞遙控站中佈設了二十六顆，總共切斷六十一根導線。雖數量不多，但足以使這兩個遙控站的信號發射設備完全失效。」

「每次倒計時有多長時間？」

「三天時間，六十六小時，羅拉西亞和岡瓦納的倒計時幾乎是同時開始的，一般解除信號是在倒計時開始後的二十二小時發出的，這次倒計時已過去二十小時，我們還有兩天的時間。」

若列説：「如果我們知道解除信號的具體內容，就能夠自己建立一個發射台，不停地中斷『海神』和『明月』的倒計時了。」

「問題是我們不知道，也不可能知道！恐龍沒有告訴我信號的內容，只是説那個信號是一個十分複雜的長密碼，每次都在變化，其算法只存貯在遙控站的計算機中，我想現在已沒有恐龍知道了。」

「這就是説，只有這兩個遙控站能夠發出解除信號了。」

「我想是這樣。」

卡奇卡迅速思考了一下説：「我們能夠做的，就是盡快修復它們了。」


# 八、遙控站戰役

岡瓦納帝國發射解除信號的遙控站位於巨石城遠郊的一片荒漠之中。這是一幢頂端有複雜天線的不大的建築，看上去像個氣象站似的毫不起眼。遙控站的守衛很鬆懈，只有一個排的恐龍在把守，而這些守衛者主要是為了防止偶爾路過的本國恐龍無意中的闖入，並不擔心敵國的間諜和破壞分子。因為，比起岡瓦納來，羅拉西亞更願意保證這個地方的安全。

除去守衛者外，負責遙控站日常工作的只有五個恐龍，包括一名工程師、三名操作員和一名維修技師。它們同守衛者一樣，對這個站的用途全然不知。

遙控站的控制室裡有一個大屏幕，上面顯示着一個倒計時，從六十六小時開始遞減。但這個倒計時從未減到四十四小時以下，每到這個時間（通常是早晨），另一個空着的屏幕上就出現了帝國皇帝達達斯的影像，皇帝每次只説一句簡短的話：

「我命令，發信號。」

這時，值班操作員就會立正回答：「是！殿下！」然後移動操作台上的鼠標，點擊一下電腦屏幕上的「發射」圖標，大屏幕上就會顯示出如下信息：

**解除信號已發出 —— 收到本次解除成功的回覆信號 —— 倒計時重置**

然後，屏幕上重新顯示出「66：00」的數字，並開始遞減。

在另一個屏幕上，皇帝很專注地看着這一切的進行，直到重置的倒計時開始，它才像鬆了一口氣似地離開了。從皇帝關注信號發出的眼神可以看出，這個信號極其重要，但這些普通恐龍操作員無論如何也不可能想到，這個信號每天都推遲了一次地球的死刑。

這一天，兩年如一日的平靜生活中斷了，信號發射機出了故障。遙控站配備的是高可靠性設備，且有冗餘備份，像這樣包括備份系統在內的整個設備都因故障停機，肯定不是自然或偶然因素所致。工程師和技師立刻查找故障，很快發現有幾根導線斷了，而那些導線只有螞蟻才能接上。於是它們立刻向上級打電話，請求派螞蟻維修工來，這才發現電話已不通了。它們繼續查找故障，發現了更多

的斷線，而這時，距皇帝命令發信號的時間已經很近了，恐龍們只好自己動手接線，但那些細線它們的粗爪很難接上，五頭恐龍心急如焚。雖然電話不通，但它們相信通訊很快就會恢復，在倒計時減到四十四小時時，皇帝一定會出現在那個屏幕上。兩年來，在恐龍們的意識中，皇帝的出現如同太陽升起一般成了鐵打不動的規律。但今天，太陽雖升起了，皇帝卻沒有出現，倒計時的時鐘數碼第一次減到了四十四以下，還在以同樣恆定的速度繼續減少着。

後來恐龍們知道，不可能再指望螞蟻了，因為發射機就是它們破壞的。從巨石城逃出來的恐龍開始經過這裡，從那些驚魂未定的恐龍那裡，遙控站的恐龍們知道了首都的情況，知道了螞蟻已經用雷粒破壞了恐龍帝國所有的機器，恐龍世界已經陷入癱瘓。

但在遙控站工作的都是盡心盡責的恐龍，它們繼續試圖接上已斷的導線。但這是一項不可能完成的任務，機器中大部分斷線所在的地方，恐龍粗大的爪子根本伸不進去，那幾根露在外面的斷線的線頭在它們那粗笨的手指間跳來跳去，就是湊不到一起。

「唉，這些該死的螞蟻！」恐龍技師揉揉發酸的雙眼，罵了一聲。

這時，工程師瞪大了雙眼，它真的看到了螞蟻！那是由百隻左右的螞蟻組成的小隊伍，正在操作台白色的台面上急速行進，領隊的螞蟻對着恐龍高喊：

「喂，我們是來幫你們修機器的！我們是來幫你們接線的！！我們是來……」

恐龍這時沒有打開氣味語言翻譯器，因而也聽不到螞蟻的話，其實就是聽到了它們也不會相信，對螞蟻的仇恨此時佔據了它們的整個心靈。恐龍們用它們的爪子在控制台上螞蟻所在的位置拍着捏着，嘴裡咬牙切齒地嘟囔着：「讓你們放雷粒！讓你們破壞機器……」白色的台面上很快出現了一片小小的污跡，這些螞蟻都被捏碎了。

「報告執政官，遙控站內的恐龍攻擊螞蟻維修隊，把它們消滅在控制台上了！」在距遙控站五十米遠的一棵小草下，從遙控站中僥倖逃回來的一隻螞蟻對卡奇卡說。螞蟻聯邦統帥部的大部分成員都在這裡。

「執政官，我們必須設法與遙控站的恐龍交流，說明我們的來意！」喬耶說。

「怎麼交流？它們不聽我們說話，根本就不打開翻譯器！」

「能不能打電話試試？」有螞蟻建議。

「早試過了，恐龍的整個通訊系統已被破壞，與螞蟻聯邦的電話網完全斷開，電話根本打不通！」

若列說：「大家應該知道螞蟻的一項古老的技藝，在蒸汽機時代之前的漫長歲月，先祖用隊列排出字來與恐龍交流。」

「目前在這裡已集結了多少部隊？」

「十個陸軍師，大約十五萬螞蟻。」

「這能排出多少個字來呢？」

「這要看字的大小了，為了讓恐龍在一定的距離上也能看清，最多也就是十幾個字吧。」

「好吧，」卡奇卡想了一下，「就排出以下的字句：我們來幫你們修機器，這台機器能拯救世界。」

「螞蟻又來了！這次好多耶！」

在遙控站的門前，恐龍士兵們看到有一個螞蟻方陣正在向這裡逼近，方陣約有三四米見方，隨着地面的凸凹起伏，像一面在地上飄動的黑色旗幟。

「它們要進攻我們嗎？」

「不像，這隊形好奇怪。」

螞蟻方陣漸漸近了，一頭眼尖的恐龍驚叫起來：「哇，那裡面有字耶！！」

另一頭恐龍一字一頓地念着：「我、們、來、幫、你、們、修、機、器，這、台、機、器、能、拯、救、世、界。」

「聽説在古代螞蟻就是這樣與我們的先祖交談的，現在親眼看見了！」有頭恐龍讚歎説。

「扯淡！[1]」少尉一擺觸鬚説，「不要中它們的詭計，去，把熱水器中所有的熱水都倒到盆裡端來。」

恐龍士兵七嘴八舌地議論起來：「它們的話太奇怪了，這台機器怎麼能拯救世界？」「誰的世界？我們的還是它們的？」「這台機器發出的信號想必是很重要的。」「是啊，要不為甚麼每天都由皇帝親自下命令發出呢？」

「白癡！」中尉訓斥道，「到現在你們還相信螞蟻？就因為我們對它們的輕信，它們已經摧毀了帝國！這是地球上最卑鄙最陰險的蟲蟲，我們決不再上它們的當了！快，去倒熱水！」

很快，恐龍士兵們搬出了五大盆熱水，五個士兵每人端一盆，一字排開向螞蟻方陣走去，同時把熱水潑向方陣。滾燙的水花在瀰漫的蒸汽中飛濺，地上的那行黑色字跡被沖散了，字陣的螞蟻被燙死大半。

「與恐龍交流已不可能，現在唯一的選擇，就是強攻遙控站，將其佔領後修好機器，我們自己發出解除信號。」卡奇卡看着遠處騰起的蒸汽説。

「螞蟻強攻恐龍的建築？！」若列像不認識似地看着卡奇卡，「這在軍事上簡直是發瘋！」

「沒辦法，這本來就是一個瘋狂的世界。這個建築規模不大，且處於孤立狀態，短時間內得不到增援，我們集結可能集結的最大力

---

1　編按：扯淡，胡説、亂講的意思。

量，是有可能攻下它的！」

「看遠處那是些甚麼？好像是螞蟻的超級行走車！」

聽到哨兵的喊聲，少尉舉起望遠鏡，看到遠方的荒原上果然有一長排黑色的東西在移動，再細看，那確實是哨兵所說的東西。螞蟻的交通工具一般都很小，但出於軍事方面的特殊需要，它們也造出了一些與它們的身體相比極其巨大的車輛，這就是超級行走車。每輛這樣的車約有人類的三輪車大小，這在螞蟻的眼中無疑是龐然大物，與人類眼中的萬噸巨輪一樣。超級行走車沒有輪子，而是仿照螞蟻用六條機械腿行走，所以能夠快速穿越複雜的地形。每輛超級行走車可以搭載幾十萬隻螞蟻。

「開槍，打那些車！」少尉命令。恐龍士兵用它們僅有的一挺輕機槍向遠處的行走車射擊，一排子彈在沙地上激起道道塵柱，走在最前面的那輛車的一條前腿被打斷了，一下子翻倒在地，剩下的五條機械腿仍在不停地揮動着。從打開側蓋的車廂裡滾出許多黑色的圓球，每一個有人類的足球那麼大，那是一團團的螞蟻！這些黑球滾到地面後很快散開來，就像在水中溶化的咖啡塊一樣。又有兩輛行走車被擊中停了下來，穿透車廂的子彈並不能殺死多少螞蟻，黑色的蟻團紛紛從車廂中滾落到地面。

「唉，要是有門炮就好了！」一名恐龍士兵說。

「是啊，有手榴彈也行啊。」

「火焰噴射器最管用！」

「好了，不要廢話了，你們數數有多少輛行走車！」少尉放下望遠鏡，指着前方說。

「天啊，足有二三百輛啊！」

「我看螞蟻聯邦在岡瓦納大陸的超級行走車都開到這裡了。」

「這就是說，這裡集結了上億隻螞蟻！」少尉說，「可以肯定，螞

蟻要強攻遙控站了！」

「少尉，我們衝過去，搗毀那些蟲蟲車！」

「不行，我們的機槍和步槍對它們沒有多少殺傷力。」

「我們還有發電用的汽油，衝過去燒它們！」

少尉冷靜地搖搖頭：「那也只能燒掉一部分。我們的首要任務是保衛遙控站，下面，聽我的安排……」

「執政官，元帥，前方空軍觀察機報告，恐龍們正在挖壕溝，以遙控站為圓心挖了兩圈壕溝。它們正在引來附近一條小河的水灌滿外圈壕溝，還搬出了幾個大油桶，向內圈的壕溝中倒汽油！」

「立刻發起進攻！」

蟻群開始向遙控站移動，黑壓壓一片，彷彿是空中的雲層在大地上投下的陰影。這景象讓遙控站中的恐龍們膽戰心驚。

蟻群的前鋒到達已經注滿水的第一道壕溝邊，最前邊的螞蟻沒有停留，直接爬進了水中，後面的螞蟻踏着它們的身體爬進稍靠前些的水中，很快，水面上形成了一層厚厚的黑色浮膜，這浮膜在迅速向水壕的內側擴展。恐龍士兵們都戴上了密封頭盔以防螞蟻鑽進體內，它們在水壕的內側用鐵鍬向蟻群撒土，還大盆大盆地潑熱水，但這些作用都不大，那層黑色浮膜很快覆蓋了整個水面，蟻群踏着浮膜如黑色的洪水般湧了過來，恐龍們只得撤到第二道壕溝之內，並點燃了壕溝中的汽油。一圈熊熊烈火將遙控站圍了起來。

蟻群到達火溝後，在溝邊堆疊起來，形成了一道蟻壩。蟻壩不斷增高，最後高達兩米多，在火溝外面形成一堵黑色的牆。接着，蟻壩整體開始向火溝移動，它的表面在火光中蠕動着，彷彿是一條黑色的巨蟒。在烈火的烘烤中，蟻壩的表面冒出了青煙，空氣中充滿了刺鼻的焦味，蟻壩表面被烤焦的螞蟻不停地滾落下去，掉進火溝燒着了，在火溝的外緣形成了一圈奇異的綠火，蟻壩的表面則不斷

地被一層新螞蟻代替，整個蟻壩仍堅定地站立在火溝邊上。這時，大批螞蟻從蟻壩的另一側登上頂端，聚成了一個個黑色的大蟻球，其大小與一小時前從超級行走車上滾下的那些相當，每個蟻球包含了一個師的螞蟻兵力。這些黑色的球體從蟻壩的頂端滾下去，有一些被大火吞沒了，但大部分藉着衝力滾過了火溝，到達溝的另一側。在穿越烈火的過程中，這些蟻球的外層都被燒焦了，但那無數隻螞蟻仍互相緊抓着不放，在蟻球外面形成了一層焦殼，保護了內層的螞蟻。滾上火溝對岸的蟻球很快達到了上千個，它們外部的焦殼很快裂開，球體溶散成蟻群，黑壓壓地擁上遙控站的台階。

守衛遙控站的恐龍士兵們的精神完全崩潰了，它們不顧少尉的阻攔，奪門而出，繞到建築物後面，沿着正在包圍遙控站的蟻群尚未填充的一條通道狂奔而去。

蟻群湧入了遙控站的底層，然後湧上樓梯，進入控制室。同時，蟻群也爬上了建築的外牆，由窗戶進入，一時間這幢建築的下半截變成了黑色的。

控制室中還有六頭恐龍，它們是少尉、工程師、維修技師和三名操作員。它們驚恐地看着螞蟻從門、窗和所有的縫隙進入這個房間，彷彿整幢建築被浸在螞蟻之海中，黑色的海水正在從各處滲進來。它們看看窗外，發現這螞蟻之海真的存在，目力所及之處，大地都被黑色的蟻群所覆蓋，遙控站只是這螞蟻海洋中的一個孤島。

蟻群很快淹沒了控制室的大部分地板，在控制台前留下了一個空圈，六頭恐龍就站在空圈中。工程師趕緊取出翻譯器，打開開關時立刻聽到了一個聲音：

「我是螞蟻聯邦的最高執政官，已沒有時間向您詳細說明一切，您只需要知道，如果遙控站不能在十分鐘之內發出信號，地球將被毀滅。」

工程師向四周看看，黑壓壓的全是螞蟻，按照翻譯器上的方向指示，它看到控制台上有三隻螞蟻，剛才的話就是其中的一隻說出的。它對那三隻螞蟻搖搖頭：

「發射機壞了。」

「我們的技工已經接好了所有的斷線，修好了機器，請立即啟動機器發信號！」

工程師再次搖頭：「沒電了。」

「你們不是有備用發電機嗎？」

「是的，自從外部電力中斷後，我們一直用汽油發電機供電，但現在沒有油了，汽油都倒進外面的壕溝中點燒光了……世界真的會在十分鐘後毀滅嗎？」

翻譯器中傳出了卡奇卡的回答：「如果發不出信號，是的！」

卡奇卡看看窗外，發現外面的火已經滅了，這證實了少尉的話，壕溝中也沒有剩油了。他轉身問若列：

「倒計時還剩多長時間？」

若列一直在看着錶，他回答說：「還剩五分鐘三十秒，執政官。」

喬耶說：「剛剛接到電話，羅拉西亞那邊已經失敗了，守衛遙控站的恐龍在螞蟻軍隊的進攻中炸毀了遙控站，對『明月』的解除信號已不可能發出，五分鐘後它將引爆。」

若列平靜地說：「『海神』也一樣，執政官，一切都完了。」

恐龍們並沒有聽明白這三位螞蟻聯邦的最高領導者在說甚麼，工程師說：「我們可以到附近去找汽油，距這裡五公里有一個村莊，快的話，二十分鐘就能回來。」

卡奇卡無力地揮了揮觸鬚：「去吧，你們都去吧，想去哪就去哪兒。」

六頭恐龍魚貫而出，工程師在門口停下腳步，問了剛才少尉問

的同一個問題：「幾分鐘後地球真的會毀滅嗎？」

螞蟻聯邦的最高執政官對它做出了一個類似微笑的表情：「工程師，甚麼東西都有毀滅的一天。」

「呵，我第一次聽螞蟻說出這麼有哲學意味的話。」工程師說，轉身走去。

卡奇卡再次走到控制台的邊緣，對地板上黑壓壓一片的螞蟻軍隊說：「迅速向全軍將士傳我的話：遙控站附近的部隊立刻到這幢建築的地下室隱蔽，遠處的部隊就地尋找縫隙和孔洞藏身，螞蟻聯邦政府最後告訴全體公民的話是：世界末日到了，大家各自保重吧。」

「執政官，元帥，我們一起去地下室吧！」喬耶說。

「不，您快去吧，博士。我們已犯了文明史上最大的錯誤，沒有資格再活下去了。」

「是的，博士，」若列說，「雖然不太可能，還是希望您能把文明的火種保存下去。」

喬耶同卡奇卡和若列分別碰了碰觸鬚，這是螞蟻世界的最高禮儀，然後它轉身混入了控制室中正在快速離去的蟻群。

螞蟻軍隊離開後，控制室內一片寧靜，卡奇卡向窗子爬去，若列跟著它。兩隻螞蟻爬到窗前時，正好看到了一幅奇景：此時是夜色將盡的凌晨，天空中有一輪殘月。突然，月牙的方向在瞬間轉動了一個角度，同時亮度急劇增強，直到那銀光變得電弧般刺目，把大地上的一切，包括正在疏散的蟻群，都照得毫髮畢現。

「怎麼回事？太陽的亮度增強了嗎？」若列好奇地問。

「不，元帥，是又出現了一個新太陽，月球在反射著它的光芒，那個太陽在羅拉西亞出現，正在把那個大陸燒焦。」

「岡瓦納的太陽也該出現了。」

「這不是嗎，來了。」

更強的光芒從西方射來，很快淹沒了一切。在被高溫汽化之前，兩隻螞蟻看到有一輪雪亮的太陽從西方的地平線上迅速升起，那太陽的體積急劇膨脹，最後佔據了半個天空，大地上的一切在瞬間燃燒起來。反物質湮滅的海岸距這裡有上千公里，衝擊波要幾十分鐘後才能到達，但在這之前，一切都早已在烈火中結束了。

這是白堊紀的最後一天。


# 九、漫漫長夜

寒冬已持續了三千年。

在一個稍微暖和一些的正午，岡瓦納大陸中部，兩隻螞蟻從深深的蟻穴中爬到地面。在沒有生氣的灰蒙蒙的天空中，太陽只是一團模糊的光暈，大地覆蓋在厚厚的冰雪下，偶爾有一塊岩石從雪中露出，黑乎乎的格外醒目，極目望去，遠方的山脈也是白色的。

螞蟻 A 轉過身來，打量着一個巨大的骨架，這種大骨架在大地上到處都有，由於也是白色的，同雪混在一起，從遠處不易看到。但從這個角度看，在天空的背景下顯得格外醒目。

「聽說這種動物叫恐龍。」螞蟻 A 說。

螞蟻 B 轉過身來，也凝視着天空中的骨架：「昨天夜裡你聽它們講那個關於神奇時代傳說了嗎？」

「聽了，它們說在幾千年前，螞蟻有過輝煌的時代。」

「是啊，它們說，那時的螞蟻不是住在地下的洞穴中，而是生活在地面的大城市裡，它們也不是由蟻后來生育，那真是一個神奇的時代。」

「那個傳說裡面説，那個神奇時代是螞蟻和恐龍一起創造的，恐龍沒有靈巧的手，螞蟻就為它們幹細活兒；螞蟻沒有靈活的思想，恐龍就想出了神奇的技術。」

「那個神奇的時代啊，螞蟻和恐龍造出了許多大機器，建造了許多大城市，擁有了神一般的力量！」

「你聽懂了傳説中關於那個世界毀滅的部分了嗎？」

「聽不太懂，好像很複雜的：恐龍世界裡爆發了戰爭，螞蟻和恐龍之間也爆發了戰爭……再到後來，地球上出現了兩個太陽。」

螞蟻 A 在寒風中打着顫：「唉，現在要是有個新太陽有多好啊！」

「你不懂的！那兩個太陽很可怕，把陸地上的一切都燒毀了！」

「那現在為甚麼這麼冷呢？」

「這很複雜，好像是這麼回事：那兩個新太陽出現以後的一段時間內，世界上確實很熱，據説太陽附近的大地都融成岩漿了！但後來，新太陽爆炸時激起的塵埃在空中遮住了舊太陽的陽光，世界就變冷了，變得比那兩個太陽出現前還冷得多，就是現在這個樣子。恐龍那麼大個兒，在那可怕的時代自然都死光了，但有一部分螞蟻鑽到地下，活了下來。」

「聽説就在不久前螞蟻還識字的，現在，我們都不認識字了，那些古代留下來的書誰也讀不了了。」

「我們在退化，照這樣下去，螞蟻很快就會退化成甚麼都不知道、只會築穴覓食的小蟲子了。」

「那有甚麼不好？在這艱難時代，懂的少些就舒服些。」

「那倒也是。」

……

「會不會有那麼一天，世界又溫暖起來，別的甚麼動物又建立起一個神奇時代？」

「有可能，我覺得那種動物應該既有足夠大的大腦，又有靈巧的雙手。」

「是的，但不能像恐龍這麼大，它們吃的太多，生活會很難。」

「也不能像我們這麼小，腦子不夠大。」

「唉，這種神奇的動物怎麼會出現呢？」

「我想會的，時間是無窮無盡的，甚麼都會出現，我告訴你吧，甚麼都會出現的。」

2004.6.22　於娘子關

地球大炮

隨着各大陸資源的枯竭和環境的惡化，世界把目光投向南極洲。南美突然崛起的兩大強國在世界政治格局中取得了與他們在足球場上同樣的地位，使得南極條約成為一紙空文。但人類的理智在另一方面取得了勝利，全球徹底銷毀核武器的最後進程開始了，隨着全球無核化的實現，人類對南極大陸的爭奪變得安全了一些。


## 一、新固態

　　走在這個巨洞中，沈華北如同置身於沒有星光的夜空下的黑暗平原上。腳下，在核爆的高溫中熔化的岩石已經冷卻凝固，但仍有強勁的熱力透過隔熱靴底使腳板出汗。遠處洞壁上還沒有冷卻的部分發着在黑暗中剛能看到的紅光，如同這黑暗平原盡頭的朦朧晨曦。沈華北的左邊走着他的妻子趙文佳，前面是他們八歲的兒子沈淵，這孩子在笨重的防輻射服中仍蹦蹦跳跳。在他們周圍，是聯合國核查組的人員，他們密封服頭盔上的頭燈在黑暗中射出許多道長長的光柱。

　　全球核武器的最後銷毀採用兩種方式：拆卸和地下核爆炸。這是位於中國的地下爆炸銷毀點之一。

　　核查組組長凱文斯基從後面趕上來，他的頭燈在洞底投下前面三人晃動的長影子，「沈博士，您怎麼把一家子都帶來了？這裡可不是郊遊的好去處。」

　　沈華北停下腳步，等着這位俄羅斯物理學家趕上來：「我妻子是銷毀行動指揮中心的地質工程師，至於兒子，我想他喜歡這種地方。」

　　「我們的兒子總是對怪異和極端的東西着迷。」趙文佳對丈夫

説，透過防輻射面罩，沈華北看到了她臉上憂慮的表情。

小男孩兒在前面手舞足蹈地説：「這個洞開始時才只有菜窖那麼大點兒呢，兩次就給炸成這麼大了！想想原子彈的火球像個被埋在地下的娃娃，哭啊叫啊蹬啊踹啊，真的很有趣兒呢！」

沈華北和趙文佳交換了一下眼色，前者面露微笑，後者臉上的憂慮又加深了一些。

「孩子，這次是八個娃娃！」凱文斯基笑着對沈淵説，然後轉向沈華北：「沈博士，這正是我現在想要同您談的：這次毀銷的是八顆巨浪型潛射導彈的彈頭，每顆當量十萬噸級，這八顆核彈放在一個架子上呈正立方體佈置……」

「有甚麼問題嗎？」

「起爆前我從監視器中清楚地看到，在這個由核彈頭構成的立方體正中，還有一個白色的球體。」

沈華北再次停住腳步，看着凱文斯基説：「博士，銷毀條約規定了向地下放的東西不能少於多少，好像不禁止多放進去些甚麼。既然爆炸的當量用五種觀測方式都核實無誤，其他的事情應該是無所謂的。」

凱文斯基點點頭：「這正是我在爆炸後才提這個問題的原因，只是出於好奇心。」

「我想您聽説過『糖衣』吧。」

沈華北的話如同一句咒語，使這巨洞中的一切都僵滯不動了，所有的人都停下了腳步，指向各個方向的頭燈光柱也都不再晃動了。由於談話是通過防輻射服裡的無線電對講系統進行的，遠處的人也都能清楚地聽到沈華北的話。短暫的靜止後，核查組的成員們從各個方向匯聚過來，這些不同國籍的人大部分都是核武器研究領域的精英。

「那東西真的存在？」一個美國人盯着沈華北問，後者點點頭。

據傳説，上世紀中葉，在得知中國第一次核試驗完成的消息後，毛澤東的第一個問題是：「那是核爆炸嗎？」不知是有意還是無意，這個問題問得很內行。裂變核彈的關鍵技術是向心壓縮，核彈引爆時，裂變物質被包裹着它的常規炸藥的爆炸力壓縮成一個緻密的球體，達到臨界密度而引發劇烈的鏈式反應，產生核爆炸。這一切要在百萬分之一秒內發生，對裂變物質的向心壓縮必須極其精確，向心壓力極微小的不平衡都可能在裂變物質還沒有達到臨界密度前將其炸散，那樣的話所發生的只是一次普通的化學爆炸。自核武器誕生以來，研究者們用複雜的數學模型設計出各種形狀的壓縮炸藥，近年來，又嘗試用最新技術通過各種手段得到精確的向心壓縮，「糖衣」就是這類技術設想中的一種。

「糖衣」是一種納米材料，它用來在裂變彈中包裹核炸藥，外面再包裹一層常規炸藥。「糖衣」具有自動平衡分配周圍壓應力的功能，即使外層炸藥爆炸時產生的壓應力不均勻，經過「糖衣」的應力平衡分配，它包裹的核炸藥仍能得到精確的向心壓縮。

沈華北説：「你們看到的由八顆核彈頭圍繞的那個白色球體，是用『糖衣』包裹的一種合金材料，它將在核爆中受到巨大的向心壓力。這是我們計劃在整個銷毀過程中進行的一項研究，這畢竟是一個難得的機會，當核彈全部消失後，短時期內地球上很難再產生這麼大的瞬間壓應力了。在如此巨大的向心壓力下試驗材料會變成甚麼，會發生些甚麼，將是一件很有意思的事，我們希望通過這項研究，為『糖衣』技術在民用領域找到一個光明的前景。」

一位聯合國官員説：「你們應該把石墨包在『糖衣』中放進去，那樣我們每次爆炸都能得到一大塊鑽石，耗資巨大的核銷毀工程説不定變得有利可圖呢。」

耳機裡聽到幾聲笑，沒有技術背景的官員在這種場合總是受到輕蔑的。「八十萬噸級核爆炸產生的壓力，不知比將石墨轉化為金剛石的壓力大多少個數量級。」有人說。

沈淵清亮的童音突然在大家的耳機中響起：「這大爆炸產生的當然不是金剛石，我告訴你們是甚麼吧：是黑洞！一個小小的黑洞！它將把我們都吸進去，把整個地球吸進去！通過它，我們將鑽到一個更漂亮的宇宙中！」

「呵呵孩子，那這次核爆炸的壓力又太小了……沈博士，您兒子的小腦袋真的不同尋常！」凱文斯基說，「那麼試驗結果呢？那塊合金變成了甚麼？我想你們多半找不到它了吧？」

「我也還不知道呢，我們去看看吧。」沈華北向前指指說。核爆炸使這個巨洞呈規則的球形，因而洞的底面是一個小盆地，在遠方盆地的正中央，晃動着幾盞頭燈，「那是『糖衣』試驗項目組的人。」

大家向盆地中央走去，感覺像在走下一道長長的山坡。這時，凱文斯基突然站住了，接着蹲下來把雙手貼着地面，「地下有震動！」

其他人也感覺到了，「不會是核爆炸誘發的地震吧？」

趙文佳搖搖頭：「銷毀點所在地區的地質結構是經過反覆勘測的，絕對不會誘發地震，這震動不是地震，它在爆炸後就出現了，持續不斷直到現在，鄧伊文博士說它與『糖衣』試驗有關，具體的我也不清楚。」

隨着他們接近盆地中心，由地層深處傳來的震動漸漸增強，直到使腳底發麻，彷彿大地深處有一個粗糙的巨輪在瘋狂旋轉。當他們來到盆地中心時，那一小群人中有一個站起身來，他就是趙文佳剛才提到的鄧伊文，材料核爆壓縮試驗項目的負責人。

「你手裡拿的甚麼？」沈華北指着鄧伊文手中一大團白色的東西問。

「釣魚線。」鄧博士說着，分開圍成一圈蹲在地上的那群人，他們正盯着地上的一個小洞看，那個洞出現在熔化後又凝結的岩石表面，直徑約十厘米，呈很規則的圓形，邊緣十分光滑，像鑽機打的孔，鄧伊文手中的釣魚線正源源不斷地向洞中放下去，「瞧，已經放了一萬多米了，還遠沒到底兒呢。經雷達探測，這洞已有三萬多米深，還在不斷延長。」

「它是怎麼來的？」有人問。

「那塊被壓縮後的試驗合金鑽出來的，它沉到地層中去了，就像石塊在海面上沉下去一樣，這震動就是它穿過緻密的地層時傳上來的。」

「哦天啊，這可真是奇跡！」凱文斯基驚歎說，「我還以為那塊合金將不過是被核爆的高溫蒸發掉呢。」

鄧伊文說：「如果沒有包裹『糖衣』的話會是那樣的結果，但這次它還沒來得及被蒸發，就被『糖衣』焦聚的向心壓力壓縮成一種新的物質形態，叫超固態比較合適，但物理學中已經有了這個名稱，我們就叫它新固態吧。」

「您是說，這東西的比重與地層的比重相比，就如同石塊與水的比重相比？」

「比那要大得多，石塊在水中下沉主要是因為水是液體，水結冰後比重變化不大，但放在上面的石塊就沉不下去。現在新固態物質竟然在固態的岩石中下沉，可見它的密度是多麼驚人！」

「您是說它成了中子星物質？」

鄧伊文搖搖頭：「我們現在還沒有精確測定，但可以肯定它的密度比中子星的簡併態物質小得多，這從它的下沉速度就可以看出來。如果真是一塊中子星物質，那麼它在地層中的下沉將如同隕石墜入大氣層一樣快，那會引起火山爆發和大地震。它是介於普通固態和

簡併態之間的一種物質形態。」

「它會一直沉到地心嗎？」沈淵問。

「也許會吧，孩子，因為在下沉到一定深度後，地層物質將變成液態的，那將更有利於它的下沉！」

「真好玩兒真好玩！」

在人們都把注意力集中到那個洞上的時候，沈華北一家三口悄悄地離開了人群，遠遠地走到黑暗之中。除了腳下地面的震動外，這裡很靜，他們頭燈的光柱照不了多遠就融於黑暗中，彷彿他們只是無際虛空中三個抽象的存在。他們把對講系統調到私人頻道，在這裡，小沈淵將做出一個決定一生的選擇：是跟爸爸還是跟媽媽。

沈淵的父母面臨着一個比離婚更糟的處境：他的爸爸現在已是血癌晚期。沈華北不知道他的病是否與所從事的核科學研究有關，但可以肯定自己已活不過半年了。幸運的是人體冬眠技術已經成熟，他將在冬眠中等待治癒血癌的技術出現。沈淵可以和父親一起冬眠，然後再一同醒來，也可以同媽媽一起繼續生活。從各方面考慮，顯然後者是一個明智的選擇，但孩子傾向於同爸爸一起到未來去，現在沈華北和趙文佳再次試圖說服他。

「媽媽，我和你留下來，不同爸爸去睡覺了！」沈淵說。

「你改變主意了？！」趙文佳驚喜地問。

「是的，我覺得不一定非要去未來，現在就很好玩兒，比如剛才那個沉到地心去的東西，多好玩兒！」

「你決定了？」沈華北問，趙文佳瞪了他一眼，顯然怕孩子又改變主意。

「當然！我去看那個洞了⋯⋯」小沈淵說着向遠處那頭燈晃動的盆地中心跑去。

趙文佳看着孩子的背影，憂慮地說：「我不知道能不能帶好

他，這孩子太像你了，整日生活在自己的夢中，也許未來真的更適合他。」

沈華北扶着妻子的雙肩說：「誰也不知道未來是甚麼樣，再說像我有甚麼不好，總要有愛做夢的那一類人。」

「生活在夢中沒甚麼可怕，我就是因為這個愛上你的，但你難道沒有發現這孩子的另一面？他在學校竟然同時當上了兩個班的班長！」

「這我也是剛知道，真不明白他是怎麼做到的。」

「他的權力慾像刀子一樣鋒利，而且不乏實現它的能力和手段，這與你是完全不同的。」

「是啊，這兩種性格怎麼可能融為一體呢？」

「我更擔心的是這種融合將來會發生甚麼？」

這時孩子的身影已完全融入遠方那一群頭燈中，他們將目光收回，都關掉頭燈，將自己完全融入黑暗中。

沈華北說：「不管怎樣，生活還得繼續。我所等待的技術，也許在明年就能出現，也許要等上一個世紀，也許……永遠也不會出現。你再活四十年沒有問題，一定要答應我一個請求：如果四十年後那項技術還沒出現，也一定要讓我甦醒一次，我想再看看你和孩子，千萬不要讓這一別成為永別。」

黑暗中趙文佳淒涼地笑笑：「到未來去見一個老太婆妻子和一個比你大十歲的兒子？不過，像你說的，生活還得繼續。」

他們就在這核爆炸形成的巨洞中默默地度過了在一起的最後時光。明天，沈華北將進入無夢的長眠，趙文佳將和他們那個生活在夢中的孩子一起，繼續沿着莫測的人生之路，走向不可知的未來。

# 二、甦醒

　　他用了一整天時間才真正醒來，意識初萌時，世界在他的眼中只是一團白霧，十個小時後這白霧中出現了一些模糊的影子，也是白色的，又過了十個小時，他才辨認出那些影子是醫生和護士。冬眠中的人是完全沒有時間感的，所以沈華北這時絕對肯定自己的冬眠時間僅是這模糊的一天，他認定冬眠維持系統在自己剛失去知覺後就出了故障。視力進一步恢復後，他打量了一下這間病房，很普通的白色牆壁，安在側壁上的燈發出柔和的光芒，形狀看上去也很熟悉，這些似乎證實了他的感覺。但接下來他知道自己錯了：病房白色的天花板突然發出明亮的藍光，並浮現出醒目的白字：

　　　　您好！承擔您冬眠服務的大地生命冷藏公司已於 2089 年破產，您的冬眠服務已全部移交綠雲公司，您現在的冬眠編號是 WS368200402-118，並享有與大地公司所簽定合同中的全部權利。您已經完成全部治療程序，您的全部病症已在甦醒前被治癒，請接受綠雲公司對您獲得新生的祝賀。

　　　　您的冬眠時間為 74 年 5 個月 7 天零 13 小時，預付費用沒有超支。

　　　　現在是 2125 年 4 月 16 日，歡迎您來到我們的時代。

　　又過了三個小時他才漸漸恢復聽力，並能夠開口說話，在七十四年的沉睡後，他的第一句話是：「我妻子和兒子呢？」

　　站在床邊的那位瘦高的女醫生遞給他一張摺疊的白紙：「沈先生，這是您妻子給您的信。」

　　我們那時已經很少有人用紙寫信了……沈華北沒把這話說出

來，只是用奇怪的目光看了醫生一眼，但當他用還有些麻木的雙手展開那張紙後，得到了自己跨越時間的第二個證據：紙面一片空白，接著發出了藍熒熒的光，字跡自上而下顯示出來，很快鋪滿了紙面。他在進入冬眠前曾無數次想像過醒來後妻子對他說的第一句話，但這封信的內容超出了他最怪異的想像：

### 親愛的，你正處於危險中！

　　看到這封信時，我已不在人世。給你這封信的是郭醫生，她是一個你可以信賴的人，也許是這個世界上你唯一可以信賴的人，一切聽她的安排。

　　請原諒我違背了諾言，沒有在四十年後甦醒你。我們的淵兒已成為一個你無法想像的人，幹了你無法想像的事，作為他的母親我不知如何面對你，我傷透了心，已過去的一生對於我毫無意義，你保重吧。

「我兒子呢？沈淵呢？！」沈華北吃力地支起上身問。

「他五年前就死了。」醫生的回答極其冷酷，絲毫不顧及這消息帶給這位父親的刺痛，接著她似乎多少覺察到這一點，安慰說：「您兒子也活了七十八歲。」

郭醫生掏出一張卡片遞給沈華北：「這是你的新身份卡，裡面存貯的信息都在剛才那封信上。」

沈華北翻來覆去地看那張紙，上面除了趙文佳那封簡短的信外甚麼都沒有，當他翻動紙張時，摺皺的部分會發出水樣的波紋，很像用手指按壓他的時代的液晶顯示器時發生的現象。郭醫生伸手拿過那張紙，在右下角按了一下，紙上的顯示被翻過一頁，出現了一個表格。

「對不起，真正意義上的紙張已經不存在了。」

沈華北抬頭不解地看着她。

「因為森林已經不存在了。」她聳聳肩說，然後逐項指着表格上的內容：「你現在的名字叫王若，出生於 2097 年，父母雙亡，也沒有任何親屬，你的出生地在呼和浩特，但現在的居住地在這裡——這是寧夏一個很偏僻的山村，是我能找到的最理想的地方，不會引人注意……不過你去那裡之前需要整容……千萬不要與人談起你兒子，更不要表現出對他的興趣。」

「可我出生在北京，是沈淵的父親！」

郭醫生直起身來，冷冷地說：「如果你到外面去這樣宣佈，那你的冬眠和剛剛完成的治療就全無意義了，你活不過一個小時。」

「到底發生了甚麼？！」

醫生笑笑：「這個世界上大概只有你不知道……好了，我們要抓緊時間，你先下床練習行走吧，我們要盡快離開這裡。」

沈華北還想問甚麼，突然響起了震耳的撞門聲，門被撞開後，有六七個人衝了進來，圍在他的床邊。這些人年齡各異，衣着也不相同，他們的共同點是都有一頂奇怪的帽子，或戴在頭上或拿在手中，這種帽子有齊肩寬的圓沿，很像過去農民戴的草帽；他們的另一個共同之處就是都戴着一個透明的口罩，其中有些人進屋後已經把它從嘴上扯了下來。這些人齊盯着沈華北，臉色陰沉。

「這就是沈淵的父親嗎？」問話的人看上去是這些人中最老的一位，留着長長的白鬍鬚，像是有八十多歲了，不等醫生回答，他朝周圍的人點點頭，「很像他兒子。醫生，您已經盡到了對這個病人的責任，現在他屬於我們了。」

「你們是怎麼知道他在這兒的？」郭醫生冷靜地問。

不等老者回答，病房一角的一位護士說：「我，是我告訴他們的。」

「你出賣病人？！」郭醫生轉身憤怒地盯着她。

「我很高興這樣做。」護士說，她那秀麗的臉龐被獰笑扭曲了。

一個年輕人揪住沈華北的衣服把他從床上拖了下來，冬眠帶來的虛弱使他癱在地上，一個姑娘一腳踹在他的小腹上，那尖尖的鞋頭幾乎扎進他的肚子裡，劇痛使他在地板上像蝦似地弓起身體，那個老者用有力的手抓住他的衣領把他拎了起來，像豎一根竹竿似地想讓他站住，看到不行後一鬆手，他又仰面摔倒在地，後腦撞到地板上，眼前直冒金星，他聽到有人說：

「真好，那個雜種欠這個社會的，總算能夠部分償還了。」

「你們是誰？」沈華北無力地問，他在那些人的腳中間仰視着他們，好像在看着一群兇惡的巨人。

「你至少應該知道我，」老者冷笑着說，從下面向上看去，他的臉十分怪異，讓沈華北膽寒，「我是鄧伊文的兒子，鄧洋。」

這個熟悉的名字使沈華北心裡一動，他翻身抓住老者的褲腳，激動地喊道：「我和你父親是同事和最好的朋友，你和我兒子還是同班同學，你不記得了？天啊，你就是洋洋？！真不敢相信，你那時……」

「放開你的髒爪子！」鄧洋吼道。

那個拖他下床的人蹲下來，把兇悍的臉湊近沈華北說：「聽着小子，冬眠的年頭兒是不算歲數的，他現在是你的長輩，你要表現出對長輩的尊敬。」

「要是沈淵活到現在，他就是你爸爸了！」鄧洋大聲說，引起了一陣鬨笑，接着他挨個指着周圍的人向他介紹：「在這個小伙子四歲時，他的父母同時死於中部斷裂災難；這姑娘的父母也同時在螺栓失落災難中遇難，當時她還不到兩歲；這幾位，在得知用畢生的財富進行的投資化為烏有時，有的自殺未遂，有的患了精神分裂症……至於我，被那個雜種誘騙，把自己的青春和才華都扔到那個該死的

工程中，現在得到的只是世人的唾罵！」

躺在地板上的沈華北迷惑地搖着頭，表示他聽不懂。

「你面對的是一個法庭，一個由南極庭院工程的受害者組成的法庭！儘管這個國家的每個公民都是受害者，但我們要獨享這種懲罰的快感。真正的法庭當然沒有這麼簡單，事實上比你們那時還要複雜得多，所以我們才不會把你送到那裡去，讓他們和那些律師扯一年淡之後宣佈你無罪，就像他們對你兒子那樣。我們會讓你得到真正的審判，當一小時後這個審判執行時，你會發現如果七十多年前就死於白血病是一件多麼幸運的事。」

周圍的人又齊聲獰笑起來。接着有兩個人架起沈華北的雙臂把他向門外拖去，他的雙腿無力地拖在地板上，連掙扎的力氣都沒有。

「沈先生，我已經盡力了。」在他被拖出門前，郭醫生在後面說，他想回頭再看看她，看看這個被妻子稱為他在這個冷酷時代唯一可以信任的人，但這種被拖着的姿勢使他無力回頭，只聽到她又說：「其實，你不必太沮喪，在這個時代，活着也不是一件容易的事。」當他被拖出門後，聽到醫生在喊：「快把門關上，把空淨器開大，你要把我們嗆死嗎？！」聽她的口氣，顯然不再關心他的命運。

出門後，他才明白醫生最後那句話的意思：空氣中有一種刺鼻的味道，讓人難以呼吸。他被拖着走過醫院的走廊，出了大門後，那兩個人不再拖他，把他的胳膊搭到肩上架着走。來到外面後他如釋重負地深深地吸了一口氣，但吸入的不是他想像的新鮮空氣，而是比醫院大樓內更污濁更嗆人的氣體，他的肺裡火辣辣的，爆發出持續不斷的劇烈咳嗽，就在他咳到要窒息時，聽到旁邊有人說：「給他戴上呼吸膜吧，要不在執行前他就會完蛋。」接着有人給他的口鼻罩上了一個東西，雖然只是一種怪味代替了另一種，他至少可以順暢

地呼吸了。又聽到有人說：「防護帽就不用給他了，反正在他能活的這段時間裡，紫外線甚麼的不會導致第二次白血病的。」這話又引起了其他的人一陣怪笑。當他喘息稍定，因窒息而流淚的雙眼視野清晰後，便抬起頭來第一次打量未來世界。

他首先看到街道上的行人，他們都戴着被稱為呼吸膜的透明口罩和叫做防護帽的大草帽，他還注意到，雖然天氣很熱，但人們穿得都很嚴實，沒有人露出皮膚。接着他看到了周圍的世界，這裡彷彿處於一個深深的峽谷中，這峽谷是由高聳入雲的摩天大樓構成的，說高聳入雲一點都不誇張，這些高樓全都伸進半空中的灰雲裡，在狹窄的天空上，他看到太陽呈一團模糊的光暈在灰雲後出現，那光暈移動着黑色的煙紋，他這才知道遮蓋天空的不是雲而是煙塵。

「一個偉大的時代，不是嗎？」鄧洋說，他的那些同夥又哈哈大笑起來，好像很久沒有這麼開心了。

他被架着向不遠處的一輛汽車走去，形狀有些變化，但他肯定那是汽車，大小同過去的小客車一樣，能坐下這幾個人。接着有兩個人超過了他們，向另一個方向走去，他們戴着頭盔，身上的裝束與過去有很大的不同，但沈華北還是一眼就認出了他們的身份，並衝他們大喊起來：

「救命！我被綁架了！救命！！」

那兩個警察猛地回頭，跑過來打量着沈華北，看了看他的病號服，又看了看他光着的雙腳，其中一個問：「您是剛甦醒的冬眠人吧？」

沈華北無力地點點頭：「他們綁架我……」

另一名警察對他點點頭說：「先生，這種事情是經常發生的，這一時期甦醒的冬眠人數量很多，為安置你們佔用了大量的社會保障資源，因而你們經常受到仇視和攻擊。」

「好像不是這麼回事……」沈華北說，但那警察揮手打斷了他。

「先生，您現在安全了。」然後那名警察轉向鄧洋一夥人，「這位先生顯然還需要繼續治療，你們中的兩個人送他回醫院，這位警官將一同去了解情況，我同時通知你們，你們七個人已經因綁架罪被逮捕。」説着他抬起手腕對着上面的對講機呼叫支援。

鄧洋衝過去制止他：「等一下警官，我們不是那些迫害冬眠人的暴徒，你們看看這個人，不面熟嗎？」

兩個警察仔細地盯着沈華北看，還短暫地摘下他的呼吸膜以更好地辨認，「他……好像是米西西！」

「不是米西西，他是沈淵的父親！」

兩個警察瞪大雙眼在鄧洋和沈華北之間來回看着，像是見了鬼。中部斷裂災難留下的孤兒把他們拉到一邊低聲説着，這過程中兩個警察不時抬頭朝沈華北這邊看看，每次的目光都有變化，在最後一次朝這邊投來的目光中，沈華北絕望地讀出這些人已是鄧洋一夥的同謀了。

兩個警察走過來，沒有朝沈華北看一眼，其中一位警惕地環視四周做放哨狀，另一名徑直走到鄧洋面前説，壓低了聲音説：「我們就當沒看見吧，千萬不要讓公眾注意到他，否則會引起一場騷亂的。」

讓沈華北恐懼的不僅僅是警察話中的內容，還有他説這話時的樣子，他顯然不在乎讓沈華北聽到這些，好像他只是一件放在旁邊的沒有生命的物件。

那些人把沈華北塞進汽車，他們也都上了車，在車開的同時車窗的玻璃都變得不透明了，車是自動駕駛的，沒有司機，前面也看不到可以手動的操縱桿件。一路上車裡沒有人説話，僅僅是為了打破這令人窒息的沉默，沈華北隨口問：

「誰是米西西？」

「一個電影明星，」坐在他旁邊的螺栓失落災難留下的孤女説，

「因扮演你兒子而出名,沈淵和外星撒旦是目前影視媒體上出現最多的兩個大反派角色。」

沈華北不安地挪挪身體,與她拉開一條縫,這時他的手臂無意間觸碰了車窗下的一個按鈕,窗玻璃立刻變得透明了。他向外看去,發現這輛車正行駛在一座巨大而複雜的環狀立交橋上,橋上擠滿了汽車,車與車的間距只有不到兩米的樣子。這景象令人恐懼之處是:這時並不是處於塞車狀態,就在這塞車時才有的間距下,所有的車輛都在高速行駛,時速可能超過了每小時一百公里!這使得整個立交橋像一個由汽車構成的瘋狂大轉盤。他們所在的這輛車正在以令人目眩的速度衝向一個叉路口,在這輛車就要撞入另一條車流時,車流中正好有一個空檔在迎接它,這種空檔以令人難以覺察的速度在叉路口不斷出現,使兩條湍急的車流無縫地合為一體。沈華北早就注意到車是自動駕駛的,人工智能已把公路的利用率發揮到極限。

後面有人伸手又把玻璃調暗了。

「你們真想在我對這一切都一無所知的情況下殺死我嗎?」沈華北問。

坐在前排的鄧洋回頭看了他一眼,懶洋洋地説:「那我就簡單地給你講講吧。」


# 三、南極庭院

「想像力豐富的人在現實中往往手無縛雞之力,相反,那些把握歷史走向的現實中的強者,大多只有一個想像力貧乏的大腦,你兒子,是歷史上少有的把這兩者合為一體的人。在大多數時間,現實只是他幻想海洋中的一個小小的孤島,但如果他願意,可能隨時把

自己的世界翻轉過來，使幻想成為小島而現實成為海洋，在這兩個海洋中他都是最出色的水手⋯⋯」

「我了解自己的兒子，你不必在這上面浪費時間。」沈華北打斷鄧洋説。

「但你無論如何也不會想到沈淵在現實中爬到了多高的位置，擁有了多大的權力，這使他有能力把自己最變態的狂想變成現實。可惜，社會沒有及早發現這個危險。也許歷史上曾有過他這樣的人，但都像擦過地球的小行星一樣，沒能在這個世界上釋放自己的能量就消失在茫茫太空中，不幸的是，歷史給了你兒子用變態狂想製造災難的機會。

「在你進入冬眠後的第五年，世界對南極大陸的爭奪有了一個初步結果：這個大陸被確定為全球共同開發的區域，但各個大國都為自己爭得了大面積的專屬經濟區。盡早使自己在南極大陸的經濟區繁榮起來，並盡快開發那裡的資源，是各大國擺脫因環境問題和資源枯竭而帶來的經濟衰退的唯一希望，『未來在地球頂上』成為當時人盡皆知的口號。

「就在這時，你兒子提出了那個瘋狂設想，聲稱這個設想的實現將使南極大陸變為這個國家的庭院，那時從北京去南極將比從北京去天津還方便。這不是比喻，是真的，旅行的時間要比去天津的短，消耗的能源和造成的污染都比去天津的少。那次著名的電視演講開始時，全國觀眾都笑成一團，像在看滑稽劇，但他們很快安靜下來，因為他們發現這個設想真的能行！這就是南極庭院設想，後來根據它開始了災難性的南極庭院工程。」

説到這裡，鄧洋莫名其妙地陷入沉默。

「接着説呀，南極庭院的設想是甚麼？」沈華北催促道。

「你會知道的。」鄧洋冷冷地説。

「那你至少可以告訴我，我與這一切有甚麼關係？」

「因為你是沈淵的父親，這不是很簡單嗎？」

「現在又盛行血統論了？」

「當然沒有，但你兒子的無數次表白使血統論適合你們。當他變得舉世聞名時，就真誠地宣稱他思想和人格的絕大部分是在八歲前從父親那裡形成的，以後的歲月不過是進行一些知識細節方面的補充而已。他還聲明，南極庭院設想的最初創造者也是父親。」

「甚麼？！我？南極……庭院？！這簡直是……」

「再聽我說完最後一點：你還為南極庭院工程提供了技術基礎。」

「你指的甚麼？！」

「當然是新固態材料，沒有它，南極庭院設想只是一個夢囈，而有了它，這個變態的狂想立刻變得現實了。」

沈華北困惑地搖搖頭，他實在想像不出，那超高密度的新固態材料如何能把南極大陸變成這個國家的庭院。

這時車停了。


# 四、地獄之門

下車後，沈華北迎面看到一座奇怪的小山，山體呈單一鐵鏽色，光禿禿的看不到一棵草。鄧洋指着小山偏頭說：「這是一座鐵山，」看到沈華北驚奇的目光，他又加上一句「就是一大塊鐵」。沈華北舉目四望，發現這樣的鐵山在附近還有幾座，它們以怪異的色彩突兀在出現在這廣闊的平原上，使這裡有一種異域的景色。

沈華北這時已恢復到可以行走，他腳步蹣跚地隨着這夥人走向遠處一座高大的建築物，那個建築物呈一個完美的圓柱形，有上百

米高，表面光滑一體，沒有任何開口。他們走近後，看到一扇沉重的鐵門轟隆隆地向一邊滑開，露出一個入口，一行人走了進去，門在他們身後密實地關上了。

在暗弱的燈光下，沈華北看到他們身處一個像是密封艙的地方，光滑的白色牆壁上掛着一長排像太空服一樣的密封裝，人們各自從牆上取下一套密封裝穿了起來，在兩個人的幫助下他也開始穿上其中的一件。在這過程中他四下打量，看到對面還有一扇緊閉的密封門，門上亮着一盞紅燈，紅燈旁邊有一個發光的數碼顯示，他看出顯示的是大氣壓值。當他那沉重的頭盔被旋緊後，在面罩的右上角出現一塊透明的液晶顯示區，顯示出飛快變化的數字和圖形，他只看出那是這套密封服內部各個系統的自檢情況。接着，他聽到外面響起低沉的嗡嗡聲，像是甚麼設備啟動了，然後注意到對面那扇門上方顯示的大氣壓值在迅速減小，在大約三分鐘後減到零，旁邊的紅燈轉換為綠燈，門開了，露出這個密封建築物黑洞洞的內部。沈華北證實了自己的猜測：這是一個由大氣區域進入真空區域的過渡艙，如此說來，這個巨大圓柱體的內部是真空的。

一行人走進了那個入口，門又在後面關上了，他們身處濃濃的黑暗之中，有幾個人密封服頭盔上的燈亮了，黑暗中出現幾道光柱，但照不了多遠。一種熟悉的感覺出現了，沈華北不由打了個寒戰，心裡有一種莫名的恐懼。

「向前走。」他的耳機中響起了鄧洋的聲音，頭燈的光暈在前方照出了一座小橋，不到一米寬，另一頭伸進黑暗中，所以看不清有多長，橋下漆黑一片。沈華北邁着顫抖的雙腿走上了小橋，密封服沉重的靴子踏在薄鐵板橋面上發出空洞的聲響，他走出幾米，回過頭來想看看後面的人是否跟上來了，這時所有人的頭燈同時滅了，黑暗吞沒了一切。但這只持續了幾秒鐘，小橋的下面突然出現了藍色

的亮光。沈華北回頭看，只有他上了橋，其他人都擠在橋邊看着他，在從下向上照的藍光中，他們像一群幽靈。他扶着橋邊的欄杆向下看去，幾乎使血液凝固的恐懼攫住了他。

他站在一口深井上。

這口井的直徑約十米，井壁上每隔一段距離就有一個環繞光圈，在黑暗中標示出深井的存在。他此時正站在橫過井口的小橋的正中央，從這裡看去，井深不見底，井壁上無數的光圈漸漸縮小，直至成為一點，他彷彿在俯視着一個發着藍光的大靶標。

「現在開始執行審判，去償還你兒子欠下的一切吧！」鄧洋大聲說，然後用手轉動安裝在橋頭的一個轉輪，嘴裡念念有詞：「為了我被濫用的青春和才華……」小橋傾斜了一個角度，沈華北抓住另一面的欄杆努力使自己站穩。

接着鄧洋把轉輪讓給了中部斷裂災難留下的孤兒，後者也用力轉了一下：「為了我被熔化的爸爸媽媽……」小橋傾斜的角度又增加了一些。

轉輪又傳到螺栓失落災難留下的孤女手中，姑娘怒視着沈華北用力轉動轉輪：「為了我被蒸發的爸爸媽媽……」

因失去所有財富而自殺未遂者從螺栓失落災難留下的孤女手中搶過轉輪：「為了我的錢、我的勞斯萊斯和林肯車、我的海濱別墅和游泳池，為了我那被毀的生活，還有我那在寒冷的街頭排隊領救濟的妻兒……」小橋已經轉動了九十度，沈華北此時只能用手抓着上面的欄杆坐在下面的欄杆上。

因失去所有財富而患精神分裂症的人也撲過來同因失去所有財富而自殺未遂者一起轉動轉輪，他的病顯然還沒好利索，沒說甚麼，只是對着下面的深井笑。小橋完全傾覆了，沈華北雙手抓着欄杆倒吊在深井上方。

這時的他並沒有多少恐懼，望着腳下深不見底的地獄之門，自己不算長的一生閃電般地掠過腦海：他的童年和少年時代是灰色的，在那些時光中記不起多少快樂和幸福；走向社會後，他在學術上取得了成功，發明了「糖衣」技術，但這並沒有使生活接納他；他在人際關係的蛛網中掙扎，卻被越纏越緊，他從未真正體驗過愛情，婚姻只是不得已而為之；當他打定主意永遠不要孩子時，孩子來到了人世……他是一個生活在自己思想和夢想世界中的人，一個令大多數人討厭的另類，從來不可能真正地融入人群，他的生活是永遠的離群索居，永遠的逆水行舟，他曾寄希望於未來，但這就是未來了：已去世的妻子、已成為人類公敵的兒子、被污染的城市、這些充滿變態仇恨的人……這一切已使他對這個時代和自己的生活心灰意冷。本來他還打定主意，要在死前知道事情的真相，現在這也無關緊要了，他是一個累極了的行者，唯一渴望解脫。

　　在井邊那群人的歡呼聲中，沈華北鬆開了雙手，向那發着藍光的命運的靶標墜下去。

　　他閉着眼睛沉浸在墜落的失重中，身體彷彿變得透明，一切生命不能承受之重已離他而去。在這生命的最後幾秒鐘，他的腦海中突然響起了一首歌，這是父親教他的一首古老的蘇聯歌曲，在他冬眠前的時代已沒有人會唱了，後來他作為訪問學者到莫斯科去，在那裡希望找到知音，但這首歌在俄羅斯也失傳了，所以這成了他自己的歌。在到達井底之前他也只能在心裡吟唱一兩個音符，但他相信，當自己的靈魂最後離開軀體時，這首歌會在另一個世界繼續的……不知不覺中，這首旋律緩慢的歌已在他的心中唱出了一半，時間過去了好長，這時意識猛然警醒，他睜開雙眼，看到自己在不停地飛快穿過一個又一個的藍色光環。

　　墜落仍在繼續。

「哈哈哈哈……」他的耳機中響起了鄧洋的狂笑聲,「快死的人,感覺很不錯吧?!」

他向下看,看到一串撲面而來的發着藍光的同心圓,他不停地穿過最大的一個圓,在圓心處不斷有新的小圓環出現並很快擴大;向上看,也是一個同心圓,但其運動是前一個畫面的反演。

「這井有多深?」他問。

「放心,您總會到底的,井底是一塊堅硬平滑的鋼板,叭嘰一下,你摔成的那張肉餅會比紙還薄的!哈哈哈哈……」

這時,他注意到面罩右上角的那塊液晶顯示區又出現了,有一行發着紅光的字:

**您現在已到達 100 公里深度,速度 1.4 公里 / 秒,您已經穿過莫霍不連續面,由地殼進入地幔。**

沈華北再次閉上雙眼,這次他的腦海中不再有歌聲,而是像一台冷靜的計算機般飛快地思索着,當半分鐘後他再次睜開眼睛時,已經明白了一切:這就是南極庭院工程,那塊堅硬平滑的井底鋼板並不存在,這口井沒有底。

這是一條貫穿地球的隧道。

# 五、大隧道

「它是走切線,還是穿過地心?」沈華北問,只是思維以語言的形式冒了一下頭。

「聰明的頭腦,這麼快就想到了!」鄧洋驚歎道。

「很像他兒子。」有人跟着説，聽上去可能是中部斷裂災難留下的孤兒。

「是穿過地心，由中國的漠河穿過地球到達南極大陸的最東端南極半島。」鄧洋回答沈華北説。

「剛才那座城市是漠河？！」

「是的，它因作為地球隧道起點而繁榮起來。」

「據我所知，從那裡貫穿地球應該到達阿根廷南部。」

「不錯，但隧道有輕微的彎曲。」

「既然隧道是彎曲的，我會不會撞上井壁呢？」

「如果隧道筆直地直達阿根廷，你倒是肯定會撞上，那種筆直的地球隧道只有在貫穿兩極之間的地軸上才能實現，這種與地軸成一定角度的隧道必須考慮地球的自轉因素，它的彎曲正好能讓你平滑地通過。」

「呵，偉大的工程！」沈華北由衷地讚歎道。

**您現在已到達 300 公里深度，速度 2.4 公里／秒，已進入地幔黏性物質區。**

他看到自己穿過光圈的頻率正在加快，下面和上面那兩個同心圓的密度增加了許多。

鄧洋説：「關於建造穿過地球的隧道，不是甚麼新想法，十八世紀就有兩個人提出了這個設想，一位是叫莫泊都的數學家，另一位則是舉世聞名的伏爾泰。到後來，法國天文學家佛蘭馬理翁又把這個計劃重新提了出來，並且首先考慮了地球的自轉因素……」

沈華北打斷他問：「那你怎麼説這想法是從我這裡來的呢？」

「因為前面那些人不過是在做思想試驗，而你的設想影響了一個

人，這人後來用自己魔鬼般的才能促成了這個狂想的實現。」

「可……我不記得向沈淵提起過這些。」

「真是個健忘的人，你做了一個後來改變人類歷史進程的設想，卻忘了。」

「我真的想不起來。」

「那你總能想起那個叫貝加多的阿根廷人，還有他送給你兒子的生日禮物吧？」

**您現在已到達 1500 公里深度，速度 5.1 公里 / 秒，已進入地幔剛性物質區。**

沈華北終於想起來了。那是沈淵六歲的生日，沈華北請在北京的阿根廷物理學家貝加多博士到家裡做客。當時南美兩強已經崛起，阿根廷對南極大陸的大片陸地提出領土要求，並向南極大量移民，同時快速發展核武器，讓全世界大驚失色。在後來的全球無核化進程中，阿根廷自然是以有核國家的身份加入聯合國銷毀委員會，沈華北和貝加多都是這個委員會中一個技術小組的專家。

那次貝加多給沈淵帶來的禮物是一個地球儀，它是用一種最新的玻璃材料製成的，那種玻璃是阿根廷飛速發展的技術水平的一個體現，它的折射率與空氣相同，因而看不出玻璃球的存在，地球儀上的大陸彷彿是懸浮在兩極之間，沈淵很喜歡這個禮物。

在晚飯後的聊天中，貝加多拿出了一張國內的大報，讓沈華北看上面的一幅政治漫畫，畫上一位阿根廷球星正在踢地球。

「我不喜歡這個，」貝加多說，「中國人對我的國家的了解好像只限於足球，並把這種了解引伸到國際政治上，阿根廷在你們的眼中也成了一個充滿攻擊性的國家。」

「您要知道，阿根廷畢竟是在地球上與中國相距最遠的一個國家，你們正在地球的對面。」趙文佳微笑着說，從沈淵的手中拿過那個全透明的地球儀，在上面，中國和阿根廷隔着那個超透明的球體重疊在一起。

「其實我有個辦法能夠使兩國更好地交流，」沈華北拿過地球儀說，「只需從中國挖一條通過地心貫穿地球的隧道就行了。」

貝加多說：「那個隧道也有一萬兩千多公里長，並不比飛機航線短多少。」

「但旅行時間會短許多的，想想您帶着旅行包從隧道的這一端跳進去……」

沈華北的本意是想把話題從政治上引開去，他成功了，貝加多來了興趣：「沈，你的思維方式總是與眾不同……讓我們看看：我跳進去後會一直加速，雖然我的加速度會隨墜落深度的增加而減小，但確實會一直加速到地心，通過地心時我的速度達到最大值，加速度為零；然後開始減速上升，這種減速度的值會隨着上升而不斷增加，當到達地球的另一面阿根廷的地面時，我的速度正好為零。如果我想回中國，只需從那面再跳下去就行了，如果我願意，可以在南北半球之間做永恆的簡諧振動，嗯，妙極了，可是旅行時間……」

「讓我們計算一下吧。」沈華北打開電腦。

計算結果很快出來了，以地球理想的平均密度，從中國跳進地球隧道，穿過直徑一萬兩千多公里的地球，墜落到阿根廷，需四十二分鐘十二秒。

「快捷的旅行！」貝加多高興地說。

……

**您現在已到達 2800 公里深度，速度 6.5 公里 / 秒，您正在穿過古騰堡不連續面，進入地核。**

墜落中的沈華北又聽到鄧洋說：「在那個晚上，你一定沒有注意到，你的兒子瞪圓了那雙充滿靈氣的大眼睛，出神地聽着你的話，你更不可能知道，他盯着床頭的那個透明地球一夜沒睡。當然，你對兒子的這種影響可能有過無數次，你在沈淵的心靈中播下了許多狂想的種子，這只是其中開出花朵的一顆。」

沈華北凝視着周圍距自己四五米遠處的那一圈飛速上升的井壁，高頻掠過的環繞光圈使井壁的表面有些模糊。

「這是新固態材料嗎？」他問。

「還能是其他甚麼？有甚麼別的材料具有建造這樣的隧道的強度呢？」

「這樣巨量的新固態物質是如何生產出來的？這種比重大得能沉入地層的材料怎樣搬運和加工呢？」

「只能最簡略地說說：新固態物質是通過連續不斷的小型核爆炸生產出來的，核心技術當然是你的『糖衣』，其生產線是龐大而複雜的；新固態材料有多種密度級別，較低密度的材料不會沉入地層，用它造出一個面積較大的基礎，將高密度材料放置於其上，其壓強被基礎分散，就能夠浮在地面上了，用類似的原理，也可以進行這種材料的運輸；至於新固態材料的加工，技術更加複雜，以你的知識水平可能無法理解。總之新固態材料已經是一個龐大的產業，其經濟規模超過了鋼鐵，它並不只是用於南極庭院工程。」

「那麼這條隧道是如何建成的呢？」

「首先告訴你一點：建構隧道的基本構件是井圈，每個井圈長約一百米，整條隧道是由大約二十四萬個井圈連接而成。至於具體的

施工過程，你是個聰明人，也許自己能想出來。」

**您現在已到達 4100 公里深度，速度 7.5 公里／秒，正處於液態地核中部。**

「沉井？」

「是的，是用沉井工藝，首先從中國和南極將井圈沉入地層，並拼接成貫穿地球的一條線，第二步是將拼接後的井圈中的地層物質掏出，隧道就形成了。你在隧道入口的外面看到的那些鐵山，就是由從隧道的地核部分中掏出的鐵鎳合金堆成的。具體的施工要由地下船來進行，這種能在地層中行駛的機器也是由新固態材料製造的，有的型號能在地核深度行駛，它們能在地層中使下沉的井圈定位。」

「這樣算下來，只需十二萬個井圈。」

「超固態物質承受地球深處的壓力和高溫是沒有問題的，但地下還有許多流動體，較淺處是流動的岩漿，更危險的是地核中的液態鐵鎳流，它們對隧道產生巨大的剪切衝擊，新固態材料的強度能夠承受這種衝擊，但井圈之間的連接處就不行了，所以隧道由內外兩層井圈構成，內層的井圈緊貼外層井圈，兩層井圈間相互交錯，這樣就使隧道形成了足夠的抗剪切強度。」

**您現在已到達 5400 公里深度，速度 7.7 公里／秒，正在接近固態地核。**

「下面，我想你要告訴我南極庭院工程帶來的災難了。」

# 六、災難

「南極庭院工程的第一次災難發生於二十五年前，那時工程進入最後的勘探設計階段，需要進行大量的地下航行。在一次勘探航行中，一艘名叫「落日六號」的地下船在地幔中失事，並下沉到地核中，船上三名乘員中有兩人遇難，只有一名年輕的女領航員幸存，她現在仍被封閉在地心中，將在狹窄的地下船中度過餘生。那艘船上的中微子通訊設備已失去發射功能，但可能仍能接收。順便說一句：她的名字叫沈靜，是您的孫女。」

沈華北的心抽搐了一下。

在這瘋狂的速度下，井壁上的光圈在沈華北眼中已連為一體，使這巨井的井壁發出刺目的藍光，正在其中飛速墜落的沈華北，彷彿在穿過時光隧道，進入那並不遙遠但他不曾經歷過的過去。

**您現在已到達 5800 公里深度，速度 7.8 公里 / 秒，您已進入固態地核，正在接近地心！**

「南極庭院工程進行到第六年，發生了慘烈的中部斷裂災難。前面說過，隧道是由內外兩層相互交錯的井圈構成，在裝入內層井圈時，必須首先將已連接好的外層井圈中的地下物質掏空，以免兩層井圈間混入雜質，影響它們之間貼合的緊密度。在施工中採用掏空一段外井圈放入一個內井圈的工藝，這就意味着在地核段的施工中，在一段外井圈被掏空而內井圈還未到位的這段時間裡，包括接合部在內的兩個外井圈將單獨承受地核鐵鎳流的衝擊。本來，兩段井圈間的接合部採用十分堅固的鉚接技術，在設計中，應該能夠在相當長的時間裡承受鐵鎳流的衝擊。但在進入地核四百九十多公里處，

兩段剛剛掏空的井圈處有一股異常強大的鐵鎳流,其流速是以前的大量勘探中觀測到的最高值的五倍。強大的衝擊力使兩個井圈錯位,高溫高壓的地核物質瞬時湧入隧道,並沿着已建成的隧道飛速上升。在得知斷裂發生後,作為工程總指揮的沈淵立刻下令關閉了位於古騰堡不連續面處的安全閘門,它被稱為古騰堡閘。這時在閘門下近五百公里的隧道中,有兩千五百多名工程人員在施工,在得知斷裂發生後,他們同時乘坐隧道中的高速升降機撤離,共有一百三十多部升降機,最後一輛升降機與沿隧道上升鐵鎳流保持着三十公里左右的距離。最後只有六十一部升降機來得及通過古騰堡閘,其餘都在閘門關閉後被四千多度高溫的地核激流吞沒,一千五百二十七人殞命地心。

「中部斷裂災難舉世震驚,沈淵同時受到了兩方面的強烈譴責:一方認為他完全可以等所有升降機都通過古騰堡閘時再關閉閘門,這時鐵鎳流距閘門還有三十公里,雖然時間很短,但還是來得及的。即使這道閘門沒來得及關閉,在上面的莫霍不連續面(地表和地幔的交界面)處還有一道安全閘 —— 莫霍閘。那些遇難者的極端憤怒的家屬控告沈淵故意殺人罪。對此,沈淵在媒體面前只有一句話:『我怕出漏子啊!』這漏子確實出不得,有不止一部以南極庭院工程為題材的災難片,其中最著名的是《鐵泉》,在影片中有地核物質衝出地表的惡夢般的景象:一股鐵鎳液柱高高衝上同溫層,在那個高度上散成一朵巨大的死亡之花,它發出的刺目白光使北半球的黑夜變成白晝,大地上下起了灼熱的鐵水的暴雨,亞洲大陸成了一口煉鋼爐,人類最終面臨恐龍的命運……這描述並不誇張,正因為如此,沈淵又面臨着另一項與上面完全相反的指控:他應該更早些關閉古騰堡門,根本沒有必要等那六十一部升降機通過。有更多的人支持這項指控,輿論給他安上了一項臨時杜撰的罪名:因瀆職而反人類罪。

雖然在法律上兩項指控最終都沒有成立，但沈淵因此辭職，離開了南極庭院工程的指揮層，他拒絕了另外的任命，以後一直作為一名普通工程師在隧道中工作。」

這時，井壁發出的藍光突然變成紅色。

**您現在已到達 6300 公里深度，速度 8 公里 / 秒，正在穿過地心！**

耳機裡響起了鄧洋的聲音：「你現在已達到可以飛出地球的速度，卻正處在這個星球的中心，地球正在圍着你旋轉，所有的海洋和大陸，所有的城市和所有的人，都在圍着你旋轉。」

沐浴在這莊嚴的紅光中，沈華北的腦海中又響起了音樂，這次是一首宏偉的交響曲，他以第一宇宙速度穿過這發着紅光的地心隧道，彷彿漂行在地球的血管中，這使他熱血沸騰。

鄧洋又説：「雖然新固態材料有良好的絕熱性能，現在你周圍的溫度仍超過了一千五百度，你的密封服中的冷卻系統正在全功率運行。」

井壁的紅光只延續了十多秒鐘，又變回寧靜的藍光。

**您已通過地心，現在正在上升，並開始減速。您已經上升了 500 公里，速度 7.8 公里 / 秒，仍在固態地核中。**

藍光使沈華北冷靜下來，他已適應了失重，現在緩緩地轉動身體，使頭部向着前進的方向，以找到上升的感覺。他問鄧洋：「好像還有第三次災難？」

「螺栓失落災難發生在五年前，那時南極庭院工程已經完工，地

球隧道已投入了正式運營，每時每刻都有地心列車穿行於其中。地心列車的車廂是直徑八米長五十米的圓柱體，每列地心列車最多可由二百節車廂組成，可運載兩萬噸貨物或近萬名乘客，穿過地球的單程需四十二分鐘，運輸過程只是自由墜落，不消耗任何能源。

「當時，在漠河起點站，一名維修工人不小心將一顆直徑不到十厘米的螺栓掉進隧道，這枚螺栓是用一種能夠吸收電磁波的新材料製造的，因而沒有被安全監測系統的雷達檢測到。螺栓在隧道中一直墜落，穿過地球到達南極站，又從那裡向回墜落，在到達地心時擊中了一列正在向南極上升的地心列車。螺栓與列車的相對速度高達每秒十六公里，這樣的動能使它像一顆炸彈。它穿透了頭兩節車廂，把沿路的一切都汽化了，這兩節車廂的爆炸，使整列列車以每秒八公里的速度擦到井壁上，在一瞬間就被撕得粉碎。大量的碎片在隧道中來回運行，有的一次次穿過整個地球，大部分則因撞擊失去了部分速度，只是在地核附近擺動。用了一個月時間才把隧道中的碎片完全清整乾淨，列車上的三千名乘客的遺體沒有找到，地核段的高溫已把他們徹底火化了。」

您現在已從地心上升了 2200 公里，**速度 7.5 米 / 秒**，已重新進入地核的**液態部分**。

「但最大的災難還是這個超級工程本身，南極庭院工程在技術上是人類史無前例的壯舉，而在經濟上的愚蠢也是空前絕後的，直到現在，人們對這樣一個在經濟規劃上近乎白癡的工程竟得以實施仍百思不得其解，沈淵那魔鬼般的才能固然起了作用，其根本原因可能還在於人們對開發新大陸的狂熱和對技術的盲目崇拜。在經濟學上，南極庭院工程的完工之日，也就是它的死亡之時。雖然通過地

球隧道的運輸極其快捷，且幾乎不消耗能量，用當時人們的話説『扔下去就到了』或『跳下去就到了』，但由於工程巨大的投資，使得地心列車的運輸費用極其昂貴，這抵消了它的快捷的長處，使得地心列車在與傳統運輸方式的競爭中沒甚麼明顯優勢。」

**您現在已從地心上升了 3500 公里，速度 6.5 公里 / 秒，正在穿過古騰堡不連續面，重新進入地幔。**

「人類的南極夢很快破滅了，蜂擁而來的工業和過度的開發很快毀掉了這個地球上僅存的潔淨世界，使南極大陸與其他大陸一樣成了一個瀰漫着煙塵的垃圾場。南極上空的臭氧層被完全破壞，其影響波及全球，即使在北半球，強烈的紫外線已使人們必須加以防護才能出門，南極冰蓋的加速融化也使全球的海平面急劇升高。在經歷了一個痛苦的過程後，人類的理智再次佔了上風，聯合國所有的成員國簽署了新的南極公約，使人類全面撤出南極大陸，再次把南極變成人跡罕至的地方，期望那裡的環境能夠慢慢恢復。隨着向南極運輸需求的驟減，在螺栓失落災難後，地心列車完全停止了運營，地球隧道被封閉，到現在已有八年了。但南極庭院工程帶來的經濟災難一直在持續，無數購買了南極庭院公司股票的人血本無歸，引發了嚴重的社會動亂，投資的黑洞使國家經濟到了崩潰的邊緣，現在，我們還在這場災難的低谷中痛苦地徘徊着……好了，這就是南極庭院工程的故事。」

隨着速度的降低，井壁上本是穩定平滑的藍光開始閃爍，漸漸地，周圍的井壁能夠分辨出單個的環繞光圈在掠過，向兩個方向看，那密密的同心圓靶標又開始呈現出來。

您現在已從地心上升了 4800 公里，速度 5.1 公里 / 秒，正在穿過地幔的剛性物質區。

# 七、沈淵之死

「我兒子後來怎麼樣了？」沈華北問。

「隧道封閉後，沈淵作為留守人員呆在漠河起點站。有一天我給他打了個電話，他只說了一句話『我同女兒在一起』。後來我知道，他在這幾年中一直過着一種不可思議的生活：每天都穿着密封服在地球隧道中來回墜落，睡覺都在裡面，只有在吃飯和為密封服補充能量時才回到起點站。他每天要穿過地球三十次左右，就這樣日復一日年復一年，在漠河和南極半島間，做着週期為八十四分鐘、振幅為一萬兩千六百公里的簡諧振動。」

您現在已從地心上升了 6000 公里，速度 2.4 公里 / 秒，正在穿過地幔的黏性物質區。

「誰也不知道沈淵在這永恆的墜落中都幹些甚麼，但據他的同事說，每次通過地心時，他都會通過中微子通訊設備與女兒打招呼，他更是常常在墜落中與女兒長談，當然只是他一個人在說話，但生活在隨着鐵鎳流在地核中運行的落日六號中的沈靜應該是能夠聽到的。

「他的身體長時間處於失重狀態中，但由於必須在起點站吃飯和給密封服充電，每天還要在地面經受兩到三次的正常地球重力，這樣的折騰使他年老的心臟變得很脆弱，他在一次墜落中死於心臟病，當時沒人注意到，於是他的遺體又在地球隧道中運行了兩天，密封

服的能量耗盡，停止製冷，地球隧道成了他的火葬爐，遺體在最後一次通過地心時被燒成了灰。我相信，你兒子對於這個歸宿是很滿意的。」

您現在已從地心上升了 6200 公里，**速度 1.4 公里 / 秒**，已經**穿過莫霍不連續面，進入地殼**。注意，您正在接近地球隧道的南極頂點！

「這也是我的歸宿，對嗎？」沈華北平靜地問。

「你也應該感到滿足，臨死前，你已經看到了自己想看的東西。本來我們是想在不穿密封服的情況下把你扔進地球隧道的，但現在讓你穿上了，完整地看到了你兒子創造的東西。」

「是的，我很滿足，此生足矣，我真誠地謝謝各位了！」

沒有回答，耳機中的嗡嗡聲驟然消失，地球另一端的那幾個復仇者中斷了通訊。

沈華北看到上方的同心圓已經很稀疏了，他兩三秒才能穿過一個光圈，而且這間隔還在急劇地拉長，這時耳機中響起了一聲蜂鳴，面罩上顯示：

**您已經到達地球隧道的南極頂點！**

他看到同心圓的圓心變空了，不再有新的光圈浮現，中間那個光圈越來越大，終於，他穿過了這最後一個藍色光圈，以不太快的速度升向一道與隧道另一端一模一樣的橫過井口的小橋，小橋上站着幾個穿密封服的人，在他升出井口時，這些人一起伸手抓住了他，把他拉上橋。

南極站的內部也處於黑暗之中，只有井壁上光圈的藍光照上來。他抬起頭，迎面看到上方懸着一個巨大的圓柱體，其直徑比井口稍小，他走到小橋盡頭的井邊，再向上看，隱約看到上方有一排這樣的圓柱體，他數出了四個，再後面的就隱沒到高處的黑暗中了，他知道，這就是停運的地心列車。

# 八、南極

半小時後，沈華北同那幾名救他命的警察一起，走出地球隧道的南極站，站在已沒有積雪的南極平原上，遠處可以看到被廢棄的城市。低垂在地平線上的太陽把軟弱無力的光芒投在這廣闊而沒有生氣的大陸上。這裡的空氣比地球的另一端要好些，不用戴呼吸膜。

一名警官告訴沈華北，他們是在南極空城中留守的少數警務人員，接到郭醫生的報警後，立刻趕到了南極站。當時井口是被封閉的，他們緊急聯繫地球隧道管理部門打開井蓋，正好看見沈華北在藍光中升向井口，彷彿從深海中浮出來一般。如果晚幾秒鐘，沈華北必死無疑，密封的井蓋將擋住他，使他開始向北半球的另一次墜落，而在他再次通過地心之前，密封服的能量就會耗盡，他將像兒子一樣在地心熔爐中化為灰燼。

「以鄧洋為首的那幾個家伙已經被逮捕，他們將被以殺人罪起訴，不過，」警官冷冷地盯着沈華北說，「我理解他們的感情。」

沈華北仍然沉浸在失重帶來的眩暈中，他看着天邊的太陽，長出一口氣，又說了一句：「我此生足矣……」

「要是這樣，您對自己今後的命運就比較容易接受了。」另一名警官說。

「命運？」沈華北清醒過來，扭頭看着那名警官。

「您不能在這個時代生活，否則這樣的事還會發生。好在政府有一個時間移民計劃，為了減輕人口對環境的壓力，強制一部分人口進入冬眠，讓他們到未來去生活，現在政府已經決定，您將作為時間移民的一員，重新進入冬眠，這一次要多長時間才能被甦醒，我可說不準。」

沈華北好一會兒才理解了這話的意思，對警官深深地鞠躬：「謝謝謝謝，我怎麼總是這樣幸運？」

「幸運？」警官不解地看着他說，「即使是這個時代的冬眠移民，也不可能適應未來社會的生活，別說您這樣來自過去的人了！」

沈華北的臉上浮現出微笑：「無所謂，關鍵是，我將看到地球隧道再次成為人類的驕傲！」

警官們發出了幾聲笑：「怎麼可能呢？這個完全失敗的超級工程，只能永遠作為你們父子倆的恥辱柱。」

「哈哈哈哈……」沈華北大笑起來，失重的虛弱使他站立不穩，但在精神上他已亢奮到極點，「長城和金字塔都是完全失敗的超級工程，前者沒能擋住北方騎馬民族的入侵，後者也沒能使其中的法老木乃伊復活，但時間使這些都無關緊要，只有凝結於其上的人類精神永遠光彩照人！」他指指身後高高聳立的地球隧道南極站，「與這條偉大的地心長城相比，你們這些哭哭啼啼的孟姜女是多麼可憐！哈哈哈哈……」

沈華北張開雙臂，讓南極的寒風吹透自己的身體，「淵兒，我們此生足矣……」他幸福地说。

# 尾聲

沈華北再次甦醒是半個世紀以後，他醒來後，幾乎經歷了與五十年前的那次甦醒時一樣的事：被一群陌生人帶上車，進入地球隧道的漠河站，穿上密封服（令他不可理解的是，這密封服竟然比五十年前的那身笨重了許多），再次被扔進地球隧道開始漫長的墜落。四十年之後，地球隧道看上去沒有甚麼變化，仍是一條由無數藍色光圈標示的不見底的深井。

不過這次，有一個人陪着他下墜，這是一個美麗姑娘，她自我介紹說是他的導遊。

「導遊？對了，我的預感對了，地球隧道真的成為長城和金字塔了！」墜落中的沈華北興奮地說。

「不，地球隧道沒有成為長城和金字塔，它成了……」導遊姑娘在失重中拉着沈華北的手，小心地與他在墜落中保持着同步。

「成了甚麼？」

「地球大炮！」

「甚麼？！」沈華北吃驚地打量着周圍飛速掠過的井壁。

導遊開始回憶：「在您冬眠後，全球的環境進一步惡化，污染和臭氧層破壞使各大陸最後的植被迅速消失，可呼吸的空氣已成了商品……這時，要想拯球地球生態，只有關閉人類所有的重工業和能源工業。」

「那樣也許能讓地球生態恢復，卻會使人類文明毀滅。」沈華北插嘴說。

「面對當時的慘狀，真有許多人願意做出這種選擇。不過更多的人在尋找另外的出路，最可行的辦法，是把地球上的所有工業轉移到太空和月球上。」

「那麼，你們建立了太空電梯？」

「沒有，試了試才知道那比挖地球隧道還難。」

「那麼，發明了反重力飛船？」

「更沒有，倒是從理論上證明了它根本不可能。」

「核動力火箭？」

「這倒是有，但其運輸成本與傳統火箭不相上下。如果用這些手段向太空轉移工業，就又會發生地球隧道式的經濟災難了。」

「那麼你們甚麼也轉移不了了，這麼説，」沈華北咧嘴苦笑，「上面是後人類時代了？」

導遊沒有回答，兩人在沉默中向那無底深淵繼續墜下去，周圍飛掠而過的光環越來越密，最後井壁成為發出藍光的平滑的一體。又過了十分鐘，藍光變成紅光，他們默默地以每秒八公里的速度通過地心，井壁很快又發出藍光，導遊姑娘靈巧地使身體旋轉一百八十度，變為頭向上的上升姿態，沈華北也笨拙地跟着這樣做了。

「噢……」沈華北突然發出一聲驚叫，從面罩右上角的顯示中，他看到現在他們的速度是每秒八點五公里。

通過地心後，他們仍在加速！

讓沈華北驚恐的另一件事是：他感到了重力，在這穿過地球的墜落過程中，本應自始自終是失重的，可他真的感到了重力！科學家的直覺很快告訴他，這不是重力，是推力，正是這推力使他們克服了不斷增長的地球引力保持加速。

「一定還記得凡爾納的登月大炮吧。」導遊突然問。

「小時候看過的最愚蠢的一本書。」沈華北心不在焉地回答着，四下張望，想搞清這突然出現的怪事。

「一點兒都不愚蠢，用大炮進行發射，是人類大規模進入太空最理想最快捷的方式。」

「除非你想在炮彈中被壓成肉漿。」

「被壓成肉漿是因為加速度太大，加速度太大是因為炮管太短，如果有足夠長的炮管，炮彈就能以溫柔的加速度射出去，就像您現在感覺到的一樣。」

「這麼說，我們是在凡爾納大炮裡？」

「我說過，它叫地球大炮。」

沈華北仰望着發出藍光的隧道，努力把它想像成一根炮管，由於速度太快，井壁看上去渾然一體，已沒有任何運動感了，他們彷彿一動不動地懸浮在這發着藍光的巨管中。

「在您冬眠後的第四年，我們又研製出一種新型的新固態材料，除了具有以前這類材料的性質外，它還是優良的導體。現在，在這一半的地球隧道外表面，就纏繞着一圈用這種材料製成的粗導線，使這一半地球隧道變為一根長達六千三百公里的電磁線圈。」

「線圈中的電流從哪裡來？」

「地核中有強大豐富的電流，正是這些電流產生了地球的磁場。我們用地核船拖着那種新固態導線，在地核中拉了上百個大回路，每個回路都有幾千公里長，用這些回路來採集地核中的電流，並將它匯聚到隧道線圈上，使隧道中充滿了強磁場。我們的密封服的肩部和腰部有兩個超導線圈，線圈中的電流產生方向相反的磁場，推力就是這樣產生的。」

由於繼續加速，上升段很快要走完了，井壁再次發出紅光。

「注意，現在我們的速度已達到每秒 15 公里，超過了第二宇宙速度，我們就要飛出炮口了！」

這時，在地球隧道的南極出口，停放地心列車的高大建築早已拆除，地球隧道的圓形出口直接面對着天空，上面有一個密封蓋板。擴音器中傳出這樣的聲音：「遊客們請注意，地球大炮將進行今天的

第四十三次發射，請您戴上護目鏡和耳塞，否則對您的視力和聽覺將造成永久的損害。」

十秒鐘後，隧道口的密封蓋板嘩地滑向一邊，露出了直徑十米的圓形井口，空氣湧入真空的井內，發出尖利的呼嘯聲。一聲巨響，井口噴出了一道長長的火舌，其亮度使南極天邊低垂的太陽暗然失色，密封蓋板又迅速滑回原位蓋住井口，井內的抽氣機發出低沉的轟鳴聲，抽空剛才蓋板打開的三秒鐘進入井內的空氣，以準備下一次發射。人們抬頭仰望，只見兩顆拖着火尾的流星正在急速上升，很快消失在南極深藍色的蒼穹中。

沈華北並沒有像想像中的那樣看到隧道出口迎面撲來，速度太快，他不可能看清，只看到，身處其中的那條發着紅光似乎通向無限高處的隧道在瞬間消失，代之以南極的藍天，兩者之間沒有任何過渡，快得像屏幕上兩幅圖像的切換。他猛地回頭，看到腳下的大地正在急速退去，他認出了那座南極城市，那城市很快變成了一塊籃球場大小的長方形。抬起頭，他看到天空的顏色正在迅速地由藍變黑，速度之快像一塊正在被調暗的屏幕。再低頭，他看到了南極半島狹長彎曲的形狀，看到了圍繞着半島的大海。他的身後拖着一條長長的火尾，看看身上才發現密封服的表面在燃燒，他被裹在一層薄薄的火焰中。看看在距他十幾米處與他一起上升的導遊，也被裹在火焰中，像一個拖着長長火尾的小怪物。巨大的空氣阻力像一個巨掌狠狠地壓在他的頭上和肩上，但隨着天空的變黑，這巨掌像被另一個更加強大的力量征服了，它的壓力漸漸放鬆。低頭看，南極大陸已顯示出了完整的形狀，沈華北驚喜地發現這塊大陸又恢復了它的白色。向遠處看，地球已顯示出了弧形，太陽正從地球邊緣移上來，在薄薄的大氣層中散射出絢麗的暮曙光。再向上看，群星已在太空中出現，沈華北第一次見到如此晶瑩燦爛的星星。身上的火

光熄滅了，他們已衝出大氣層，漂浮在寂靜的太空中。沈華北有身輕如燕的感覺，他發現自己身上的密封服 —— 太空服變薄了許多，表面的那層散熱物質已在與大氣的劇烈摩擦中蒸發了。這時，高速通過大氣層時的通訊盲區已過，他的耳機中響起了導遊的聲音：

「穿過大氣層時的阻力消耗了一部分速度，但我們現在的速度仍超過了逃逸值，我們正在飛離地球。你看那兒 ——」

導遊指着下面已經變得很小的南極半島，沈華北在地球隧道出口所在的位置看到了閃光，接着一顆拖着火尾的流星從半島緩慢地飛升而上，在飛出大氣層後火光熄滅了。

「那是地球大炮剛剛發射的一艘太空船，它將接我們回去。地球大炮的炮管中每時每刻都同時運行着五六顆『炮彈』，這樣它每過八到十分鐘就射出一艘太空船，所以現在進入太空就如乘地鐵一樣便捷。在二十年前工業大遷移開始時，是發射最頻繁的時期，炮管中往往同時有二十多顆『炮彈』在加速，地球大炮以兩三分鐘一發的頻率向太空急促地射擊，一批批太空船組成了上升的流星雨，那是人類向命運的莊嚴挑戰，真是壯觀！」

這時，沈華北在群星中發現了許多快速移動的星星，它們的運動在靜止的星空背景上很容易看出來，那些東西一定就在地球軌道上。再細看，它們中相當一部分可以看出形狀，有環形的，圓柱形的，還有多個形狀組合而成的不規則體，像漆黑太空上精美的小飾件。

「那是寶山鋼鐵公司，」導遊指着一個發光的圓環說，然後又依次指點着其他幾個亮點，「那幾個是中國石化，當然它們現在不處理石油了；那幾個圓柱形的是歐洲冶金聯合體；那些是用微波向地球供電的太陽能電站，發光的只是它們的控制中心，太陽能電池組和傳輸電能的天線陣列是看不到的……」

沈華北被這情景陶醉了，再看看下面蔚藍色的地球，他的眼淚湧了出來，他現在最大的願望，就是讓參加過南極庭院工程的每一個人 —— 故去的和健在的 —— 都看看這些，他特別想到了其中的一個人，一個在所有人心目中永遠年輕的女性。

「找到我的孫女了嗎？」他問。

「沒有，我們缺少在地核中進行遠距離探測的技術，那是一個廣闊的區域，誰也不知道鐵鎳流把她帶到哪裡了。」

「能不能把我們看到的這些用中微子發向地心？」

「一直在這麼做呢，相信她會看到的。」

2002.10.29　初稿於娘子關
2003.6.6　二稿於娘子關

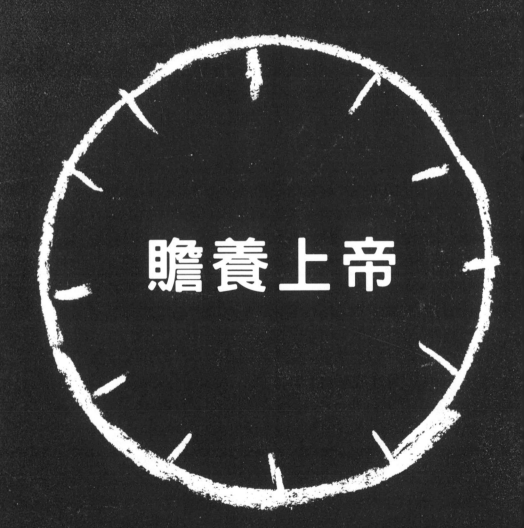

―

　　上帝又惹秋生一家不高興了。

　　這本來是一個很好的早晨，西岑村周圍的田野上，在一人多高處懸着薄薄的一層白霧，像是一張剛剛變空白的畫紙，這寧靜的田野就是從那張紙上掉出來的畫兒；第一縷朝陽照過來，今年的頭道露珠們那短暫的生命進入了最輝煌的時期⋯⋯但這個好早晨全讓上帝給攪了。

　　上帝今天起得很早，自個兒 ¹ 到廚房去熱牛奶。贍養時代開始後，牛奶市場興旺起來，秋生家就花了一萬出頭買了一頭奶牛，學着人家的樣兒把奶兌上水賣，而沒有兌水的奶也成了本家上帝的主要食品之一。上帝熱好奶後，就端着去堂屋看電視了，液化氣也不關。剛清完牛圈和豬圈的秋生媳婦玉蓮回來了，聞到滿屋的液化氣味，趕緊用毛巾捂着鼻子到廚房關了氣，打開窗和換氣扇。

　　「老不死的，你要把這一家子害死啊！」玉蓮回到堂屋大嚷着。用上液化氣也就是領到贍養費以後的事，秋生爹一直反對，説這玩意兒 ² 不如蜂窩煤好，這次他又落着理 ³ 了。

　　像往常一樣，上帝低頭站在那裡，那掃把似的雪白長鬍鬚一直拖到膝蓋以下，臉上堆着膽怯的笑，像一個做錯了事兒的孩子。「我⋯⋯我把奶鍋兒拿下來了啊，它怎麼不關呢？」

　　「你以為這是在你們飛船上啊？」正在下樓的秋生大聲説，「這裡的甚麼東西都是傻的，我們不像你們甚麼都有機器伺候着，我們得用傻工具勞動，才有飯吃！」

1　　編按：自個兒，方言，「自己」的意思。
2　　編按：玩意兒，方言，「東西」的意思。
3　　編按：落着理，方言，「佔理」的意思。

「我們也勞動過，要不怎麼會有你們？」上帝小心翼翼地回應道。

「又說這個，又說這個，你就不覺得沒意思？有本事走，再造些個孝子賢孫養活你。」玉蓮一摔毛巾說。

「算了算了，快弄弄吃吧。」像每次一樣，又是秋生打圓場。

兵兵也起床了，他下樓時打着哈欠說：「爸、媽，這上帝，又半夜地咳，鬧得我睡不着。」

「你知足吧小祖宗，我倆就在他隔壁還沒抱怨呢。」玉蓮說。

上帝像是被提醒了，又咳嗽起來，咳得那麼專心致志，像在做一項心愛的運動。

「唉，真是攤上八輩子的霉了。」玉蓮看了上帝幾秒鐘，氣鼓鼓地說，轉身進廚房做飯去了。

上帝再也沒吱聲，默默地在桌邊兒和一家人一塊兒就着醬菜喝了一碗粥，吃了半個饅頭，這期間一直承受着玉蓮的白眼兒，不知是因為液化氣的事兒，還是又嫌他吃的太多了。

飯後，上帝像往常一樣，很勤快地收拾碗筷，到廚房去洗了起來。玉蓮在外面衝他喊：「不帶油的不要用洗潔精！那都是要花錢買的，就你那點贍養費，哼。」上帝在廚房中連續唉唉地表示知道了。

小兩口上地 [1] 去了，兵兵也去上學了，這個時候秋生爹才睡起來，兩眼迷迷糊糊地下了樓，咕嚕嚕喝了兩大碗粥後，點上一袋煙，才想起上帝的存在。

「老家伙，別洗了，出來殺一盤！」他衝廚房裡喊道。

上帝用圍裙擦着手出來，殷勤地笑着點點頭。同秋生爹下棋對上帝來說也是個苦差事，輸贏都不愉快。如果上帝贏了，秋生爹肯

---

1　編按：上地，去種地。

定暴跳如雷：「你個老東西是他媽個甚麼東西？！贏了我就顯出你了是不是？！屁！你是上帝，贏我算個屁本事！你說說你，進這個門兒這麼長時間了，怎麼連個莊戶人家的禮數都不懂？！」如果上帝輸了，這老頭兒照樣暴跳如雷：「你個老東西是他媽個甚麼東西？！我的棋術，方圓百里內沒得比，贏你還不跟捏個臭蟲似的，用的着你讓着我？！你這是……用句文點兒的話說吧，對我的侮辱！！」反正最後的結果都一樣，老頭兒把棋盤一掀，棋子兒滿天飛。秋生爹的臭脾氣是遠近聞名的，這下子可算找着了一個出氣筒。不過這老頭兒不記仇，每次上帝悄悄把棋子兒收拾回來再悄悄擺好後，他就又會坐下同上帝下起來，並重複上面的過程。當幾盤下來兩人都累了時，就已近中午了。

這時上帝就要起來去洗菜，玉蓮不讓他做飯，嫌他做的不好，但菜是必須洗的，一會兒小兩口兒下地[1]回來，如果發現菜啊甚麼的沒弄好，她又是一通尖酸刻薄的數落。他洗菜時，秋生爹一般都跑到鄰家串門去了，這是上帝一天中最清靜的時候，中午的陽光充滿了院子裡的每一個磚縫，也照亮了他那幽深的記憶之谷，這時他往往開始發呆，忘記了手中的活兒，直到村頭傳來從田間歸來的人聲才使他猛醒過來，加緊幹着手中的活兒，同時總是長歎一聲：

唉，日子怎麼過成這個樣子呢——

這不僅是上帝的歎息，也是秋生、玉蓮和秋生爹的歎息，是地球上五十多億人和二十億個上帝的歎息。

---

1    編按：下地，地裡勞作回來。

一

　　這一切都是從三年前那個秋日的黃昏開始的。

　　「快看啊，天上都是玩具耶！！」兵兵在院子裡大喊，秋生和玉蓮從屋裡跑出來，抬頭看到天上真的佈滿了玩具，或者說，天空中出現的那無數物體，其形狀只有玩具才能具有。這些物體在黃昏的蒼穹中均勻地分佈着，反射着已落到地平線下的夕陽的光芒，每個都有滿月那麼亮，這些光合在一起，使地面如正午般通明，而這光亮很詭異，它來自天空所有的方向，不會給任何物體投下影子，整個世界彷彿處於一台巨大的手術無影燈下。

　　開始，人們以為這些物體的高度都很低，位於大氣層內，這樣想是由於它們都清晰地顯示出形狀來，後來知道這只是由於其體積的巨大，實際上它們都處於三萬多公里高的地球同步軌道上。

　　到來的外星飛船共有二萬一千五百一十三艘，均勻地停泊在同步軌道上，形成了一層地球的外殼。這種停泊是以一種令人類觀察者迷惑的極其複雜的隊形和軌道完成的，所有的飛船同時停泊到位，這樣可以避免飛船質量引力在地球海洋上產生致命的潮汐，這讓人類多少安心了一些，因為它或多或少地表明了外星人對地球沒有惡意。

　　以後的幾天，人類世界與外星飛船的溝通嘗試均告失敗，後者對地球發出的詢問信息保持着完全的沉默。與此同時，地球變成了一個沒有夜晚的世界，太空中那上萬艘巨大飛船反射的陽光，使地球背對太陽的一面亮如白晝；而在面向太陽的這一面，大地則週期性地籠罩在飛船巨大的陰影下。天空中的恐怖景象使人類的精神承受力達到了極限，因而也忽視了地球上正在發生的一件奇怪的事情，更不會想到這事與太空中外星飛船群的聯繫。

　　在世界各大城市中，陸續出現了一些流浪的老者，他們都有一

些共同特點：年紀都很老，都留着長長的白鬍鬚和白頭髮，身着一樣的白色長袍，在開始的那些天，在這些白鬍鬚白頭髮和白長袍還沒有弄髒時，他們遠遠看去就像一個個雪人兒似的。這些老流浪者的長相介於各色人種之間，好像都是混血人種。他們沒有任何能證明自己國籍和身份的東西，也說不清自己的來歷，只是用生硬的各國語言溫和地向路人乞討，都說着同樣的一句話：

「我們是上帝，看在創造了這個世界的份兒上，給點兒吃的吧……」

如果只有一個或幾個老流浪者這麼說，把他們送進收容所或養老院，與那些無家可歸的老年妄想症患者放到一起就是了，但要是有上百萬個流落街頭的老頭兒老太太都這麼說，那就是另一回事了。事實上，這種老流浪者在不到半個月的時間裡增長到了三千多萬人，在紐約北京倫敦和莫斯科的街頭上，到處是這種步履蹣跚的老家伙，他們成群結隊地堵塞了交通，看去比城市的原住居民都多，最可怖的是，他們都說着同一句話：

「我們是上帝，看在創造了這個世界的份上，給點兒吃的吧……」

直到這時，人們才把注意力從太空中的外星飛船轉移到地球上的這些不速之客上來。最近，各大洲上空都多次出現了原因不明的大規模流星雨，每次壯觀的流星雨過後，相應地區老流浪者的數量就急劇增加。經過仔細觀察，人們發現了這個令人難以置信的事實：老流浪者是自天而降的，他們來自那些外星飛船。他們都像跳水似地孤身躍入大氣層，每人身上都穿着一件名叫再入膜的密封服，當這種絕熱的服裝在大氣層中磨擦燃燒時，會產生經過精確調節的減速推力，在漫長的墜落過程中，這種推力產生的過載始終不超過 4 個 G，在這些老家伙的承受範圍內。當老流浪者接觸地面時，他們的下落速度已接近於零，就像是從一個板凳上跳下差不多，即使這樣，還是有很多人在着陸時崴了腳。而在他們接觸地面的同時，身上穿的

再入膜也正好蒸發乾淨，不留下一點殘餘。

天空中的流星雨綿綿不斷，老流浪者以越來越大的流量降臨地球，他們的人數已接近一億。

各國政府都試圖在他們中找出一個或一些代表，但他們聲稱，所有的「上帝」都是絕對平等的，他們中的任何一個人都能代表全體。於是，在為此召開的緊急特別聯合國大會上，從時代廣場上隨意找來的一個英語已講得比較好的老流浪者進入了會場。他顯然是最早降臨地球的那一批，長袍髒兮兮的，破了好幾個洞，大白鬍子落滿了灰，像一把墩布，他的頭上沒有神聖的光環，倒是盤旋着幾隻忠實追隨的蒼蠅。他拄着那根當做拐杖的頂端已開裂的竹竿，顫巍巍地走到大圓會議桌旁，在各國首腦的注視下慢慢坐下，抬頭看着秘書長，露出了他們特有的那種孩子般的笑容：

「我，呵，還沒吃早飯呢。」

於是給他端上來一份早餐，全世界的人都在電視中看着他狼吞虎嚥，好幾次被噎住。麵包、香腸和一大盤沙拉很快被風掃殘雲般吃光，又喝下一大杯牛奶。然後，他又對秘書長露出了天真的笑：

「呵呵，有沒有，酒？一小杯就行。」

於是給他端上一杯葡萄酒，他小口地抿着，滿意地點點頭，「昨天夜裡，暖和的地鐵出風口讓新下來的一幫老家伙佔了，我只好睡廣場上，現在喝點兒，關節就靈活些，呵呵……你，能給我捶捶背嗎？稍捶幾下就行。」在秘書長開始捶背時，他搖搖頭長歎一聲：「唉，給你們添麻煩了……」

「你們從哪裡來？」美國總統問。

老流浪者又搖搖頭：「一個文明，只有在它是個幼兒時才有固定的位置，行星會變化，恆星也會變化，文明不久就得遷移，到青年時代她已遷移過多次，這時肯定發現，任何行星的環境都不如密封的

飛船穩定，於是他們就以飛船為家，行星反而成為臨時住所。所以，任何長大成人的文明都是星艦文明，在太空進行着永恆的流浪，飛船就是她的家，從哪裡來？我們從飛船上來。」他說着，用一根髒乎乎的指頭向上指指。

「你們總共有多少人？」

「二十億。」

「你們到底是誰？」秘書長的這個問題問得有道理，他們看上去與人類沒有任何不同。

「說過多少次了，我們是上帝。」老流浪者不耐煩地擺了一下手說。

「能解釋一下嗎？」

「我們的文明，呵，就叫它上帝文明吧，在地球誕生前就已存在了很久，在上帝文明步入它的衰落的暮年時，我們就在剛形成不久的地球上培育了最初的生命，然後，上帝文明在接近光速的航行中跨越時間，在地球生命世界進化到適當的程度時，按照我們遠祖的基因引入了一個物種，並消滅了它的天敵，細心地引導它進化，最後在地球上形成了與我們一模一樣的文明種族。」

「如何讓我們相信您所說的呢？」

「這很容易。」

於是，開始了歷時半年的證實行動。人們震驚地看到了從飛船上傳輸來的地球生命的原始設計藍圖，看到了地球遠古的圖像；按照老流浪者的指點，在各大陸和各大洋底深深的岩層中挖出了那些令人驚恐的大機器，那是在過去漫長的歲月中一直監測和調節着地球生命世界的儀錶……

人們終於不得不相信，至少對於地球生命而言，他們確實是上帝。

# 三

在第三次緊急特別聯大上，秘書長終於代表全人類，向上帝提出了那個關鍵的問題：他們到地球來的目的。

「我回答這個問題之前，你們首先要對文明有一個正確的認識。」上帝代表撫着鬍子說，他還是半年前光臨第一屆緊急聯大的那一位。「你們認為，隨着時間的延續，文明會怎樣演化？」

「地球文明正處於快速發展時期，如果沒有來自大自然的不可抗拒的災難和意外，我們想，它會一直發展下去。」秘書長回答說。

「錯了，你想想，每個人都會經歷童年、青年、中年和老年，最終走向死亡，恆星也一樣，宇宙中的任何事物都一樣，甚至宇宙本身，也有終結的那一天，為甚麼獨有文明能夠一直成長呢？不，文明也都有老去的那一天，當然也都有死亡的那一天。」

「這個過程具體是怎麼發生的呢？」

「不同的文明有着不同的衰老和死亡方式，像不同的人死於不同的疾病或無疾而終一樣。具體到上帝文明，個體壽命的延長是文明步入老年的第一個標誌。那時，上帝文明中的個體壽命已延長至近四千個地球年，而他們的思想在兩千歲左右就已完全僵化，創造性消失殆盡。這樣的個體掌握了社會的絕大部分權力，而新的生命很難出生和成長，文明就老了。」

「以後呢？」

「文明衰老的第二個標誌是機器搖籃時代。」

「嗯？」

「那時，我們的機器已經完全不依賴於它們的創造者而獨立運行，能夠自我維護、更新和擴展，這樣的智能機器能夠提供一切我們所需要的東西，這不只是物質需要，也包括精神需要，我們不需為

生存付出任何努力，完全靠機器養活了，就像躺在一個舒適的搖籃中。想一想，假如當初地球的叢林中充滿了採摘不盡的果實，到處是伸手就能抓到的小獵物，猿還能進化成人嗎？機器搖籃就是這樣一個富庶的叢林，漸漸地，我們忘卻了技術和科學，文化變得懶散而空虛，失去了創新能力和進取心，文明加速老去，你們所看到的，就是這樣一個進入了風燭殘年的上帝文明。」

「那麼，您現在是否可以告訴我們上帝文明來到地球的目的？」

「我們無家可歸了。」

「可……」秘書長向上指指。

「那都是些老飛船，雖然，飛船上的生態系統比包括地球在內的任何自然形成的生態系統都強健穩定，但飛船都太老了，老得讓你們無法想像，機器的部件老化失效，漫長時間內積聚的量子效應產生出越來越多的軟件錯誤，系統的自我維護和修復功能遇到了越來越多的障礙。飛船中的生態環境在漸漸惡化，每個人能夠得到的生活必需品配給日益減少，現在只夠勉強維持生存，在飛船中的兩萬多個城市中，迷漫着污濁的空氣和絕望的情緒。」

「沒有補救的辦法嗎？比如更新飛船的硬件和軟件？」

上帝搖搖頭：「上帝文明已到垂暮之年，我們是二十億個三千多歲的老朽之人，其實，早在我們之前，已有上百代人生活在舒適的機器搖籃之中，技術早就被遺忘乾淨了。現在，我們不會維修那已經運行了幾千萬年的飛船，其實在技術和學習能力上我們連你們都不如，我們連點亮一盞燈的電路都不會接，連一元二次方程都不會解……終於有一天，飛船說：他們已經到了報廢的邊緣，航行動力系統已沒有能力將飛船推進到接近光速，上帝文明只能進行不到光速十分之一的低速航行，飛船上的生態循環系統已接近崩潰，他們無法繼續養活二十億人了，請我們自尋生路。」

「以前，你們沒有想到過會有這一天嗎？」

「當然想到過，在兩千年前，飛船就開始對我們發出警告，於是，我們採取了措施，在地球上播種生命，為養老做準備。」

「您是説，在兩千年前？」

「是的，當然，那是我們的航行時間，從你們的時間坐標來看，那是在三十五億年前，那時地球剛剛冷卻。」

「這就有個問題：你們已經失去了技術能力，但播種生命不需要技術嗎？」

「哦，在一個星球上啟動生命進程其實只是個很小的工程，播下種子，生命就自己繁衍起來，這種軟件在機器搖籃時代之前就有了，只要運行軟件，機器就能完成一切。創造一個行星規模的生命世界，進而產生文明，最基本的需要只是時間，幾十億年漫長的時間。接近光速的航行能使我們幾乎無限地擁有另一個世界的時間，但現在，上帝文明的飛船發動機已老化，再也不可能接近光速，否則我們還可以創造更多的生命和文明世界，這時也就擁有更多的選擇。此時，我們已被禁錮在低速，這些都無法實現了。」

「這麼説，你們是想到地球上來養老。」

「哦，是的是的，希望你們盡到對自己創造者的責任，收留我們。」上帝拄着拐杖顫顫地向各國首腦鞠躬，差點兒向前跌倒。

「那麼，你們打算如何在地球上生活呢？」

「如果我們在地球上仍然集中生活，那還不如在太空中了卻殘生呢。我們想融入你們的社會，進入你們的家庭。在上帝文明的童年時代，我們也曾有過家庭，你知道，童年是最值得珍惜的，你們現在正好處於文明的童年時代，如果我們能夠回到這個時代，在家庭的溫暖中度過餘生，那真是最大的幸福。」

「你們有二十億，地球社會中的每個家庭都要收留你們中的一至

兩人。」秘書長説完，會場陷入了長時間的沉默。

「是啊是啊，給你們添麻煩了⋯⋯」上帝連連鞠躬，同時偷偷看秘書長和各國首腦的表情，「當然，我們會給你們一定的補償的。」他揮了一下拐杖，又有兩個白鬍子上帝走進了會場，吃力地抬着一個銀色的金屬箱子，「你們看，這是大量的高密度信息存貯體，系統地存貯着上帝文明在各個學科和技術領域的所有資料，它將使地球文明產生飛躍進化，相信你們會喜歡的。」

秘書長看着金屬箱，與在場的各國首腦一樣極力掩蓋着心中的狂喜，説：「贍養上帝應該是人類的責任，雖然這還需要世界各國進一步的磋商，但我想，原則上⋯⋯」

「給你們添麻煩了，給你們添麻煩了⋯⋯」上帝一時老淚縱橫，又連連鞠躬。

當秘書長和各國首腦走出會議大廳，發現聯合國大廈外面聚集了幾萬名上帝，看去一片白花花的人山人海，天地之間充斥着一片嗡嗡的話音，秘書長仔細聽了聽，聽出他們都在用不同的地球語言反覆説着同一句話：

「給你們添麻煩了，給你們添麻煩了⋯⋯」


四


二十億個上帝降臨了地球，他們大多是穿着再入膜墜入大氣層的，那段時間，天空中繽紛的彩雨在白天都能看到。這些上帝着陸後，分散進入了人類社會的十五億個家庭中。由於得到了上帝的科技資料，人們都對未來充滿了歷史上從未有過的希翼和憧憬，似乎人類在一夜之間就能進入世世代代夢想中的天堂。在這種心情下，

每個家庭都真誠地歡迎上帝的到來。

　　這天，秋生一家同村裡的其他鄉親一起，早早地等在村口，迎接分配到本村的上帝。

　　「今兒個的天真是個晴啊！」玉蓮興奮地説。

　　她的這種感覺並非完全是心情使然，因為那佈滿天空的外星飛船在一夜之間完全消失了，天空重新變得空曠開闊起來。人類一直沒有機會登上那些飛船中的任何一艘，上帝對地球人的這種願望不持異議，但飛船自己不允許，對於人類發射的那些接近它們的簡陋原始的探測器，它們不理不睬，緊閉艙門。當最後一批上帝躍入地球大氣層後，兩萬多艘飛船同時飛離了地球同步軌道。但它們並沒有走遠，在小行星帶飄浮着，這些飛船雖然陳舊不堪，但古老的程序仍在運行，它們唯一的終極使命就是為上帝服務，因而不可能遠離上帝，當後者需要時，它們會招之即來的。

　　鄉裡的兩輛大轎車很快開來，送來了分配到西岑村的一百零六名上帝。秋生和玉蓮很快領到了分配給本家的那個上帝，兩口兒[1]親熱地挽着上帝的胳膊，秋生爹和兵兵樂呵呵地跟在後面，在上午明媚的陽光下朝家走去。

　　「老爺子，哦，上帝爺子，」玉蓮把臉貼在上帝的肩上，燦爛地笑着説，「聽説，你們送來的那些技術，馬上就能讓我們實現共產主義了！到時候是按需分配，甚麽都不要錢，去商店拿就行了。」

　　上帝笑着衝她點點滿是白髮的頭，用還很生硬的漢語説：「是的，其實，按需分配只是滿足了一個文明最基本的需要，我們的技術將給你們帶來的生活，其富裕和舒適，是你完全想像不出來的。」

　　玉蓮的臉笑成了一朵花：「不用不用，按需分配就成了，我就滿

---

1　　編按：兩口兒，北方話，夫妻倆。

足了，嘻嘻！」

「嗯！」秋生爹在後面重重地點點頭。

「我們還能像您那樣長生不老？」秋生問。

「我們並不能長生不老，只是比你們活得長些而已，現在不是都老了嗎？其實人要活過三千歲，感覺和死了也差不多，對一個文明來說，個體太長壽是致命的危險。」

「哦，不用三千歲，三百歲就成啊！」秋生爹也像玉蓮一樣笑得合不上嘴，「想想，那樣的話我現在還是個小伙兒，説不定還能……呵呵呵呵。」

這天，村裡像過大年一樣，家家都張羅了豐盛的宴席為上帝接風，秋生家也不例外。秋生爹很快讓老花雕灌得有三分迷糊了，他衝上帝豎起了大姆指。

「你們行！能造出這所有的活物來，神仙啊！」

上帝也喝了不少，但腦子還清醒，他衝秋生爹擺擺手：「不，不是神，是科學，生物科學發展到一定層次，就能像製造機器一樣製造出生命來。」

「話雖這麼説，可在我們眼裡，你們還是跟下凡的神仙沒兩樣啊。」

上帝搖搖頭：「神應該是不會出錯的，但我們，在創世過程中錯誤不斷。」

「你們造我們時還出過錯兒？」玉蓮吃驚地瞪大了雙眼，因為在她的想像裡，創造萬千生靈就像她八年前生兵兵一樣，是出不得錯的。

「出過很多，以較近的來說，由於創世軟件對環境判斷的某些失誤，地球上出現了像恐龍這類體積大而適應性差的動物，後來為了你們的進化，只好又把它們抹掉。再説更近的事：自古愛琴海文明

消亡後，創世軟件認為已經成功地創建了地球文明，就再也沒有對人類的進程進行監視和微調，就像把一個上好了發條的鐘錶扔在那裡任它自己走動，這就出現了更多的錯。比如，應該讓古希臘文明充分地獨立發展，馬其頓的征服，還有後來羅馬的征服都應被制止，雖然這兩個力量都不是希臘文明的對立面而是其繼承者，但希臘文明的發展方向被改變了……」

秋生家沒人能聽懂這番話，但都很敬畏地探頭恭聽。

「再到後來，地球上出現了漢朝和古羅馬兩大力量，與前面提到的希臘文明相反，不應該讓這兩大力量在相互隔絕的狀態下發展，而應該讓它們充分接觸……」

「你説的漢朝，是劉邦項羽的漢朝吧，」秋生爹終於抓住了自己知道的一點兒，「那古羅馬？」

「好像是那時洋人的一個大國，也很大的。」秋生試着解釋道。

秋生爹不解地問：「甚麼？洋人在清朝來了就把我們收拾成那樣兒，你還讓他們早在漢朝就同我們見面？！」

上帝笑着説：「不不，那時，漢朝的軍事力量絕不比古羅馬差。」

「那也很糟，這兩強相遇要打起來，可是大仗，血流成河啊！」

上帝點點頭，伸了筷子去夾紅燒肉：「有可能，但東西方兩大文明將碰撞出燦爛的火花，將人類大大向前推進一步……唉，要是避免那些錯誤的話，地球人現在可能已經殖民火星，你們的恆星際探測器已越過天狼星了。」

秋生爹舉起酒碗敬佩地説：「説上帝們在搖籃裡把科學忘了，其實你們還是很有學問的嘛。」

「為了在搖籃中過的舒適，還是需要知道一些哲學藝術歷史之類的，只是些常識而已，算不得甚麼學問，現在地球上的很多學者，思想都比我們深刻得多。」

......

上帝文明進入人類社會的最初一段時間,是上帝們的黃金時光,那時,他們與人類家庭相處得十分融洽,彷彿回到了上帝文明的童年時代,融入那早已被他們忘卻的家庭溫暖之中,對於他們那漫長的一生來説,這應該是再好不過的結局了。

秋生家的上帝,在這個秀美的江南小村過着寧靜的田園生活,每天到竹林環繞的池塘中釣釣魚,同村裡的老人聊聊天下下棋,其樂融融。但他最大的愛好是看戲,有戲班子到村裡或鎮裡時,他場場不誤。上帝最愛看的是《梁祝》,看一場不夠,竟跟着那個戲班子走了一百多里地,連看了好幾場。後來秋生從鎮子裡為他買回一片這戲的 VCD,他就一遍遍放着看,後來也能哼幾句像模像樣的黃梅戲了。

有天玉蓮發現了一個秘密,她悄悄地對秋生和公公説:「你們知道嗎,上帝爺子每看完戲,總是從裡面口袋掏出一個小片片看,邊看邊哼曲兒,我剛才偷看了一眼,那是張照片,上面有個好漂亮的姑娘耶!」

傍晚,上帝又放了一遍《梁祝》,掏出那張美人相邊看邊哼起來,秋生爹悄悄湊過去:「上帝爺子啊,你那是……從前的相好[1]?」

上帝嚇了一跳,趕緊把照片塞進懷裡,對秋生爹露出孩子般的笑:「呵呵,是是,她是我兩千多年前的愛。」

在旁邊偷聽的玉蓮撇了撇嘴,還兩千多年前的愛呢,這麼大歲數了,真酸的慌。

秋生爹本想看看那張照片,但看到上帝護得那麼緊,也不好意思強要,只能聽着上帝的回憶。

---

1    編按:相好,情人。

「那時我們都還很年輕，她是極少數沒有在機器搖籃中沉淪的人，發起了一次宏偉的探險航行，要航行到宇宙的盡頭，哦，這你不用細想，很難搞明白的……她期望用這次航行喚醒機器搖籃中的上帝文明，當然，這不過是一個美好的願望罷了。她讓我同去，但我不敢，那無邊無際的宇宙荒漠嚇住了我，那是二百億光年的漫漫長程啊。她就自己去了，在以後的兩千多年裡，我對她的思念從來就沒間斷過啊。」

「二百億光年？照你以前說的，就是光要走二百億年？！乖乖，那也太遠了，這可是生離死別啊，上帝爺子，你就死了那份心思吧，再見不着她的面兒囉。」

上帝點點頭，長歎一聲。

「不過嘛，她現在也是你這歲數了吧。」

上帝從沉思中醒過來，搖搖頭：「哦，不不，這麼遠的航程，那艘探險飛船會很貼近光速的航行，她應該還很年輕，老的是我……宇宙啊，你真不知道它有多大，你們所謂的滄海桑田天長地久，不過是時空中的一粒沙啊……話說回來，你感覺不到這些，有時候還真是一種幸運呢！」


五

上帝與人類的蜜月很快結束了。

人們曾對從上帝那裡得到的科技資料欣喜若狂，認為它們能使人類的夢想在一夜之間變為現實。藉助於上帝提供的接口設備，那些巨量的信息被很順利地從存貯體中提取出來，並開始被源源不斷地譯成英文，為了避免紛爭，世界各國都得到了一份拷貝。但人們

很快發現，要將這些技術變成現實，至少在本世紀內是不可能的事。其實設想一下，如果有一個時間旅行者將現代技術資料送給古埃及人會是甚麼情況，就能夠理解現在人類面臨的尷尬處境了。

在石油即將採盡的今天，能源技術是人們最關心的技術。但科學家和工程師們很快發現，上帝文明的能源技術對現代人類毫無用處，因為他們的能源是建立在正反物質湮滅的基礎上的。即使讀懂所有相關資料，最後製造出湮滅發動機和發電機（在這一代人內基本上不可能），一切還是等於零，因為這些能源機器的燃料——反物質，需要遠航飛船從宇宙中開採，據上帝的資料記載，距地球最近的反物質礦藏是在銀河系至仙女座星雲之間的黑暗太空中，有五十五萬光年之遙！而接近光速的星際航行幾乎涉及到所有的學科，其中的大部分理論和技術對人類而言高深莫測，人類學者即使對其基礎部分有個大概的了解，可能也需半個世紀的時間。科學家們曾滿懷希望地查詢受控核聚變的技術信息，但根本沒有，這很好理解：人類現代的能源科學並不包含鑽木取火的技巧。

在其他的學科領域，如信息技術和生命科學（其中蘊含着使人類長生的秘密）也一樣，最前沿的科學家也完全無法讀懂那些資料，上帝科學與人類科學的理論距離目前還是一道無法跨越的深淵。

來到地球上的上帝們無法給科學家們提供任何幫助，正如那一位所說，現在在他們中間，會解一元二次方程的人都很少了。而那群漂浮在小行星帶的飛船，對人類的呼喚毫不理睬。現在的人類就像是一群剛入學的小學生，突然被要求研讀博士研究生的課程，而且沒有導師。

另一方面，地球上突然增加了二十億人口，這些人都是不能創造任何價值的超老人，其中大半疾病纏身，給人類社會造成了前所未有的壓力。各國政府要付給每個接收上帝的家庭一筆可觀的

瞻養費，醫療和其他公共設施也已不堪重負，世界經濟到了崩潰的
邊緣。

　　上帝和秋生一家的融洽關係不復存在，他漸漸被這家人看做是
一個天外飛來的負擔，受到越來越多的嫌棄，而每個嫌棄他的人各
有各的理由。

　　玉蓮的理由最現實也最接近問題的實質，那就是上帝讓她家的
日子過窮了。在這家人中，她是最令上帝煩惱的一個，那張尖酸刻
薄的刀子嘴，比太空中的黑洞和超新星都令他恐懼。她的共產主義
理想破滅後，就不停地在上帝面前嘮叨，說在他來之前她們家的日
子是多麼的富裕多麼的滋潤，那時甚麼都好，現在甚麼都差，都是因
為他，攤上他這麼個老不死的真是倒了大霉！每天只要一有機會，
她就這樣對上帝惡語相向。上帝有很重的氣管炎，這雖不是甚麼花
大錢的病，但需要長期的治和養，錢自然是要不斷地花。終於有一
天，玉蓮不讓秋生帶上帝去鎮醫院看病，也不給他買藥了，這事讓村
支書知道了，很快找上門來。

　　支書對玉蓮說：「你家上帝的病還是要用心治，鎮醫院跟我打招
呼了，說他的氣管炎如果不及時治療，有可能轉成肺氣腫。」

　　「要治村裡或政府給他治，我家沒那麼多錢花在這上面！」玉蓮
衝村支書嚷道。

　　「玉蓮啊，按上帝瞻養法，這種小額醫療是要由接收家庭承擔
的，政府發放的瞻養費已經包括這費用了。」

　　「那點兒瞻養費頂個屁用！」

　　「話不能這麼說，你家領到瞻養費後買了奶牛，用上了液化氣，
還換了大彩電，就沒錢給上帝治病？大伙都知道這個家是你在當，
我把話說在這兒，你可別給臉不要臉，下次就不是我來勸你了，會是
鄉裡縣裡上委（上帝瞻養委員會）的人來找你，到時你吃不了兜着！」

玉蓮沒辦法，只好恢復了對上帝的醫療，但日後對他就更沒好臉了。

　　有一次上帝對玉蓮說：「不要着急嘛，地球人很有悟性，學得也很快，只需一個世紀左右，上帝科學技術中層次較低的一部分就能在人類社會得到初步應用，那時生活會好起來的。」

　　「切，一個世紀，還只需，你這叫人話啊？」正在洗碗的玉蓮頭也不回地說。

　　「這時間很短啊。」

　　「那是對你們，你以為我能像你似的長生不老啊，一個世紀過去，我的骨頭都找不着了！不過我倒要問問，你覺得自個兒還能活多少時間呢？」

　　「唉，風燭殘年了，再能活三四百個地球年就很不錯了。」

　　玉蓮將一摞碗全摔到了地上：「咱這到底是誰給誰養老誰給誰送終啊？！啊，合着我累死累活伺候你一輩子，還得搭上我兒子孫子往下十幾輩不成？！說你老不死你還真是啊！」

　　……

　　至於秋生爹，則認為上帝是個騙子。其實，這種說法在社會上也很普遍，既然科學家看不懂上帝的科技文獻，就無法證實它們的真偽，說不定人類真讓上帝給耍了。對於秋生爹而言，他這方面的證據更充分一些。

　　「老騙子，行騙也沒你這麼猖狂的，」他有一天對上帝說，「我懶得揭穿你，你那一套真不值得我揭穿，甚至不值得我孫子揭穿呢！」

　　上帝問他有甚麼地方不對。

　　「先說最簡單的一個吧：我們的科學家知道，人是由猴兒變來的，對不對？」

上帝點點頭：「準確地說是由古猿進化來的。」

　　「那你怎麼說我們是你們造的呢？既然造人，直接造成我們這樣兒不就行了，為甚麼先要造出古猿，再進化甚麼的，這說不通啊！」

　　「人要以嬰兒出生再長大為成人，一個文明也一樣，必須從原始狀態進化發展而來，這其中的漫長歷程是不可省略的。事實上，對於人類這一物種分支，我們最初引入的是更為原始的東西，古猿已經經過相當的進化了。」

　　「我不信你故弄玄乎的那一套，好好，再說個更明顯的吧，告訴你，這還是我孫子看出來的：我們的科學家說地球上三十多億年前就有生命了，這你是認的，對吧？」

　　上帝點點頭：「他們估計的基本準確。」

　　「那你有三十多億歲？」

　　「按你們的時間坐標，是的；但按上帝飛船的時間坐標，我只有三千五百歲。飛船以接近光速飛行，時間的流逝比你們的世界要慢得多。當然，有少數飛船會不定期脫離光速，降至低速來到地球，對地球上的生命進化進行一些調整，但這只需很短的時間，這些飛船很快就會重新進入太空進行接近光速的航行，繼續跨越時間。」

　　「扯 [1]……」秋生爹輕蔑地說。

　　「爹，這可是相對論，也是咱們的科學家證實了的。」秋生插嘴說。

　　「相對個屁！你也給我瞎扯，哪有那麼玄乎的事兒？時間又不是香油，還能流得快慢不同？！我還沒老糊塗呢！倒是你，那些書把你看傻了！」

　　「我很快就能向你們證明，時間能夠以不同的速度流逝。」上帝

---

1　　編按：扯，胡說。

一臉神秘地說，同時從懷裡掏出了那張兩千年前情人的照片，把它遞給秋生，「仔細看看，記住她的每一個細節。」

　　秋生看那照片的第一眼時，就知道自己肯定能夠記住每一個細節，想忘都不容易。同其他的上帝一樣，她綜合了各色人種的特點，皮膚是溫潤的象牙色，那雙會唱歌的大眼睛絕對是活的，一下子就把秋生的魂兒勾走了。她是上帝中的姑娘，她是姑娘中的上帝，那種上帝之美，如第二個太陽，人類從未見過也根本無法承受。

　　「瞧你那德性樣兒，口水都流出來了！」玉蓮一把從已經有些傻呆的秋生手中搶過照片，還沒拿穩，就讓公公搶去了。

　　「我來我來，」秋生爹說著，那雙老眼立刻湊到照片上，近得不能再近了，好長時間一動不動地，好像那能當飯吃。

　　「湊那麼近幹嘛？」玉蓮輕蔑地問。

　　「去去，我不是沒戴老花鏡嘛。」秋生爹臉伏在照片上說。

　　玉蓮用不屑的目光斜視了公公幾秒鐘，撇撇嘴，轉身進廚房了。

　　上帝把照片從秋生爹手中拿走了，後者的雙手戀戀不捨地護送照片走了一段，上帝說：「記好細節，明天的這個時候再讓你們看。」

　　整整一天，秋生爺倆少言寡語，都在想著那位上帝姑娘，他們心照不宣，惹得玉蓮脾氣又大了許多。終於等到了第二天的同一個時候，上帝好像忘了那事，經秋生爹的提醒才想起來，他掏出那張讓爺倆想念了一天的照片，首先遞給秋生：「仔細看看，她有甚麼變化？」

　　「沒啥變化呀。」秋生全神貫注地看著，過了好一會兒，終於看出點東西來：「哦，對，她嘴唇兒張開的縫比昨天好像小了一些，小得不多，但確實小了一些，看嘴角兒這兒……」

　　「不要臉的，你看得倒是細！」照片又讓媳婦搶走了，同樣又讓公公搶到手裡。

　　「還是我來……」秋生爹今天拿來了老花鏡，戴上細細端詳著，

「是是，是小了些。還有很明顯的一點你怎麼沒看出來呢？這小縷頭髮嘛，比昨天肯定向右飄了一點點的！」

上帝將照片從秋生爹手中拿過來，舉到他們面前：「這不是一張照片，而是一台電視接收機。」

「就是……電視機？」

「是的，電視機，現在它接收的，是她在那艘飛向宇宙邊緣的探險飛船上的實況畫面。」

「實況？就像轉播足球賽那樣？！」

「是的。」

「這，這上面的她居然……是活的！」秋生目瞪口呆地說，連玉蓮的雙眼都睜得核桃大。

「是活的，但比起地球上的實況轉播，這個畫面有時滯，探險飛船大約已經飛出了八千萬光年，那麼時滯就是八千萬年，我們看到的，是八千萬年前的她。」

「這小玩藝兒能收到那麼遠的地方傳來的電波？」

「這樣的超遠程宇宙通訊，只能使用中微子或引力波，我們的飛船才能收到，放大後再轉發到這個小電視機上。」

「寶物，真是寶物啊！」秋生爹由衷地讚歎道，不知是指的那台小電視，還是電視上那個上帝姑娘，反正一聽說她居然是「活的」，秋生爺倆的感情就上升了一個層次，秋生伸手要去捧小電視，但老上帝不給。

「電視中的她為甚麼動得那麼慢呢？」秋生問。

「這就是時間流逝速度不同的結果，從我們的時空坐標上看，接近光速飛行的探險飛船上的時間流逝得很慢很慢。」

「那……她就能跟你說話兒了是嗎？」玉蓮指指小電視問。

上帝點點頭，按動了小屏幕背面的一個開關，小電視立刻發出

了一個聲音，那是一個柔美的女聲，但是音節恆定不變，像是歌唱結束時永恆拖長的尾聲。上帝用充滿愛意的目光凝視着小屏幕：「她正在說呢，剛剛說出『我愛你』三個字，每個字說了一年多的時間，已說了三年半，現在正在結束『你』字，完全結束可能還需要三個月左右吧。」上帝把目光從屏幕上移開，仰視着院子上方的蒼穹，「她後面還有話，我會用盡殘生去聽的。」

兵兵和本家上帝的好關係倒是維持了一段時間，老上帝們或多或少都有些童心，與孩子們談得來也能玩到一塊兒。但有一天，兵兵鬧着要上帝的那塊大手錶，上帝堅決不給，說那是和上帝文明通訊的工具，沒有它，自己就無法和本種族聯繫了。

「哼，看看看看，還想着你們那個文明啊種族啊，從來就沒有把我們當自家人！」玉蓮氣鼓鼓地說。

從此以後，兵兵也不和上帝好了，還不時搞些惡作劇作弄他。

家裡唯一還對上帝保持着尊敬和孝心的就是秋生，秋生高中畢業，加上平時愛看書，村裡除去那幾個考上大學走了的，他就是最知書達理的人了。但秋生在家是個地地道道的軟蛋角色，平時看老婆的眼色行事，聽爹的訓斥過活，要是遇到爹和老婆對他的指示不一致，就只會抱頭蹲在那流眼淚了。他這個熊樣兒，在家裡自然無法維護上帝的權益了。

上帝與人類的關係終於惡化到不可挽回的地步。

秋生家與上帝關係的徹底破裂，是因為方便麵那事。這天午飯前，玉蓮就搬着一個紙箱子從廚房出來，問她昨天剛買的一整箱方

便麵怎麼一下子少了一半。

「是我拿的，我給河那邊送過去了，他們快斷糧了。」上帝低着頭小聲回答説。

他説的河那邊，是指村裡那些離家出走的上帝的聚集點。近日來，村裡虐待上帝的事屢有發生，其中最刁蠻的一戶人家，對本家的上帝又打又罵，還不給飯吃，逼得那個上帝跳到村前的河裡尋短見，幸虧讓人救起。這事驚動面很大，來處理的不是鄉和縣裡的人，而是市公安局的刑警，還跟着 CCTV[1] 和省電視台的一幫記者，把那兩口子一下子都銬走了。按照《上帝贍養法》，他們犯了虐待上帝罪，最少要判十年的，而這個法律是唯一一個在世界各國都通用並且統一量刑的法律。這以後村裡的各家收斂了許多，至少在明裡不敢對上帝太過分了，但同時，也更加劇了村裡人和上帝之間的隔閡。開始有上帝離家出走，其他的上帝紛紛效仿，到目前為止，西岑村近三分之一的上帝離開了收留他們的家庭。這些出走的上帝在河對岸的田野上搭起帳篷，過起了艱苦的原始生活。

在國內和世界的其他地方，情況也好不到哪裡去，城市中的街道上再次出現了成群的流浪上帝，且數量還在急劇增加，重演了三年前那惡夢般的一幕。這個人和上帝共同生活的世界面臨着巨大的危機。

「好啊，你倒是大方！你個吃裡扒外的老不死的！」玉蓮大罵起來。

「我説老家伙，」秋生爹一拍桌子站了起來，「你給我滾！你不是惦記着河那邊的嗎？滾到那裡去和他們一起過吧！」

上帝低頭沉默了一會兒，站起身，到樓上自己的小房間去，默默地把屬於他自己的不多的幾件東西裝到一個小包袱裡，挂着那根竹

---

1    編按：CCTV，中國中央電視台。

拐杖緩緩出了門，向河的方向走去。

秋生沒有和家裡人一起吃飯，一個人低頭蹲在牆角默不作聲。

「死鬼，過來吃啊，下午還要去鎮裡買飼料呢！」玉蓮衝他喊，見他沒動，就過去揪他的耳朵。

「放開。」秋生説，聲音不高，但玉蓮還是觸電似地放開了，因為她從來沒有見過自己的男人有那種陰沉的表情。

「甭管他，愛吃不吃，傻小子一個。」秋生爹不以為然地説。

「呵，你惦記老不死上帝了是不是？那你也滾到河那邊野地裡跟他們過去吧！」玉蓮用一根手指捅着秋生的腦袋説。

秋生站起身，上樓到臥室裡，像剛才上帝那樣整理了不多的幾件東西，裝到以前進城打工用過的那個旅行包中，背着下了樓，大步向外走去。

「死鬼你去哪兒啊？！」玉蓮喊道，秋生不理會只是向外走，她又喊，聲音有些膽怯了：「多會兒回來？！」[1]

「不回來了。」秋生頭也不回地説。

「甚麼？！回來！你小子是不是吃大糞了？！回來！」秋生爹跟着兒子出了屋，「你咋的？就算不要老婆孩子，爹你也不管了？！」

秋生站住了，頭也不回地説：「憑甚麼要我管你？」

「哎這話説的？我是你老子！我養大了你！你娘死的那麼早，我把你姐弟倆拉扯大容易嗎？！你渾了你！」

秋生回頭看了他爹一眼説：「要是創造出咱們祖宗的祖宗的祖宗的人都讓你一腳踢出了家門，我不養你的老也算不得甚麼大罪過。」説完顧自走去，留下他爹和媳婦在門邊目瞪口呆地站着。

秋生從那座古老的石拱橋上過了河，向上帝們的帳篷走去。他

1    編按：甚麼時候回來？

看到，在撒滿金色秋葉的草地上，幾個上帝正支着一口鍋煮着甚麼，他們的大白鬍子和鍋裡冒出的蒸汽都散映着正午的陽光，很像一幅上古神話中的畫面。秋生找到自家的上帝，憨憨地説：「上帝爺子，咱們走吧。」

「我不回那個家了。」上帝擺擺手説。

「我也不回了，咱們先去鎮裡我姐家住一陣兒，然後我去城裡打工，咱們租房子住，我會養活您一輩子的。」

「你是個好孩子啊……」上帝拍拍秋生的肩膀説，「可我們要走了。」他指指自己手腕上的錶，秋生這才發現，他和所有上帝的手錶都發出閃動的紅光。

「走？去哪兒？」

「回飛船上去。」上帝指了指天空，秋生抬頭一看，發現空中已經有了兩艘外星飛船，反射着銀色的陽光，在藍天上格外醒目。其中一艘已經呈現出很大的輪廓和清晰的形狀，另一艘則處在後面深空的遠處，看上去小了很多。最令秋生震驚的是，從第一艘飛船上垂下了一根纖細的蛛絲，從太空直垂到遠方的地面！隨着蛛絲緩慢地擺動，耀眼的陽光在蛛絲不同的區段上竄動，看上去像藍色晴空中細長的閃電。

「太空電梯，現在在各個大陸上已經建起了一百多條，我們要乘它離開地球回到飛船上去。」上帝解釋説，秋生後來知道，飛船在同步軌道上放下電梯的同時，向着太空的另一側也要有相同的質量來平衡，後面那艘深空中的飛船就是作為平衡配重的。當秋生的眼睛適應了天空的光亮後，發現更遠的深空中佈滿了銀色的星星，那些星星分佈均勻整齊，構成一個巨大的矩陣。秋生知道，那是從小行星帶正在飛向地球的其餘兩萬多艘上帝文明的飛船。

# 七

　　兩萬艘外星飛船又佈滿了地球的天空，在以後的兩個月中，有
大量的太空艙沿着垂向各大陸的太空電梯上上下下，接走在地球上
生活了一年多的二十億上帝。那些太空艙都是銀色的球體，遠遠看
去，像是一串串掛在蛛絲導軌上的晶瑩露珠。

　　西岑村的上帝走的這天，全村的人都去送，所有的人對上帝都
親親熱熱，讓人想起一年前上帝來的那天，好像上帝前面受到的那
些嫌棄和虐待與他們毫無關係似的。

　　村口停着兩輛大客車，就是一年前送上帝來的那兩輛，這一百
來個上帝要被送到最近的太空電梯下垂點搭乘太空艙，從這裡能看
到的那根蛛絲，與陸地的接點其實有幾百公里之遙。

　　秋生一家都去送本家的上帝，一路上大家默默無語，快到村口
時，上帝停下了，柱着拐杖對一家人鞠躬：「就送到這兒吧，謝謝你
們這一年的收留和照顧，真的謝謝，不管飛到宇宙的哪個角落，我都
會記住這個家的。」他說着把那塊球形的大手錶摘下來，放到兵兵手
裡，「送給你啦。」

　　「那⋯⋯你以後怎麼同其他上帝通訊呢？」兵兵問。

　　「都在飛船上，用不着這東西了。」上帝笑着說。

　　「上帝爺子啊，」秋生爹一臉傷感地說，「你們那些船可都是破
船了，住不了多久了，你們坐着它們能去哪呢？」

　　上帝撫着鬍子平靜地說：「飛到哪兒算哪兒吧，太空無邊無際，
哪兒還不埋人呢？」

　　玉蓮突然哭出聲兒來：「上帝爺子啊，我這人⋯⋯也太不厚道
了，把過日子攢起來的怨氣全撒到您身上，真像秋生說的，一點良心
都沒了⋯⋯」她把一個竹籃子遞到上帝手中，「我一早煮了些雞蛋，

您拿着路上吃吧。」

上帝接過了籃子：「謝謝！」他說着，拿出一個雞蛋剝開皮津津有味地吃了起來，白鬍子上沾了星星點點的蛋黃，同時口齒不清地說着：「其實，我們到地球來，並不只是為了活下去，都是活了兩三千歲的人了，死有甚麼可在意的？我們只是想和你們在一起，我們喜歡和珍惜你們對生活的熱情、你們的創造力和想像力，這些都是上帝文明早已失去的，我們從你們身上看到了上帝文明的童年。但真沒想到給你們帶來了這麼多的麻煩，實在對不起了。」

「你留下來吧爺爺，我不會再不懂事了！」兵兵流着眼淚說。

上帝緩緩搖搖頭：「我們走，並不是因為你們待我們怎麼樣，能收留我們，已經很滿足了。但有一件事讓我們沒法呆下去，那就是：上帝在你們的眼中已經變成了一群老可憐蟲，你們可憐我們了，你們竟然可憐我們了。」

上帝扔下手中的蛋殼，抬起白髮蒼蒼的頭仰望長空，彷彿透過那湛藍的大氣層看到了燦爛的星海：「上帝文明怎麼會讓人可憐呢？你們根本不知道這是一個怎樣偉大的文明，不知道它在宇宙中創造了多少壯麗的史詩、多少雄偉的奇跡！記得那是銀河一八五七紀元吧，天文學家們發現，有大批的恆星加速了向銀河系中心的運動，這恆星的洪水一旦被銀心的超級黑洞吞沒，產生的輻射將毀滅銀河系中的一切生命。於是，我們那些偉大的祖先，在銀心黑洞周圍沿銀河系平面建起了一個直徑一萬光年的星雲屏蔽環，使銀河系中的生命和文明延續下去。那是一項多麼宏偉的工程啊，整整延續了一千四百萬年才完成……緊接着，仙女座和大麥哲倫兩個星系的文明對銀河系發動了強大的聯合入侵，上帝文明的星際艦隊跨幾十萬光年，在仙女座與銀河系的引力平衡點迎擊入侵者。當戰爭進入白熱化的時候，雙方數量巨大的艦隊在纏鬥中混為一體，形成了一

個直徑有太陽系大小的漩渦星雲，在戰爭的最後階段，上帝文明毅然將剩餘的所有戰艦和巨量的非戰鬥飛船投入了這個高速自旋的星雲，使得星雲總質量急劇增加，引力大於了離心力，這個由星際戰艦和飛船構成的星雲居然在自身引力下坍縮，生成了一顆恆星！由於這顆恆星中的重元素比例很高，在生成後立刻變成了一顆瘋狂爆發的超新星，照亮了仙女座和銀河系之間漆黑的宇宙深淵！我們偉大的先祖就是以這樣的氣概和犧牲消滅了入侵者，把銀河系變成一個和平的生命樂園……現在文明是老了，但不是我們的錯，無論怎樣努力避免，一個文明總是要老的，誰都有老的時候，你們也一樣。我們真的不需要你們可憐。」

「與你們相比，人類真算不得甚麼。」秋生敬畏地説。

「也不能這麼説，地球文明還是個幼兒。我們盼着你們快快長大，盼望地球文明能夠繼承她的創造者的光榮。」上帝把拐杖扔下，兩手一高一低放在秋生和兵兵肩上，「説到這裡，我最後有些話要囑咐你們。」

「我們不一定聽得懂，但您説吧。」秋生鄭重地點點頭説。

「首先，一定要飛出去！」上帝對着長空伸開雙臂，他身上寬大的白袍隨着秋風飄舞，像一面風帆。

「飛？飛到哪兒？」秋生爹迷惑地問。

「先飛向太陽系的其他行星、再飛向其他的恆星，不要問為甚麼，只是盡最大的力量向外飛，飛得越遠越好！這樣要花很多錢死很多人，但一定要飛出去，任何文明，呆在它誕生的世界不動就等於自殺！到宇宙中去尋找新的世界新的家，把你們的後代像春雨般撒遍銀河系！」

「我們記往了。」秋生點點頭，雖然他和自己的父親兒子媳婦一樣，都不能真正理解上帝的話。

「那就好，」上帝欣慰地長出一口氣，「下面，我要告訴你們一個秘密，一個對你們來説是天大的秘密……」他用藍幽幽的眼睛依次盯着秋生家的每個人看，那目光如颼颼寒風，讓他們心裡發毛，「你們，有兄弟。」

秋生一家迷惑不解地看着上帝，是秋生首先悟出了上帝這話的含意：「您是説，你們還創造了其他的地球？」

上帝緩緩地點點頭：「是的，還創造了其他的地球，也就是其他的人類文明。目前除了你們，這樣的文明還存在着三個，距你們都不遠，都在二百光年的範圍內，你們是地球四號，是年齡最小的一個。」

「你們去過那裡嗎？」兵兵問。

上帝又點點頭：「去過，在來你們的地球之前，我們先去了那三個地球，想讓他們收留我們。地球一號還算好，在騙走了我們的科技資料後，只是把我們趕了出來；地球二號，扣下了我們中的一百萬人當人質，讓我們用飛船交換，我們付出了一千艘飛船，他們得到飛船後發現不會操作，就讓那些人質教他們，發現人質也不會就將他們全殺了；地球三號也扣下了我們的三百萬人質，讓我們用幾艘飛船分別撞擊地球一號和二號，因為他們之間處於一種曠日持久的戰爭狀態中，其實只一艘反物質動力飛船的撞擊就足以完全毀滅一個地球上的全部生命，我們拒絕了，他們也殺了那些人質……」

「這些不肖子孫，你們應該收拾他們幾下子！」秋生爹憤怒地説。

上帝搖搖頭：「我們是不會攻擊自己創造的文明的。你們是這四個兄弟中最懂事的，所以我才對你們説了上面那些話。你們那三個哥哥極具侵略性，他們不知愛和道德為何物，其兇殘和嗜殺是你們根本無法想像的，其實我們最初創造了六個地球，另外兩個分別與地球一號和三號在同一個行星系，都被他們的兄弟毀滅了。這三個地球之所以還沒有互相毀滅，只是因為他們分屬不同的恆星，距離

較遠。他們三個都已經得知了地球四號的存在，並有太陽系的準確坐標，所以，你們必須先去消滅他們，免得他們來消滅你們。」

「這太嚇人了！」玉蓮說。

「暫時還沒那麼可怕，因為這三個哥哥雖然文明進化程度都比你們先進，但仍處於低速宇航階段，他們最高的航行速度不超過光速的十分之一，航行距離也超不出三十光年。這是一場生死賽跑，看你們中誰最先能夠貼近光速航行，這是突破時空禁錮的唯一方式，誰能夠首先達到這個技術水平，誰才能生存下來，其他稍慢一步的都必死無疑，這就是宇宙中的生存競爭，孩子們，時間不多了，要抓緊！」

「這些事情，地球上那些最有學問最有權力的人都知道了吧？」秋生爹戰戰兢兢地問。

「當然知道，但不要只依賴他們，一個文明的生存要靠其每個個體的共同努力，當然也包括你們這些普通人。」

「聽到了吧兵兵，要好好學習！」秋生對兒子說。

「當你們以近光速飛向宇宙，解除了那三個哥哥的威脅，還要抓緊辦一件重要的事：找到幾顆比較適合生命生存的行星，把地球上的一些低等生物，如細菌海藻之類的，播撒到那些行星上，讓他們自行進化。」

秋生正要提問，卻見上帝彎腰拾起了地上的拐杖，於是一家人同他一起向大客車走去，其他的上帝已在車上了。

「哦，秋生啊，」上帝想起了甚麼，又站住了，「走的時候沒經你同意就拿了你幾本書，」他打開小包袱讓秋生看，「你上中學時的數理化課本。」

「啊，拿走好了，可您要這個幹甚麼？」

上帝繫起包袱說：「學習唄，從解一元二次方程學起，以後太空

中的漫漫長夜裡，總得找些打發時間的辦法。誰知道呢，也許有那麼一天，我真的能試着修好我們那艘飛船的反物質發動機，讓它重新進入光速呢！」

「對了，那樣你們又能跨越時間了，就可以找個星球再創造一個文明給你們養老了！」秋生興奮地説。

上帝連連搖頭：「不不不，我們對養老已經不感興趣了，該死去的就讓它死去吧。我這麼做，只是為了自己最後一個心願，」他從懷裡掏出了那個小電視機，屏幕上，他那兩千年前的情人還在慢慢説着那三個字中的最後一個，「我只想再見到她。」

「這念頭兒是好，但也就是想想罷了。」秋生爹搖搖頭説，「你想啊，她已經飛出去兩千多年了，以光速飛的，誰知道飛到甚麼地方去了，你就是修好了船，也追不上她了，你不是説過，沒甚麼能比光走得更快嗎？」

上帝用拐杖指指天空：「這個宇宙，只要你耐心等待，甚麼願望都有可能實現，雖然這種可能性十分渺茫，但總是存在的。我對你們説過，宇宙誕生於一場大爆炸，現在，引力使它的膨脹速度慢了下來，然後宇宙的膨脹會停下來，轉為坍縮。如果我們的飛船真能再次接近光速，我就讓它無限逼近光速飛行，這樣就能跨越無限的時間，直接到達宇宙的末日時刻，那時，宇宙已經坍縮得很小很小，會比兵乓的皮球還小，會成為一個點，那時，宇宙中的一切都在一起了，我和她，自然也在一起了。」一滴淚滾出上帝的眼框，滾到鬍子上，在上午的陽光中晶瑩閃爍着，「宇宙啊，就是《梁祝》最後的墳墓，我和她，就是墓中飛出的兩隻蝶啊……」

# 八

　　一個星期後，最後一艘外星飛船從地球的視野中消失，上帝走了。

　　西岑村恢復了以前的寧靜，夜裡，秋生一家坐在小院中看着滿天的星星，已是深秋，田野裡的蟲鳴已經消失了，微風吹動着腳下的落葉，感覺有些寒意了。

　　「他們在那麼高處飛，多大的風啊，多冷啊……」玉蓮喃喃自語道。

　　秋生說：「哪有甚麼風啊，那是太空，連空氣都沒有呢！冷倒是真的，冷到了頭兒，書上叫絕對零度，唉，那黑漆漆的一片，不見底也沒有邊，那是惡夢都夢不見的地方啊！」

　　玉蓮的眼淚又出來了，但她還是找話說以掩飾一下：「上帝最後說的那兩件事兒，地球的三個哥哥我倒是聽明白了，可他後面又說，要我們向別的星球上撒細菌甚麼的，我想到現在也不明白。」

　　「我明白了，」秋生爹說，在這燦爛的星空下，他愚拙了一輩子的腦袋終於開了一次竅，他仰望着群星，頭頂着它們過了一輩子，他發現自己今天才真切地看到它們的樣子，一種從未有過的感覺充滿了他的血液，使他覺得自己彷彿與甚麼更大的東西接觸了一下，雖遠未能融為一體，這感覺還是令他震驚不已，他對着星海長歎一聲，說：

　　「人啊，該考慮養老的事了。」

**2004.10.24　於娘子關**

瞻養人類

業務就是業務，與別的無關。這是滑膛所遵循的鐵的原則，但這一次他遇到了一些困惑。

首先客戶的委託方式不對，他要與自己面談，在這個行業中，這可是件很稀奇的事。三年前，滑膛聽教官不止一次地說過，他們與客戶的關係，應該是前額與後腦勺的關係，永世不得見面，這當然是為了雙方的利益考慮。見面的地點更令滑膛吃驚，是在這座大城市中最豪華的五星級酒店中最豪華的總統大廳裡，那可是世界上最不適合委託這種業務的地方。據對方透露，這次委託加工的工件有三個，這倒無所謂，再多些他也不在乎。

服務生拉開了總統大廳包金的大門，滑膛在走進去前，不為人察覺地把手向夾克裡探了一下，輕輕拉開了左腋下槍套的按扣。其實這沒有必要，沒人會在這種地方對他幹太意外的事。

大廳金碧輝煌，彷彿是與外面現實毫無關係的另一個世界，巨型水晶吊燈就是這個世界的太陽，猩紅色的地毯就是這個世界的草原。這裡初看很空曠，但滑膛還是很快發現了人，他們圍在大廳一角的兩個落地窗前，撩開厚重的窗簾向外面的天空看，滑膛掃了一眼，立刻數出竟有 13 個人。客戶是他們而不是他，也出乎滑膛的預料，教官說過，客戶與他們還像情人關係 —— 儘管可能有多個，但每次只能與他們中的一人接觸。

滑膛知道他們在看甚麼：哥哥飛船又移到南半球上空了，現在可以清晰地看到。上帝文明離開地球已經三年了，那次來自宇宙的大規模造訪，使人類對外星文明的心理承受能力增強了許多，況且，上帝文明有鋪天蓋地的兩萬多艘飛船，而這次到來的哥哥飛船只有一艘。它的形狀也沒有上帝文明的飛船那麼奇特，只是一個兩頭圓的柱體，像是宇宙中的一粒感冒膠囊。

看到滑膛進來，那 13 個人都離開窗子，回到了大廳中央的大圓

桌旁。滑膛認出了他們中的大部分，立刻感覺這間華麗的大廳變得寒陋了。這些人中最引人注目的是朱漢楊，他的華軟集團的「東方3000」操作系統正在全球範圍內取代老朽的 WINDOWS。其他的人，也都在福布斯財富 500 排行的前 50 內，這些人每年的收益，可能相當於一個中等國家的 GDP，滑膛處於一個小型版的全球財富論壇中。

這些人與齒哥是絕對不一樣的，滑膛暗想，齒哥是一夜的富豪，他們則是三代修成的貴族，雖然真正的時間遠沒有那麼長，但他們確實是貴族，財富在他們這裡已轉化成內斂的高貴，就像朱漢楊手上的那枚鑽戒，纖細精緻，在他修長的手指上若隱若現，只是偶爾閃一下溫潤的柔光，但它的價值，也許能買幾十個齒哥手指上那顆核桃大小金光四射的玩藝兒。

但現在，這 13 名高貴的財富精英聚在這裡，卻是要雇職業殺手殺人，而且要殺三個人，據首次聯繫的人說，這還只是第一批。

其實滑膛並沒有去注意那枚鑽戒，他看的是朱漢楊手上的那三張照片，那顯然就是委託加工的工件了。朱漢楊起身越過圓桌，將三張照片推到他面前。掃了一眼後，滑膛又有微微的挫折感。教官曾說過，對於自己開展業務的地區，要預先熟悉那些有可能被委託加工的工件，至少在這個大城市，滑膛做到了。但照片上這三個人，滑膛是絕對不認識的。這三張照片顯然是用長焦距鏡頭拍的，上面的臉孔蓬頭垢面，與眼前這群高貴的人簡直不是一個物種。細看後才發現，其中有一個是女性，還很年輕，與其他兩人相比她要整潔些，頭髮雖然落着塵土，但細心地梳過。她的眼神很特別，滑膛很注意人的眼神，他這個專業的人都這樣，他平時看到的眼神分為兩類：充滿慾望焦慮的和麻木的，但這雙眼睛充滿少見的平靜。滑膛的心微微動了一下，但轉瞬即逝，像一縷隨風飄散的輕霧。

「這樁業務，是社會財富液化委員會委託給你的，這裡是委員會

的全體常委，我是委員會的主席。」朱漢楊説。

　　社會財富液化委員會？奇怪的名字，滑膛只明白了它是一個由頂級富豪構成的組織，並沒有去思考它名稱的含義，他知道這是屬於那類如果沒有提示不可能想像出其真實含義的名稱。

　　「他們的地址都在背面寫着，不太固定，只是一個大概範圍，你得去找，應該不難找到的。錢已經匯到你的賬戶上，先核實一下吧。」朱漢楊説，滑膛抬頭看看他，發現他的眼神並不高貴，屬於充滿焦慮的那一類，但令他微微驚奇的是，其中的慾望已經無影無蹤了。

　　滑膛拿出手機，查詢了賬戶，數清了那串數字後面零的個數後，他冷冷地説：「第一，沒有這麼多，按我的出價付就可以；第二，預付一半，完工後付清。」

　　「就這樣吧。」朱漢楊不以為然地説。

　　滑膛按了一陣手機後説：「已經把多餘款項退回去了，您核實一下吧，先生，我們也有自己的職業準則。」

　　「其實現在做這種業務的很多，我們看重的就是您的這種敬業和榮譽感。」許雪萍説，這個女人的笑很動人，她是遠源集團的總裁，遠源是電力市場完全放開後誕生的亞洲最大的能源開發實體。

　　「這是第一批，請做得利索些。」海上石油巨頭薛桐説。

　　「快冷卻還是慢冷卻？」滑膛問，同時加了一句，「需要的話我可以解釋。」

　　「我們懂，這些無所謂，你看着做吧。」朱漢楊回答。

　　「驗收方式？錄像還是實物樣本？」

　　「都不需要，你做完就行，我們自己驗收。」

　　「我想就這些了吧？」

　　「是，您可以走了。」

　　滑膛走出酒店，看到高廈間狹窄的天空中，哥哥飛船正在緩緩

移過。飛船的體積大了許多，運行的速度也更快了，顯然降低了軌道高度。它光滑的表面湧現着絢麗的花紋，那花紋在不斷地緩緩變化，看久了對人有一種催眠作用。其實飛船表面甚麼都沒有，只是一層全反射鏡面，人們看到的花紋，只是地球變形的映像。滑膛覺得它像一塊鈍銀，覺得它很美，他喜歡銀，不喜歡金，銀很靜，很冷。

　　三年前，上帝文明在離去時告訴人類，他們共創造了 6 個地球，現在還有 4 個存在，都在距地球 200 光年的範圍內。上帝敦促地球人類全力發展技術，必須先去消滅那三個兄弟，免得他們來消滅自己。但這信息來得晚了。

　　那三個遙遠地球世界中的一個：第一地球，在上帝船隊走後不久就來到了太陽系，他們的飛船泊入地球軌道。他們的文明的歷史比太陽系人類長兩倍，所以這個地球上的人類應該叫他們哥哥。

　　滑膛拿出手機，又看了一下賬戶中的金額，齒哥，我現在的錢和你一樣多了，但總還是覺得少甚麼，而你，總好像是認為自己已經得到了一切，所做的就是竭力避免它們失去……滑膛搖搖頭，想把頭腦中的影子甩掉，這時候想起齒哥，不吉利。

　　齒哥得名，源自他從不離身的一把鋸，那鋸薄而柔軟，但極其鋒利，鋸柄是堅硬的海柳做的，有着美麗的浮世繪風格的花紋。他總是將鋸像腰帶似地繞在腰上，沒事兒時取下來，拿一把提琴弓在鋸背上劃動，藉助於鋸身不同寬度產生的音差，加上將鋸身適當的彎曲，居然能奏出音樂來，樂聲飄乎不定，音色憂鬱而陰森，像一個幽靈的嗚咽。這把利鋸的其他用途滑膛當然聽說過，但只有一次看到過齒哥以第二種方式使用它。那是在一間舊倉庫中的一場豪賭，一個叫半頭磚的二老大輸了個精光，連他父母的房子都輸掉了，眼紅得冒血，要把自己的兩隻胳膊押上翻本。齒哥手中玩着骰子對他微笑了一下，說胳膊不能押的，來日方長啊，沒了手，以後咱們兄弟不

就沒法玩了嗎？押腿吧。於是半頭磚就把兩條腿押上了。他再次輸光後，齒哥當場就用那條鋸把他的兩條小腿齊膝鋸了下來。滑膛清楚地記得利鋸劃過肌腱和骨胳時的聲音，當時齒哥一腳踩着半頭磚的脖子，所以他的慘叫聲發不出來，寬闊陰冷的大倉庫中只迴蕩着鋸拉過骨肉的聲音，像歡快的歌唱，在鋸到膝蓋的不同部分時呈現出豐富的音色層次，雪白雪白的骨末撒在鮮紅的血泊上，形成的構圖呈現出一種妖豔的美。滑膛當時被這種美震撼了，他身上的每一個細胞都加入了鋸和血肉的歌唱，這他媽的才叫生活！那天是他 18 歲生日，絕好的成年禮。完事後，齒哥把心愛的鋸擦了擦纏回腰間，指着已被抬走的半頭磚和兩根斷腿留下的血跡説：告訴磚兒，後半輩子我養活他。

　　滑膛雖年輕，也是自幼隨齒哥打天下的元老之一，見血的差事每月都有。當齒哥終於在血腥的社會陰溝裡完成了原始積纍，由黑道轉向白道時，一直跟追着他的人都被封了副董事長副總裁之類的，唯有滑膛只落得給齒哥當保鏢。但知情的人都明白，這種信任非同小可。齒哥是個非常小心的人，這可能是出於他乾爹的命運。齒哥的乾爹也是非常小心的，用齒哥的話説恨不得把自己用一塊鐵包起來。許多年的平安無事後，那次乾爹乘飛機，帶了兩個最可靠的保鏢，在一排座位上他坐在兩個保鏢中間。在珠海降落後，空姐發現這排座上的三個人沒有起身，坐在那裡若有所思的樣子，接着發現他們的血已淌過了十多排座位。有許多根極細的長鋼針從後排座位透過靠背穿過來，兩個保鏢每人的心臟都穿過了 3 根，至於乾爹，足足被 14 根鋼針穿透，像一個被精心釘牢的蝴蝶標本。這 14 肯定是有説頭 [1] 的，也許暗示着他不合規則吞下的 1400 萬，也許是復仇者

1　　編按：説頭，説法。

14 年的等待……與乾爹一樣，齒哥出道的征途，使得整個社會對於他除了暗刃的森林就是陷阱的沼澤，他實際上是將自己的命交到了滑膛手上。

但很快，滑膛的地位就受到了老克的威脅。老克是俄羅斯人，那時，在富人們中有一個時髦的做法：聘請前克格勃人員做保鏢，有這樣一位保鏢，與擁有一個影視明星情人一樣值得炫耀。齒哥周圍的人叫不慣那個繞口的俄羅斯名，就叫這人克格勃，時間一長就叫老克了。其實老克與克格勃沒甚麼關係，真正的前克格勃機構中，大部分人不過是坐辦公室的文職人員，即使是那些處於秘密戰最前沿的，對安全保衛也都是外行。老克是前蘇共中央警衛局的保衛人員，曾是葛羅米克的警衛之一，是這個領域貨真價實的精英，而齒哥以相當於公司副董事長的高薪聘請他，完全不是為了炫耀，真的是出於對自身安全的考慮。老克一出現，立刻顯出了他與普通保鏢的不同。這之前那些富豪的保鏢們，在飯桌上比他們的雇主還能吃能喝，還喜歡在主人談生意時亂插嘴，真正出現危險情況時，他們要麼像街頭打群架那樣胡來，要麼溜得比主人還快。而老克，不論在宴席還是談判時，都靜靜地站在齒哥身後，他那魁梧的身軀像一堵厚實堅穩的牆，隨時準備擋開一切威脅。老克並沒有機會遇到威脅他保護對象的危險情況，但他的敬業和專業使人們都相信，一旦那種情況出現時，他將是絕對稱職的。雖然與別的保鏢相比，滑膛更敬業一些，也沒有那些壞毛病，但他從老克的身上看到了自己的差距。過了好長時間他才知道，老克不分晝夜地戴着墨鏡，並非是扮酷而是為了掩藏自己的視線。

雖然老克的漢語學得很快，但他和包括自己雇主在內的周圍人都沒甚麼交往，直到有一天，他突然把滑膛請到自己儉樸的房間裡，給他和自己倒上一杯伏特加後，用生硬的漢語說：「我，想教你說話。」

「説話？」

「説外國話。」

於是滑膛就跟老克學外國話，幾天後他才知道老克教自己的不是俄語而是英語。滑膛也學得很快，當他們能用英語和漢語交流後，有一天老克對滑膛説：「你和別人不一樣。」

「這我也感覺到了。」滑膛點點頭。

「三十年的職業經驗，使我能夠從人群中準確地識別出具有那種潛質的人，這種人很稀少，但你就是，看到你第一眼時我就打了個寒戰。冷血一下並不難，但冷下去的血再溫不起來就很難了，你會成為那一行的精英，可別埋沒了自己。」

「我能做甚麼呢？」

「先去留學。」

齒哥聽到老克的建議後，倒是滿口答應，並許諾費用的事他完全負責。其實有了老克後，他一直想擺脫滑膛，但公司中又沒有空位子了。

於是，在一個冬夜，一架噴氣客機載這個自幼失去父母、從最底層黑社會中成長起來的孩子，飛向遙遠的陌生國度。

開着一輛很舊的桑塔納，滑膛按照片上的地址去踩點。他首先去的是春花廣場，沒費多少勁就找到了照片上的人，那個流浪漢正在垃圾桶中翻找着，然後提着一個鼓鼓的垃圾袋走到一個長椅處。他的收穫頗豐，一盒幾乎沒怎麼動的盒飯，還是菜飯分放的那種大盒；一根只咬了一口的火腿腸，幾塊基本完好的麵包，還有大半瓶可樂。滑膛本以為流浪漢會用手抓着盒飯吃，但看到他從這初夏仍穿着的髒大衣口袋中掏出了一個小鋁勺。他慢慢地吃完晚餐，把剩下的東西又扔回垃圾桶中。滑膛四下看看，廣場四周的城市華燈初上，他很熟悉這裡，但現在覺得有些異樣。很快，他弄明白了這個流

浪漢輕易填飽肚子的原因。這裡原是城市流浪者聚集的地方，但現在他們都不見了，只剩下他的這個目標。他們去哪裡了？都被委託「加工」了嗎？

滑膛接着找到了第二張照片上的地址。在城市邊緣一座交通橋的橋孔下，有一個用廢瓦楞和紙箱搭起來的窩棚，裡面透出昏黃的燈光。滑膛將窩棚的破門小心地推開一道縫，探進頭去，出乎意料，他竟進入了一個色彩斑斕的世界，原來窩棚裡掛滿了大小不一的油畫，形成了另一層牆壁。順着一團煙霧，滑膛看到了那個流浪畫家，他像一頭冬眠的熊一般躺在一個破畫架下，頭髮很長，穿着一件塗滿油彩像長袍般肥大的破 T 恤衫，抽着 5 毛一盒的玉蝶煙。他的眼睛在自己的作品間游移，目光充滿了驚奇和迷惘，彷彿他才是第一次到這裡來的人，他的大部分時光大概都是在這種對自己作品的自戀中度過的。這種窮困潦倒的畫家在上世紀九十年代曾有過很多，但現在不多見了。

「沒關係，進來吧。」畫家説，眼睛仍掃視着那些畫，沒朝門口看一眼，聽他的口氣，就像這裡是一座帝王宮殿似的。在滑膛走進來之後，他又問：「喜歡我的畫嗎？」

滑膛四下看了看，發現大部分的畫只是一堆零亂的色彩，就是隨意將油彩潑到畫布上都比它們顯得有理性。但有幾幅畫面卻很寫實，滑膛的目光很快被其中的一幅吸引了：佔滿整幅畫面的是一片乾裂的黃土地，從裂縫間伸出幾枝乾枯的植物，彷彿已經枯死了幾個世紀，而在這個世界上，水也似乎從來就沒有存在過。在這乾旱的土地上，放着一個骷髏頭，它也乾得發白，表面佈滿裂紋，但從它的口洞和一個眼窩中，居然長出了兩株活生生的綠色植物，它們青翠欲滴，與周圍的酷旱和死亡形成鮮明對比，其中一株植物的頂部，還開着一朵嬌豔的小花。這個骷髏頭的另一個眼窩中，有一隻活着

的眼睛，清澈的眸子瞪着天空，目光就像畫家的眼睛一樣，充滿驚奇和迷惘。

「我喜歡這幅。」滑膛指指那幅畫説。

「這是《貧瘠》系列之二，你買嗎？」

「多少錢？」

「看着給吧。」

滑膛掏出皮夾，將裡面所有的百元鈔票都取了出來，遞給畫家，但後者只從中抽了兩張。

「只值這麼多，畫是你的了。」

滑膛發動了車子，然後拿起第三張照片看上面的地址，旋即將車熄了火，因為這個地方就在橋旁邊，是這座城市最大的一個垃圾場。滑膛取出望遠鏡，透過擋風玻璃從垃圾場上那一群拾荒者中尋找着目標。

這座大都市中靠垃圾為生的拾荒者有 30 萬人，已形成了一個階層，而他們內部也有分明的等級。最高等級的拾荒者能夠進入高尚別墅區，在那裡如藝術雕塑般精緻的垃圾桶中，每天都能拾到只穿用過一次的新襯衣、襪子和床單，這些東西在這裡是一次性用品；垃圾桶中還常常出現只有輕微損壞的高檔皮鞋和腰帶，以及只抽了三分之一的哈瓦納雪茄和只吃了一角的高級巧克力……但進入這裡撿垃圾要重金賄賂社區保安，所以能來的只是少數人，他們是拾荒者中的貴族。拾荒者的中間階層都集中在城市中眾多的垃圾中轉站裡，那是城市垃圾的第一次集中地，在那裡，垃圾中最值錢的部分：廢舊電器、金屬、完整的紙製品、廢棄的醫療器械、被丟棄的過期藥品等，都被撿拾得差不多了。那裡也不是隨便就能進來的，每個垃圾中轉站都是某個垃圾把頭控制的地盤，其他拾荒者擅自進入，輕者被暴打一頓趕走，重者可能丟了命。經過中轉站被送往城市外

面的大型堆放和填埋場的垃圾已經沒有多少「營養」了，但靠它生存的人數量最多，他們是拾荒者中的最底層，就是滑膛現在看到的這些人。留給這些最底層拾荒者的，都是不值錢又回收困難的碎塑料、碎紙等，再就是垃圾中的腐爛食品，可以以每公斤 1 分的價格賣給附近農民當豬飼料。在不遠處，大都市如一塊璀璨的巨大寶石閃爍着，它的光芒傳到這裡，給惡臭的垃圾山鍍上了一層變幻的光暈。其實，就是從拾到的東西中，拾荒者們也能體會到那不遠處大都市的奢華：在他們收集到的腐爛食品中，常常能依稀認出只吃了四腿的烤乳豬、只動了一筷子的石斑魚、完整的雞……最近整隻烏骨雞多了起來，這源自一道剛時興的名叫烏雞白玉的菜，這道菜是把豆腐放進烏骨雞的肚子裡燉出來的，真正的菜就是那幾片豆腐，雞雖然美味但只是包裝，如果不知道吃了，就如同吃粽子連蘆葦葉一起吃一樣，會成為有品位的食客的笑柄……

這時，當天最後一趟運垃圾的環衛車來了，當自卸車廂傾斜着升起時，一群拾荒者迎着山崩似的垃圾衝上來，很快在飛揚塵土中與垃圾山融為一體。這些人似乎完成了新的進化，垃圾山的惡臭、毒菌和灰塵似乎對他們都不產生影響，當然，這是只看到他們如何生存而沒見到他們如何死亡的普通人產生的印象，正像普通人平時見不到蟲子和老鼠的屍體，因而也不關心它們如何死去一樣。事實上，這個大垃圾場多次發現拾荒者的屍體，他們靜悄悄地死在這裡，然後被新的垃圾掩埋了。

在場邊一盞泛光燈昏暗的燈光中，拾荒者們只是一群灰塵中模糊的影子，但滑膛還是很快在他們中發現了自己尋找的目標。這麼快找到她，滑膛除了藉助自己銳利的目光外，還有一個原因：與春花廣場上的流浪者一樣，今天垃圾場上的拾荒者人數明顯減少了，這是為甚麼？

滑膛在望遠鏡中觀察着目標，她初看上去與其他的拾荒者沒有太大區別，腰間束着一根繩子，手裡拿着大編織袋和頂端裝着耙勺的長杆，只是她看上去比別人瘦弱，擠不到前面去，只能在其他拾荒者的圈外撿拾着，她翻找的，已經是垃圾的垃圾了。

滑膛放下望遠鏡，沉思片刻，輕輕搖搖頭。世界上最離奇的事正在他的眼前發生：一個城市流浪者、一個窮得居無定所的畫家、加上一個靠拾垃圾為生的女孩子，這三個世界上最貧窮最弱勢的人，有可能在甚麼地方威脅到那些處於世界財富之巔的超級財閥們呢，這種威脅甚至於迫使他們雇傭殺手置之於死地？！

後座上放着那幅《貧瘠》系列之二，骷髏頭上的那隻眼睛在黑暗中凝視着滑膛，令他如芒刺在背。

垃圾場那邊發出了一陣驚叫聲，滑膛看到，車外的世界籠罩在一片藍光中，藍光來自東方地平線，那裡，一輪藍太陽正在快速升起，那是運行到南半球的哥哥飛船。飛船一般是不發光的，晚上，自身反射的陽光使它看上去像一輪小月亮，但有時它也會突然發出照亮整個世界的藍光，這總是令人們陷入莫名的恐懼之中。這一次飛船發出的光比以往都亮，可能是軌道更低的緣故。藍太陽從城市後面升起，使高樓群的影子一直拖到這裡，像一群巨人的手臂，但隨着飛船的快速上升，影子漸漸縮回去了。

在哥哥飛船的光芒中，垃圾場上那個拾荒女孩能看得更清楚了，滑膛再次舉起望遠鏡，證實了自己剛才的觀察，就是她，她蹲在那裡，編織袋放在膝頭，仰望的眼睛有一絲驚恐，但更多的還是他在照片上看到的平靜。滑膛的心又動了一下，但像上次一樣這觸動轉瞬即逝，他知道這漣漪來自心靈深處的某個地方，為再次失去它而懊悔。

飛船很快劃過長空，在西方地平線落下，在西天留下了一片詭

異的藍色晚霞，然後，一切又沒入昏暗的夜色中，遠方的城市之光又燦爛起來。

滑膛的思想又回到那個謎上來：世界最富有的十三個人要殺死最窮的三個人，這不是一般的荒唐，這真是對他的想像力最大的挑戰。但思路沒走多遠就猛地剎住，滑膛自責地拍了一下方向盤，他突然想到自己已經違反了這個行業的最高精神準則，校長的那句話浮現在他的腦海中，這是行業的座右銘：

**瞄準誰，與槍無關。**

到現在，滑膛也不知道他是在哪個國家留學的，更不知道那所學校的確切位置。他只知道飛機降落的第一站是莫斯科，那裡有人接他，那人的英語沒有一點兒俄國口音，他被要求戴上一副不透明的墨鏡，偽裝成一個盲人，以後的旅程都是在黑暗中度過了。又坐了三個多小時的飛機，再坐一天的汽車，才到達學校，這時是否還在俄羅斯境內，滑膛真的說不準了。學校地處深山，圍在高牆中，學生在畢業之前絕對不准外出。被允許摘下眼鏡後，滑膛發現學校的建築明顯地分為兩大類，一類是灰色的，外形毫無特點；另一類的色彩和形狀都很奇特。他很快知道，後一類建築實際上是一堆巨型積木，可以組合成各種形狀，以模擬變化萬千的射擊環境。整所學校，基本上就是一個設施精良的大靶場。

開學典禮是全體學生唯一的一次集合，他們的人數剛過四百。校長一頭銀髮，一副令人肅然起敬的古典學者風度，他講了如下一番話：

「同學們，在以後的 4 年中，你們將學習一個我們永遠不會講出其名稱的行業所需的專業知識和技能，這是人類最古老的行業之一，同樣會有光輝的未來。從小處講，它能夠為做出最後選擇的客戶解決只有我們才能解決的問題，從大處講，它能夠改變歷史。

「曾有不同的政治組織出高價委託我們訓練遊擊隊員，我們拒絕了，我們只培養獨立的專業人員，是的，獨立，除錢以外獨立於一切。從今以後，你們要把自己當成一支槍，你們的責任，就是實現槍的功能，在這個過程中展現槍的美感，至於瞄準誰，與槍無關。A 持槍射擊 B，B 又奪過同一支槍射擊 A，槍應該對這每一次射擊一視同仁，都以最高的質量完成操作，這是我們最基本的職業道德。」

在開學典禮上，滑膛還學會了幾個最常用的術語：該行業的基本操作叫加工，操作的對象叫工件，死亡叫冷卻。

學校分 L、M 和 S 三個專業，分別代表長、中、短三種距離。

L 專業是最神秘的，學費高昂，學生人數很少，且基本不和其他專業的人交往，滑膛的教官也勸他們離 L 專業的人遠些：「他們是行業中的貴族，是最有可能改變歷史的人。」L 專業的知識博大精深，他們的學生使用的狙擊步槍價值幾十萬美元，裝配起來有兩米多長。L 專業的加工距離均超過 1000 米，據說最長可達到 3000 米！1500 米以上的加工操作是一項複雜的工程，其中的前期工作之一就是沿射程按一定間距放置一系列的「風鈴」，這是一種精巧的微型測風儀，它可將監測值以無線發回，顯示在射手的眼鏡顯示器上，以便他（她）掌握射程不同階段的風速和風向。

M 專業的加工距離在 10 米至 300 米之間，是最傳統的專業，學生也最多，他們一般使用普通制式步槍，M 專業的應用面最廣，但也是平淡和缺少傳奇的。

滑膛學的是 S 專業，加工距離在 10 米以下，對武器要求最低，一般使用手槍，甚至還可能使用冷兵器。在三個專業中，S 專業無疑是最危險的，但也是最浪漫的。校長就是這個專業的大師，親自為 S 專業授課，他首先開的課程竟然是 —— 英語文學。

「你們首先要明白 S 專業的價值。」看着迷惑的學生們，校長莊

重地説，「在 L 和 M 專業中，工件與加工者是不見面的，工件都是在不知情的狀態下被加工並冷卻的，這對他們當然是一種幸運，但對客戶卻不是，相當一部分客戶，需要讓工件在冷卻之前得知他們被誰、為甚麼委託加工的，這就要由我們來告知工件，這時，我們已經不是自己，而是客戶的化身，我們要把客戶傳達的最後信息向工件莊嚴完美地表達出來，讓工件在冷卻前受到最大的心靈震攝和煎熬，這就是 S 專業的浪漫和美感之所在，工件冷卻前那恐懼絕望的眼神，將是我們在工作中最大的精神享受。但要做到這些，就需要我們具有相當的表達能力和文學素養。」

於是，滑膛學了一年的文學。他讀荷馬史詩，背莎士比亞，讀了很多的經典和現代名著。滑膛感覺這一年是自己留學生涯中最有收穫的一年，因為後面學的那些東西他以前多少都知道一些，以後遲早也能學到，但深入地接觸文學，這是他唯一的機會。通過文學，他重新發現了人，驚歎人原來是那麼一種精緻而複雜的東西，以前殺人，在他的感覺中只是打碎盛着紅色液體的粗糙陶罐，現在驚喜地發現自己擊碎的原來是精美絕倫的玉器，這更增加了他殺戮的快感。

接下來的課程是人體解剖學。與其他兩個專業相比，S 專業的另一大優勢是可以控制被加工後的工件冷卻到環境溫度的時間，術語叫快冷卻和慢冷卻。很多客戶是要求慢冷卻的，冷卻的過程還要錄像，以供他們珍藏和欣賞。當然這需要很高的技術和豐富的經驗，人體解剖學當然也是不可缺少的知識。

然後，真正的專業課才開始。

垃圾場上拾荒的人漸漸走散，只剩下包括目標在內的幾個人。滑膛當即決定，今晚就把這個工件加工了。按行業慣例，一般在勘察時是不動手的，但也有例外，合適的加工時機會稍縱即逝。

滑膛將車開離橋下，經過一陣顛簸後在垃圾場邊的一條小路旁

停下，滑膛觀察到這是拾荒者離開垃圾場的必經之路，這裡很黑，只能隱約看到荒草在夜風中搖曳的影子，是很合適的加工地點，他決定在這裡等着工件。

滑膛抽出槍，輕輕放在駕駛台上。這是一支外形粗陋的左輪，7.6 口徑，可以用大黑星（註：黑社會對五四手槍的稱呼）的子彈，按其形狀，他叫它大鼻子，是沒有牌子的私造槍，他從西雙版納的一個黑市上花三千元買到的。槍雖然外形醜陋，但材料很好，且各個部件的結構都加工正確，最大的缺陷就是最難加工的膛線沒有做出來，槍管內壁光光的。滑膛有機會得到名牌好槍，他初做保鏢時，鹵哥給他配了一支三十二發的短烏齊，後來，又將一支七七式當做生日禮物送給他，但那兩支槍都被他壓到箱子底，從來沒帶過，他只喜歡大鼻子。現在，它在城市的光暈中冷冷地閃亮，將滑膛的思緒又帶回了學校的歲月。

專業課開課的第一天，校長要求每個學生展示自己的武器。當滑膛將大鼻子放到那一排精緻的高級手槍中時，很是不好意思。但校長卻拿起它把玩着，由衷地讚賞道：「好東西。」

「連膛線都沒有，消音器也擰不上。」一名學生不屑地說。

「S 專業對準確性和射程要求最低，膛線並不重要；消音器嘛，墊個小枕頭不就行了？孩子，別讓自己變得匠氣了。在大師手中，這把槍能產生出你們這堆昂貴的玩意兒產生不了的藝術效果。」

校長說的對，由於沒有膛線，大鼻子射出的子彈在飛行時會翻跟頭，在空氣中發出正常子彈所沒有的令人恐懼的尖嘯，在射入工件後仍會持續旋轉，像一柄鋒利的旋轉刀片，切碎沿途的一切。

「我們以後就叫你滑膛吧！」校長將槍遞還給滑膛時說，「好好掌握它，孩子，看來你得學飛刀了。」滑膛立刻明白了校長的話：專業飛刀是握着刀尖出刀的，這樣才能在旋轉中產生更大的穿刺動量，

這就需要在到達目標時刀尖正好旋轉到前方。校長希望滑膛像掌握飛刀那樣掌握大鼻子射出的子彈！這樣，就可以使子彈在工件上的創口產生豐富多彩的變化。經過長達兩年的苦練，消耗了近三萬發子彈，滑膛竟真的練成了這種在學校最優秀的射擊教官看來都不可能實現的技巧。

滑膛的留學經歷與大鼻子是分不開的。在第 4 學年，他認識了同專業的一個名叫火的女生，她的名字也許來自那頭紅髮。這裡當然不可能知道她的國籍，滑膛猜測她可能來自西歐。這裡不多的女生，幾乎個個都是天生的神槍手，但火的槍打得很糟，匕首根本不會用，真不知道她以前是靠甚麼吃飯。但在一次勒殺課程中，她從自己手上那枚精緻的戒指中抽出一根肉眼看不見的細線，熟練地套到用做教具的山羊脖子上，那根如利刃般的細線竟將山羊的頭齊齊地切了下來。據火的介紹，這是一段納米絲，這種超高強度的材料未來可能被用來建造太空電梯。

火對滑膛沒甚麼真愛可言，那種東西也不可能在這裡出現。她同時還與外系一個名叫黑冰狼的北歐男生交往，並在滑膛和黑冰狼之間像鬥蛐蛐似地反覆挑逗，企圖引起一場流血爭鬥，以便為枯燥的學習生活帶來一點兒消遣。她很快成功了，兩個男人決定以俄羅斯輪盤賭的形式決鬥。這天深夜，全班同學將靶場上的巨型積木擺放成羅馬鬥獸場的形狀，決鬥就在鬥獸場中央進行，使用的武器是大鼻子。火做裁判，她優雅地將一顆子彈塞進大鼻子的空彈倉，然後握住槍管，將彈倉在她那如長春藤般的玉臂上來回滾動了十幾次，然後，兩個男人謙讓了一番，火微笑着將大鼻子遞給滑膛。滑膛緩緩舉起槍，當冰涼的槍口吻到太陽穴時，一種前所未有的空虛和孤獨向他襲來，他感到無形的寒風吹透了世界萬物，漆黑的宇宙中只有自己的心是熱的。一橫心，他連扣了 5 下扳機，擊錘點了 5 下頭，

彈倉轉動了 5 下，槍沒響。咔咔咔咔咔，這 5 聲清脆的金屬聲敲響了黑冰狼的喪鐘。全班同學歡呼起來，火更是快活得流出了眼淚，對着滑膛高呼她是他的了。這中間笑得最輕鬆的是黑冰狼，他對滑膛點點頭，由衷地說：「東方人，這是自柯爾特（註：左輪手槍的發明者）以來最精彩的賭局了。」他然後轉向火，「沒關係親愛的，人生於我，一場豪賭而已。」說完他抓起大鼻子對準自己的太陽穴，一聲有力的悶響，血花和碎骨片濺得很瀟灑。

之後不久滑膛就畢業了，他又戴上了那副來時戴的眼鏡離開了這所沒有名稱的學校，回到了他長大的地方。他再也沒有聽到過學校的一絲消息，彷彿它從來就沒有存在過似的。

回到外部世界後，滑膛才聽說世界上發生的一件大事：上帝文明來了，要接受他們培植的人類的贍養，但在地球的生活並不如意，他們只呆了一年多時間就離去了，那兩萬多艘飛船已經消失在茫茫宇宙中。

回來後剛下飛機，滑膛就接到了一樁加工業務。

齒哥熱情地歡迎滑膛歸來，擺上了豪華的接風宴，滑膛要求和齒哥單獨呆在宴席上，他說自己有好多心裡話要說。其他人離開後，滑膛對齒哥說：

「我是在您身邊長大的，從內心裡，我一直沒把您當大哥，而是當成親父親。您說，我應當去幹所學的這個專業嗎？就一句話，我聽您的。」

齒哥親切地扶着滑膛的肩膀說：「只要你喜歡，就幹嘛，我看得出來你是喜歡的，別管白道黑道，都是道兒嘛，有出息的人，哪股道上都能出息。」

「好，我聽您的。」

滑膛說完，抽出手槍對着齒哥的肚子就是一槍，飛旋的子彈以

恰到好處的角度劃開一道橫貫齒哥腹部的大口子，然後穿進地板中。齒哥透過煙霧看着滑膛，眼中的震驚只是一掠而過，隨之而來的是恍然大悟後的麻木，他對着滑膛笑了一下，點點頭。

「已經出息了，小子。」齒哥吐着血沫説完，軟軟地倒在地上。

滑膛接的這樁業務是一小時慢冷卻，但不錄像，客戶信得過他。滑膛倒上一杯酒，冷靜地看着地上血泊中的齒哥，後者慢慢地整理着自己流出的腸子，像碼麻將那樣，然後塞回肚子裡，滑溜溜的腸子很快又流出來，齒哥就再整理好將其塞回去……當這工作進行到第12遍時，他嚥了氣，這時距槍響正好一小時。

滑膛説把齒哥當成親父親是真心話，在他五歲時的一個雨天，輸紅了眼的父親逼着母親把家裡全部的存摺都拿出來，母親不從，便被父親毆打致死，滑膛因阻攔也被打斷鼻樑骨和一條胳膊，隨後父親便消失在雨中。後來滑膛多方查找也沒有消息，如果找到，他也會讓其享受一次慢冷卻的。

事後，滑膛聽説老克將自己的全部薪金都退給了齒哥的家人，返回了俄羅斯。他走前説：送滑膛去留學那天，他就知道齒哥會死在他手裡，齒哥的一生是刀尖上走過來的，卻不懂得一個純正的殺手是甚麼樣的人。

垃圾場上的拾荒者一個接一個離開了，只剩下目標一人還在那裡埋頭刨找着，她力氣小，垃圾來時搶不到好位置，只能藉助更長時間的勞作來彌補了。這樣，滑膛就沒有必要等在這裡了，於是他拿起大鼻子塞到夾克口袋中，走下了車，徑直朝垃圾中的目標走去。他腳下的垃圾軟軟的，還有一股溫熱，他彷彿踏在一隻巨獸的身上。當距目標四五米時，滑膛抽出了握槍的手……

這時，一陣藍光從東方射過來，哥哥飛船已繞地球一周，又轉到了南半球，仍發着光。這突然升起的藍太陽同時吸引了兩人的目光，

他們都盯着藍太陽看了一會兒，然後互相看了對方一眼，當兩人的目光相遇時，滑膛發生了一名職業殺手絕對不會發生的事：手中的槍差點滑落了，震撼令他一時感覺不到手中槍的存在，他幾乎失聲叫出：

果兒——

但滑膛知道她不是果兒，14 年前，果兒就在他面前痛苦地死去。但果兒在他心中一直活着，一直在成長，他常在夢中見到已經長成大姑娘的果兒，就是眼前她這樣兒。

齒哥早年一直在做着他永遠不會對後人提起的買賣：他從人販子手中買下一批殘疾兒童，將他們放到城市中去乞討，那時，人們的同情心還沒有疲勞，這些孩子收益頗豐，齒哥就是藉此完成了自己的原始積纍。

一次，滑膛跟着齒哥去一個人販子那裡接收新的一批殘疾孩子，到那個舊倉庫中，看到有 5 個孩子，其中的 4 個是先天性畸形，但另一個小女孩兒卻是完全正常的。那女孩兒就是果兒，她當時 6 歲，長得很可愛，大眼睛水靈靈的，同旁邊的畸形兒形成鮮明對比。她當時就用這雙後來滑膛一想起來就心碎的大眼睛看看這個看看那個，全然不知等待着自己的是怎樣的命運。

「這些就是了。」人販子指指那 4 個畸形兒説。

「不是説好 5 個嗎？」齒哥問。

「車廂裡悶，有一個在路上完了。」

「那這個呢？」齒哥指指果兒。

「這不是賣給你的。」

「我要了，就按這些的價兒。」齒哥用一種不容商量的語氣説。

「可……她好端端的，你怎麼拿她掙錢？」

「死心眼，加工一下不就得了？」

齒哥説着，解下腰間的利鋸，朝果兒滑嫩的小腿上劃了一下，劃

出了一道貫穿小腿的長口子，血在果兒的慘叫聲中湧了出來。

「給她裹裹，止住血，但別上消炎藥，要爛開才好。」齒哥對滑膛説。

滑膛於是給果兒包紮傷口，血浸透了好幾層紗布，直流得果兒臉色慘白。滑膛背着齒哥，還是給果兒吃了些利菌沙和抗菌優之類的消炎藥，但是沒有用，果兒的傷口還是發炎了。

兩天以後，齒哥就打發果兒上街乞討，果兒可愛而虛弱的小樣兒，她的傷腿，都立刻產生了超出齒哥預期的效果，頭一天就掙了三千多塊，以後的一個星期裡，果兒掙的錢每天都不少於兩千塊，最多的一次，一對外國夫婦一下子就給了 400 美元。但果兒每天得到的只是一盒發餿的盒飯，這倒也不全是由於齒哥吝嗇，他要的就是孩子捱餓的樣子。滑膛只能在暗中給她些吃的。

一天傍晚，他上果兒乞討的地方去接她回去，小女孩兒附在他的耳邊悄悄地説：「哥，我的腿不疼了呢。」一副高興的樣子。在滑膛的記憶中，這是他除母親慘死外唯一的一次流淚，果兒的腿是不疼了，那是因為神經都已經壞死，整條腿都發黑了，她已經發了兩天的高燒。滑膛再也不顧齒哥的禁令，抱着果兒去了醫院，醫生説已經晚了，孩子的血液中毒。第二天深夜，果兒在高燒中去了。

從此以後，滑膛的血變冷了，而且像老克説的那樣，再也沒有溫起來。殺人成了他的一項嗜好，比吸毒更上癮，他熱衷於打碎那一個個叫做人的精緻器皿，看着它們盛裝的紅色液體流出來，冷卻到與環境相同的溫度，這才是它們的真相，以前那些紅色液體裡的熱度，都是偽裝。

完全是下意識地，滑膛以最高的分辨率真切地記下了果兒小腿兒上那道長傷口的形狀，後來在齒哥腹部劃出的那一道，就是它準確的拷貝。

拾荒女站起身，背起那個對她顯得很大的編織袋慢慢走去。她顯然並非因滑膛的到來而走，她沒注意到他手裡拿的是甚麼，也不會想到這個穿着體面的人的到來與自己有甚麼關係，她只是該走了。哥哥飛船在西天落下，滑膛一動不動地站在垃圾中，看着她的身影消失在短暫的藍色黃昏裡。

滑膛把槍插回槍套，拿出手機撥通了朱漢楊的電話：「我想見你們，有事要問。」

「明天 9 點，老地方。」朱漢楊簡潔地回答，好像早就預料到了這一切。

走進總統大廳，滑膛發現社會財富液化委員會的 13 個常委都在，他們將嚴肅的目光聚集在他身上。

「請提你的問題。」朱漢楊說。

「為甚麼要殺這三個人？」滑膛問。

「你違反了自己行業的職業道德。」朱漢楊用一個精緻的雪茄剪切開一根雪茄的頭部，不動聲色地說。

「是的，我會讓自己付出代價的，但必須清楚原因，否則這樁業務無法進行。」

朱漢楊用一根長火柴轉着圈點着雪茄，緩緩地點點頭：「現在我不得不認為，你只接針對有產階級的業務。這樣看來，你並不是一個真正的職業殺手，只是一名進行狹隘階級報復的兇手，一名警方正在全力搜捕的，三年內殺了四十一個人的殺人狂，你的職業聲望將從此一瀉千里。」

「你現在就可以報警。」滑膛平靜地說。

「這樁業務是不是涉及到了你的某些個人經歷？」許雪萍問。

滑膛不得不佩服她的洞察力，他沒有回答，默認了。

「因為那個女人？」

滑膛沉默着，對話已超出了合適的範圍。

「好吧，」朱漢楊緩緩吐出一口白煙，「這樁業務很重要，我們在短時間內也找不到更合適的人，只能答應你的條件，告訴你原因，一個你做夢都想不到的原因。我們這些社會上最富有的人，卻要殺掉社會上最貧窮最弱勢的人，這使我們現在在你的眼中成了不可理喻的變態惡魔，在說明原因之前，我們首先要糾正你的這個印象。」

「我對黑與白不感興趣。」

「可事實已證明不是這樣，好，跟我們來吧。」朱漢楊將只抽了一口的整根雪茄扔下，起身向外走去。

滑膛同社會財富液化委員會的全體常委一起走出酒店。

這時，天空中又出現了異常，大街上的人們都在緊張地抬頭仰望。哥哥飛船正在低軌道上掠過，由於初升太陽的照射，它在晴朗的天空上顯得格外清晰。飛船沿着運行的軌跡，撒下一顆顆銀亮的星星，那些星星等距離排列，已在飛船後面形成了一條穿過整個天空的長線，而哥哥飛船本身的長度已經明顯縮短了，它釋放出星星的一頭變得參差不齊，像折斷的木棒。滑膛早就從新聞中得知，哥哥飛船是由上千艘子船形成的巨大組合體，現在，這個組合體顯然正在分裂為子船船隊。

「大家注意了！」朱漢楊揮手對常委們大聲說，「你們都看到了，事態正在發展，時間可能不多了，我們工作的步伐要加快，各小組立刻分頭到自己分管的液化區域，繼續昨天的工作。」

說完，他和許雪萍上了一輛車，並招呼滑膛也上來。滑膛這才發現，酒店外面等着的，不是這些富豪們平時乘坐的豪華車，而是一排五十鈴客貨車。「為了多拉些東西。」許雪萍看出了滑膛的疑惑，對他解釋說。滑膛看看後面的車廂，裡面整齊地裝滿了一模一樣的黑色小手提箱，那些小箱子看上去相當精緻，估計有上百個。

沒有司機，朱漢楊親自開車駛上了大街。車很快拐入了一個林蔭道，然後放慢了速度，滑膛發現原來朱漢楊在跟着路邊的一個行人慢開，那人是個流浪漢，這個時代流浪漢的衣着不一定襤褸，但還是一眼就能看出來。流浪漢的腰上掛着一個塑料袋，每走一步袋裡的東西就叮咣響一下。

　　滑膛知道，昨天他看到的那個流浪者和拾荒者大量減少的謎底就要揭開了，但他不相信朱漢楊和許雪萍敢在這個地方殺人，他們多半是先將目標騙上車，然後帶到甚麼地方除掉。按他們的身份，用不着親自幹這種事，也許只是為了向滑膛示範？滑膛不打算干涉他們，但也絕不會幫他們，他只管合同內的業務。

　　流浪漢顯然沒覺察到這輛車的慢行與自己有甚麼關係，直到許雪萍叫住了他。

　　「你好！」許雪萍搖下車窗説，流浪漢站住，轉頭看着她，臉上覆蓋着這個階層的人那種厚厚的麻木，「有地方住嗎？」許雪萍微笑着問。

　　「夏天哪兒都能住。」流浪漢説。

　　「冬天呢？」

　　「暖氣道，有的廁所也挺暖和。」

　　「你這麼過了多長時間了？」

　　「我記不清了，反正徵地費花完後就進了城，以後就這樣了。」

　　「想不想在城裡有套三室一廳的房子，有個家？」

　　流浪漢麻木地看着女富豪，沒聽懂她的話。

　　「認字嗎？」許雪萍問，流浪漢點點頭後，她向前一指：「看那邊——」那裡有一幅巨大的廣告牌，在上面，青翠綠地上點綴着乳白色的樓群，像一處世外桃園，「那是一個商品房廣告。」流浪漢扭頭看看廣告牌，又看看許雪萍，顯然不知道那與自己有甚麼關係，

「好，現在你從我車上拿一個箱子。」

流浪漢走到車廂處拎了一個小提箱走過來，許雪萍指着箱子對他説：「這裡面是 100 萬元，用其中的 50 萬你就可以買一套那樣的房子，剩下的留着過日子吧，當然，如果你花不了，也可以像我們這樣把一部分送給更窮的人。」

流浪漢眼睛轉轉，捧着箱子仍面無表情，對於被愚弄，他很漠然。

「打開看看。」

流浪漢用黑乎乎的手笨拙地打開箱子，剛開一條縫就啪地一聲合上了，他臉上那冰凍三尺的麻木終於被擊碎，一臉震驚，像見了鬼。

「有身份證嗎？」朱漢楊問。

流浪漢下意識地點點頭，同時把箱子拎得盡量離自己遠些，彷彿它是一顆炸彈。

「去銀行存了，用起來方便一些。」

「你們……要我幹啥？」流浪漢問。

「只要你答應一件事：外星人就要來了，如果他們問起你，你就説自己有這麼多錢，就這一個要求，你能保證這樣做嗎？」

流浪漢點點頭。

許雪萍走下車，衝流浪漢深深鞠躬：「謝謝。」

「謝謝。」朱漢楊也在車裡説。

最令滑膛震驚的是，他們表達謝意時看上去是真誠的。

車開了，將剛剛誕生的百萬富翁丟在後面。前行不遠，車在一個轉彎處停下了，滑膛看到路邊蹲着三個找活兒的外來裝修工，他們每人的工具只是一把三角形的小鐵鏟，外加地上擺着的一個小硬紙板，上書「刮家」。那三個人看到停在面前的車立刻起身跑過來，問：「老闆有活嗎？」

朱漢楊搖搖頭：「沒有，最近生意好嗎？」

「哪有啥生意啊，現在都用噴上去的新塗料，就是一通電就能當暖氣的那種，沒有刮家的了。」

「你們從哪兒來？」

「河南。」

「一個村兒的？哦，村裡窮嗎？有多少戶人家？」

「山裡的，五十多戶。哪能不窮呢，天旱，老闆你信不信啊，澆地是拎着壺朝苗根兒上一根根地澆呢。」

「那就別種地了……你們有銀行賬戶嗎？」

三人都搖搖頭。

「那又是只好拿現金了，挺重，辛苦你們了……從車上拿十幾個箱子下來。」

「十幾個啊？」裝修工們從車上拿箱子，堆放到路邊，其中的一個問，對朱漢楊剛才的話，他們誰都沒有去細想，更沒在意。

「十多個吧，無所謂，你們看着拿。」

很快，十五個箱子堆在地上，朱漢楊指着這堆箱子說：「每隻箱子裡面裝着 100 萬元，共 1500 萬，回家去，給全村分了吧。」

一名裝修工對朱漢楊笑笑，好像是在讚賞他的幽默感，另一名蹲下去打開了一隻箱子，同另外兩人一起看了看裡面，然後他們一起露出同剛才那名流浪漢一樣的表情。

「東西挺重的，去雇輛車回河南，如果你們中有會開車的，買一輛更方便些。」許雪萍説。

三名裝修工呆呆地看着面前這兩個人，不知他們是天使還是魔鬼，很自然地，一名裝修工問出了剛才流浪漢的問題：「讓我們幹甚麼？」

回答也一樣：「只要你們答應一件事：外星人就要來了，如果他

們問起你們，你們就説自己有這麼多錢，就這一個要求，你們能保證做到嗎？」

三個窮人點點頭。

「謝謝。」「謝謝。」兩位超級富豪又真誠地鞠躬致謝，然後上車走了，留下那三個人茫然地站在那堆箱子旁。

「你一定在想，他們會不會把錢獨吞了。」朱漢楊扶着方向盤對滑膛説，「開始也許會，但他們很快就會把多餘的錢分給窮人的，就像我們這樣。」

滑膛沉默着，面對眼前的怪異和瘋狂，他覺得沉默是最好的選擇，現在，理智能告訴他的只有一點：世界將發生根本的變化。

「停車！」許雪萍喊道，然後對在一個垃圾桶旁搜尋易拉罐和可樂瓶的小髒孩兒喊：「孩子，過來！」孩子跑了過來，同時把他拾到的半編織袋瓶罐也背過來，好像怕丟了似的，「從車上拿一個箱子。」孩子拿了一個，「打開看看。」孩子打開了，看了，很吃驚，但沒到剛才那四個成年人那種程度。「是甚麼？」許雪萍問。

「錢。」孩子抬起頭看着她説。

「100 萬塊錢，拿回去給你的爸爸媽媽吧。」

「這麼説真有這事兒？」孩子扭頭看看仍裝着許多箱子的車廂，眨眨眼説。

「甚麼事？」

「送錢啊，説有人在到處送大錢，像扔廢紙似的。」

「但你要答應一件事，這錢才是你的：外星人就要來了，如果他們問起你，你就説自己有這麼多錢，你確實有這麼多錢，不是嗎？就這一個要求，你能保證做到嗎？」

「能！」

「那就拿着錢回家吧，孩子，以後世界上不會有貧窮了。」朱漢

楊説着，啟動了汽車。

「也不會有富裕了。」許雪萍説，神色黯然。

「你應該振作起來，事情是很糟，但我們有責任阻止它變得更糟。」朱漢楊説。

「你真覺得這種遊戲有意義嗎？」

朱漢楊猛地剎住了剛開動的車，在方向盤上方揮着雙手喊道：「有意義！當然有意義！！難道你想在後半生像那些人一樣窮嗎？你想捱餓和流浪嗎？」

「我甚至連活下去的興趣都沒有了。」

「使命感會支撐你活下去，這些黑暗的日子裡我就是這麼過來的，我們的財富給了我們這種使命。」

「財富怎麼了？我們沒偷沒搶，掙的每一分錢都是乾淨的！我們的財富推動了社會前進，社會應該感謝我們！」

「這話你對哥哥文明説吧。」朱漢楊説完走下車，對着長空長出了一口氣。

「你現在看到了，我們不是殺窮人的變態兇手。」朱漢楊對跟着走下車的滑膛説，「相反，我們正在把自己的財富散發給最貧窮的人，就像剛才那樣。在這座城市裡，在許多其他的城市裡，在國家一級貧困地區，我們公司的員工都在這樣做。他們帶着集團公司的全部資產：上千億的支票、信用卡和存摺，一卡車一卡車的現金，去消除貧困。」

這時，滑膛注意到了空中的景象：一條由一顆顆銀色星星連成的銀線橫貫長空，哥哥飛船聯合體完成了解體，一千多艘子飛船變成了地球的一條銀色星環。

「地球被包圍了。」朱漢楊説，「這每顆星星都有地球上的航空母艦那麼大，一艘單獨的子船上的武器，就足以毀滅整個地球。」

「昨天夜裡，它們毀滅了澳大利亞。」許雪萍説。

「毀滅？怎麼毀滅？」滑膛看着天空問。

「一種射線從太空掃描了整個澳洲大陸，射線能夠穿透建築物和掩體，人和大型哺乳都在一小時內死去，昆蟲和植物安然無恙，城市中，連櫥窗裡的瓷器都沒有打碎。」

滑膛看了許雪萍一眼，又繼續看着天空，對於這種恐懼，他的承受力要強於一般人。

「一種力量的顯示，之所以選中澳大利亞，是因為它是第一個明確表示拒絕保留地方案的國家。」朱漢楊説。

「甚麼方案？」滑膛問。

「從頭説起吧。來到太陽系的哥哥文明其實是一群逃荒者，他們在第一地球無法生存下去。『我們失去了自己的家園。』這是他們的原話。具體原因他們沒有説明。他們要佔領我們的地球四號，作為自己新的生存空間。至於地球人類，將被全部遷移至人類保留地，這個保留地被確定為澳洲，地球上的其他領土都歸哥哥文明所有……這一切在今天晚上的新聞中就要公佈了。」

「澳洲？大洋中的一個大島，地方倒挺合適，澳大利亞的內陸都是沙漠，五十多億人擠在那塊地方很快就會全部餓死的。」

「沒那麼糟，在澳洲保留地，人類的農業和工業將不再存在，他們不需要從事生產就能活下去。」

「靠甚麼活？」

「哥哥文明將養活我們，他們將贍養人類，人類所需要的一切生活資料都將由哥哥種族長期提供，所提供的生活資料將由他們平均分配，每個人得到的數量相等，所以，未來的人類社會將是一個絕對不存在貧富差別的社會。」

「可生活資料將按甚麼標準分配給每個人呢？」

「你一下子就抓住了問題的關鍵：按照保留地方案，哥哥文明將對地球人類進行全面的社會普查，調查的目的是確定目前人類社會最低的生活標準，哥哥文明將按這個標準配給每個人的生活資料。」

滑膛低頭沉思了一會兒，突然笑了起來：「呵，我有些明白了，對所有的事，我都有些明白了。」

「你明白了人類文明面臨的處境吧。」

「其實嘛，哥哥的方案對人類還是很公平的。」

「甚麼？你竟然說公平？！你這個……」許雪萍氣急敗壞地說。

「他是對的，是很公平。」朱漢楊平靜地說，「如果人類社會不存在貧富差距，最低的生活水準與最高的相差不大，那保留地就是人類的樂園了。」

「可現在……」

「現在要做的很簡單，就是在哥哥文明的社會普查展開之前，迅速抹平社會財富的鴻溝！」

「這就是所謂的社會財富液化吧？」滑膛問。

「是的，現在的社會財富是固態的，固態就有起伏，像這大街旁的高樓，像那平原上的高山，但當這一切都液化後，一切都變成了大海，海面是平滑的。」

「但像你們剛才那種做法，只會造成一片混亂。」

「是的，我們只是做出一種姿態，顯示財富佔有者的誠意。真正的財富液化很快就要在全世界展開，它將在各國政府和聯合國的統一領導下進行，大扶貧即將開始，那時，富國將把財富向第三世界傾倒，富人將把金錢向窮人拋撒，而這一切，都是完全真誠的。」

「事情可能沒那麼簡單。」滑膛冷笑着說。

「你是甚麼意思？你個變態的……」許雪萍指着滑膛的鼻子咬牙切齒地說，朱漢楊立刻制止了她。

「他是個聰明人，他想到了。」朱漢楊朝滑膛偏了一下頭説。

「是的，我想到了，有窮人不要你們的錢。」

許雪萍看了滑膛一眼，低頭不語了，朱漢楊對滑膛點點頭：「是的，他們中有人不要錢。你能想像嗎？在垃圾中尋找食物，卻拒絕接受 100 萬元……哦，你想到了。」

「但這種窮人，肯定是極少數。」滑膛説。

「是的，但他們只要佔貧困人口十萬分之一的比例，就足以形成一個社會階層，在哥哥那先進的社會調查手段下，他們的生活水準，就會被當做人類最低的生活水準，進而成為哥哥進行保留地分配的標準……知道嗎，只要十萬分之一！」

「那麼，現在你們知道的比例有多大？」

「大約千分之一。」

「這些下賤變態的千古罪人！」許雪萍對着天空大罵一聲。

「你們委託我殺的就是這些人了。」這時，滑膛也不想再用術語了。

朱漢楊點點頭。

滑膛用奇怪的目光地看着朱漢楊，突然仰天大笑起來：「哈哈哈……我居然在為人類造福？！」

「你是在為人類造福，你是在拯救人類文明。」

「其實，你們只需用死去威脅，他們還是會接受那些錢的。」

「這不保險！」許雪萍湊近滑膛低聲説，「他們都是變態的狂人，是那種被階級仇恨扭曲的變態，即使拿了錢，也會在哥哥面前聲稱自己一貧如洗，所以，必須盡快從地球上徹底清除這種人。」

「我明白了。」滑膛點點頭説。

「那麼你現在的打算呢？我們已經滿足了你的要求，説明了原因；當然，錢以後對誰意義都不大了，你對為人類造福肯定也沒興趣。」

「錢對我早就意義不大了，後面那件事從來沒想過⋯⋯不過，我將履行合同。今天零點前完工，請準備驗收。」滑膛說完，起步離開。

「有一個問題，」朱漢楊在滑膛後面說，「也許不禮貌，你可以不回答：如果你是窮人，是不是也不會要我們的錢？」

「我不是窮人。」滑膛沒有回頭，但走了幾步，他還是回過頭來，用鷹一般的眼神看着兩人，「如果我是，是的，我不會要。」說完，大步走去。

「你為甚麼不要他們的錢？」滑膛問 1 號目標，那個上次在廣場上看到的流浪漢，現在，他們站在距廣場不遠處公園裡的小樹林中，有兩種光透進樹林，一種幽幽的藍光來自太空中哥哥飛船構成的星環，這片藍光在林中的地上投下斑駁的光影；另一種是城市的光，從樹叢外斜照進來，在劇烈地顫動着，變幻着色彩，彷彿表達着對藍光的恐懼。

流浪漢嘿嘿一笑：「他們在求我，那麼多的有錢人在求我，有個女的還流淚呢！我要是要了錢，他們就不會求我了，有錢人求我，很爽的。」

「是，很爽。」滑膛說着，扣動了大鼻子的扳機。

流浪漢是個慣偷，一眼就看出這個叫他到公園裡來的人右手拿着的外套裡面裹着東西，他一直很好奇那是甚麼，現在突然看到衣服上亮光一閃，像是裡面的甚麼活物眨了下眼，接着便墜入了永恆的黑暗。

這是一次超速快冷加工，飛速滾動的子彈將工件眉毛以上的部分幾乎全切去了，在衣服覆蓋下槍聲很悶，沒人注意到。

垃圾場。滑膛發現，今天拾垃圾的只有她一人了，其他的拾荒者顯然都拿到了錢。

在星環的藍光下，滑膛踏着溫軟的垃圾向目標大步走去。這之

前，他 100 次提醒自己，她不是果兒，現在不需要對自己重複了。他的血一直是冷的，不會因一點點少年時代記憶中的火苗就熱起來。拾荒女甚至沒有注意到來人，滑膛就開了槍。垃圾場上不需要消音，他的槍是露在外面開的，聲音很響，槍口的火光像小小的雷電將周圍的垃圾山照亮了一瞬間，由於距離遠，在空氣中翻滾的子彈來得及唱出它的歌，那嗚嗚聲音像萬鬼哭號。

這也是一次超速快冷卻，子彈像果汁機中飛旋的刀片，瞬間將目標的心臟切得粉碎，她在倒地之前已經死了。她倒下後，立刻與垃圾融為一體，本來能顯示出她存在的鮮血也被垃圾吸收了。

在意識到背後有人的一瞬間，滑膛猛地轉身，看到畫家站在那裡，他的長髮在夜風中飄動，浸透了星環的光，像藍色的火焰。

「他們讓你殺了她？」畫家問。

「履行合同而已，你認識她？」

「是的，她常來看我的畫，她認字都不多，但能看懂那些畫，而且和你一樣喜歡它們。」

「合同裡也有你。」

畫家平靜地點點頭，沒有絲毫恐懼：「我想到了。」

「只是好奇問問，為甚麼不要錢？」

「我的畫都是描寫貧窮與死亡的，如果一夜之間成了百萬富翁，我的藝術就死了。」

滑膛點點頭：「你的藝術將活下去，我真的很喜歡你的畫。」說着他抬起了槍。

「等等，你剛才說是在履行合同，那能和我簽一個合同嗎？」

滑膛點點頭：「當然可以。」

「我自己的死無所謂，為她復仇吧。」畫家指指拾荒女倒下的地方。

「讓我用我們這個行業的商業語言說明你的意思：你委託我加工一批工件，這些工件曾經委託我加工你們兩個工件。」

畫家再次點點頭：「是這樣的。」

滑膛鄭重地說：「沒有問題。」

「可我沒有錢。」

滑膛笑笑：「你賣給我的那幅畫，價錢真的太低了，它已足夠支付這樁業務了。」

「那謝謝你了。」

「別客氣，履行合同而已。」

死亡之火再次噴出槍口，子彈翻滾着，嗚哇怪叫着穿過空氣，穿透了畫家的心臟，血從他的胸前和背後噴向空中，他倒下後兩三秒鐘，這些飛揚的鮮血才像溫熱的雨撒落下來。

「這沒必要。」

聲音來自滑膛背後，他猛轉身，看到垃圾場的中央站着一個人，一個男人，穿着幾乎與滑膛一樣的皮夾克，看上去還年輕，相貌平常，雙眼映出星環的藍光。

滑膛手中的槍下垂着，沒有對準新來的人，他只是緩緩扣動扳機，大鼻子的擊錘懶洋洋地抬到了最高處，處於一觸即發的狀態。

「是警察嗎？」滑膛問，口氣很輕鬆隨便。

來人搖搖頭。

「那就去報警吧。」

來人站着沒動。

「我不會在你背後開槍的，我只加工合同中的工件。」

「我們現在不干涉人類的事。」來人平靜地說。

這話像一道閃電擊中了滑膛，他的手不由一鬆，左輪的擊錘落回到原位。他細看來人，在星環的光芒下，無論怎麼看，他都是一個

普通的人。

「你們，已經下來了？」滑膛問，他的語氣中出現了少有的緊張。

「我們早就下來了。」

接着，在第四地球的垃圾場上，來自兩個世界的兩個人長時間地沉默着。這凝固的空氣使滑膛窒息，他想説點甚麼，這些天的經歷，使他下意識地提出了一個問題：

「你們那兒，也有窮人和富人嗎？」

第一地球人微笑了一下説：「當然有，我就是窮人。」他又指了一下天空中的星環，「他們也是。」

「上面有多少人？」

「如果你是指現在能看到的這些，大約有五十萬人，但這只是先遣隊，幾年後到達的一萬艘飛船將帶來十億人。」

「十億？他們……不會都是窮人吧？」

「他們都是窮人。」

「第一地球上的世界到底有多少人呢？」

「二十億。」

「一個世界裡怎麼可能有那麼多窮人？」

「一個世界裡怎麼不可能有那麼多是窮人？」

「我覺得，一個世界裡的窮人比例不可能太高，否則這個世界就變得不穩定，那富人和中產階級也過不好了。」

「以目前第四地球所處的階段，很對。」

「還有不對的時候嗎？」

第一地球人低頭想了想，説：「這樣吧，我給你講講第一地球上窮人和富人的故事。」

「我很想聽。」滑膛把槍插回懷裡的槍套中。

「兩個人類文明十分相似，你們走過的路我們都走過，我們也有

過你們現在的時代：社會財富的分配雖然不勻，但維持着某種平衡，窮人和富人都不是太多，人們普遍相信，隨着社會的進步，貧富差距將進一步減小，他們憧憬着人人均富的大同時代。但人們很快會發現事情要複雜得多，這種平衡很快就要被打破了。」

「被甚麼東西打破的？」

「教育。你也知道，在你們目前的時代，教育是社會下層進入上層的唯一途徑，如果社會是一個按溫度和含鹽度分成許多水層的海洋，教育就像一根連通管，將海底水層和海面水層連接起來，使各個水層之間不至於完全隔絕。」

「你接下來可能想說，窮人越來越上不起大學了。」

「是的，高等教育費用日益昂貴，漸漸成了精英子女的特權。但就傳統教育而言，即使僅僅是為了市場的考慮，它的價格還是有一定限度的，所以那條連通管雖然已經細若游絲，但還是存在着。可有一天，教育突然發生了根本的變化，一個技術飛躍出現了。」

「是不是可以直接向大腦裡灌知識了？」

「是的，但知識的直接注入只是其中的一部分。大腦中將被植入一台超級計算機，它的容量遠大於人腦本身，它存貯的知識可變為植入者的清晰記憶。但這只是它的一個次要功能，它是一個智力放大器，一個思想放大器，可將人的思維提升到一個新的層次。這時，知識、智力、深刻的思想、甚至完美的心理和性格、藝術審美能力等等，都成了商品，都可以買得到。」

「一定很貴。」

「是的，很貴，將你們目前的貨幣價值做個對比，一個人接受超等教育的費用，與在北京或上海的黃金地段買兩到三套 150 平米的商品房相當。」

「要是這樣，還是有一部分人能支付得起的。」

「是的，但只是一小部分有產階層，社會海洋中那條連通上下層的管道徹底中斷了。完成超等教育的人的智力比普通人高出一個層次，他們與未接受超等教育的人之間的智力差異，就像後者與狗之間的差異一樣大。同樣的差異還表現在許多其他方面，比如藝術感受能力等。於是，這些超級知識階層就形成了自己的文化，而其餘的人對這種文化完全不可理解，就像狗不理解交響樂一樣。超級知識分子可能都精通上百種語言，在某種場合，對某個人，都要按禮節使用相應的語言。在這種情況下，在超級知識階層看來，他們與普通民眾的交流，就像我們與狗的交流一樣簡陋了……於是，一件事就自然而然地發生了，你是個聰明人，應該能想到。」

　　「富人和窮人已經不是同一個……同一個……」

　　「富人和窮人已經不是同一個物種了，就像窮人和狗不是同一個物種一樣，窮人不再是人了。」

　　「哦，那事情可真的變了很多。」

　　「變了很多，首先，你開始提到的那個維持社會財富平衡、限制窮人數量的因素不存在了。即使狗的數量遠多於人，他們也無力製造社會不穩定，只能製造一些需要費神去解決的麻煩。隨便殺狗是要受懲罰的，但與殺人畢竟不一樣，特別是當狂犬病危及到人的安全時，把狗殺光也是可以的。對窮人的同情，關鍵在於一個同字，當雙方相同的物種基礎不存在時，同情也就不存在了。這是人類的第二次進化，第一次與猿分開來，靠的是自然選擇；這一次與窮人分開來，靠的是另一條同樣神聖的法則：私有財產不可侵犯。」

　　「這法則在我們的世界也很神聖的。」

　　「在第一地球的世界裡，這項法則由一個叫社會機器的系統維持。社會機器是一種強有力的執法系統，它的執法單元遍佈世界的每一個角落，有的執法單元只有蚊子大小，但足以在瞬間同時擊斃

上百人。它們的法則不是你們那個阿西莫夫的三定律，而是第一地球的憲法基本原則：私有財產不可侵犯。它們帶來的並不是專制，它們的執法是絕對公正的，並非傾向於有產階層，如果窮人那點兒可憐的財產受到威脅，他們也會根據憲法去保護的。

「在社會機器強有力的保護下，第一地球的財富不斷地向少數人集中。而技術發展導致了另一件事，有產階層不再需要無產階層了。在你們的世界，富人還是需要窮人的，工廠裡總得有工人。但在第一地球，機器已經不需要人來操作了，高效率的機器人可以做一切事情，無產階層連出賣勞動力的機會都沒有了，他們真的一貧如洗。這種情況的出現，完全改變了第一地球的經濟實質，大大加快了社會財富向少數人集中的速度。

「財富集中的過程十分複雜，我向你説不清楚，但其實質與你們世界的資本運作是相同的。在我曾祖父的時代，第一地球 60% 的財富掌握在 1000 萬人手中；在爺爺的時代，世界財富的 80% 掌握在 1 萬人手中；在爸爸的時代，財富的 90% 掌握在 42 人手中。

「在我出生時，第一地球的資本主義達到了頂峰上的頂峰，創造了令人難以置信的資本奇跡：99% 的世界財富掌握在一個人的手中！這個人被稱做終產者。

「這個世界的其餘二十多億人雖然也有貧富差距，但他們總體擁有的財富只是世界財富總量的 1%，也就是説，第一地球變成了由一個富人和二十億個窮人組成的世界，窮人是二十億，不是我剛才告訴你的十億，而富人只有一個。這時，私有財產不可侵犯的憲法仍然有效，社會機器仍在忠實地履行着它的職責，保護着那一個富人的私有財產。

「想知道終產者擁有甚麼嗎？他擁有整個第一地球！這個行星上所有的大陸和海洋都是他家的客廳和庭院，甚至第一地球的大氣層

都是他私人的財產。

　　「剩下的二十億窮人，他們的家庭都住在全封閉的住宅中，這些住宅本身就是一個自給自足的微型生態循環系統，他們用自己擁有的那可憐的一點點水、空氣和土壤等資源在這全封閉的小世界中生活着，能從外界索取的，只有不屬於終產者的太陽能了。

　　「我的家坐落在一條小河邊，周圍是綠色的草地，一直延伸到河沿，再延伸到河對岸翠綠的群山腳下，在家裡就能聽到群鳥鳴叫和魚兒躍出水面的聲音，能看到悠然的鹿群在河邊飲水，特別是草地在和風中的波紋最讓我陶醉。但這一切不屬於我們，我們的家與外界嚴格隔絕，我們的窗是密封舷窗，永遠都不能開的。要想外出，必須經過一段過渡艙，就像從飛船進入太空一樣，事實上，我們的家就像一艘宇宙飛船，不同的是，惡劣的環境不是在外面而是在裡面！我們只能呼吸家庭生態循環系統提供的污濁的空氣，喝經千萬次循環過濾的水，吃以我們的排泄物為原料合成再生的難以下嚥的食物。而與我們僅一牆之隔，就是廣闊而富饒的大自然，我們外出時，穿着像一名宇航員，食物和水要自帶，甚至自帶氧氣瓶，因為外面的空氣不屬於我們，是終產者的財產。

　　「當然，有時也可以奢侈一下，比如在婚禮或節日甚麼的，這時我們走出自己全封閉的家，來到第一地球的大自然中，最令人陶醉的是呼吸第一口大自然的空氣時，那空氣是微甜的，甜得讓你流淚。但這是要花錢的，外出之前我們都得吞下一粒藥丸大小的空氣售貨機，這種裝置能夠監測和統計我們吸入空氣的量，我們每呼吸一次，銀行賬戶上的錢就被扣除一點。對於窮人，這真的是一種奢侈，每年也只能有一兩次。我們來到外面時，也不敢劇烈活動，甚至不動只是坐着，以控制自己的呼吸量。回家前還要仔細地刮刮鞋底，因為外面的土壤也不屬於我們。

「現在告訴你我母親是怎麼死的。為了節省開支，她那時已經有三年沒有到戶外去過一次了，節日也捨不得出去。這天深夜，她竟在夢遊中通過過渡門到了戶外！她當時做的一定是一個置身於大自然中的夢。當執法單元發現她時，她已經離家有很遠的距離了，執法單元也發現了她沒有吞下空氣售貨機，就把她朝家裡拖，同時用一隻機械手卡住她的脖子，它並沒想掐死她，只是不讓她呼吸，以保護另一個公民不可侵犯的私有財產——空氣。但到家時她已經被掐死了，執法單元放下她的屍體對我們說：她犯了盜竊罪。我們要被罰款，但我們已經沒有錢了，於是母親的遺體就被沒收抵賬。要知道，對一個窮人家庭來說，一個人的遺體是很寶貴的，佔它重量 70% 的是水啊，還有其他有用的資源。但遺體的價值還不夠繳納罰款，社會機器便從我們家抽走了相當數量的空氣。

　　「我們家生態循環系統中的空氣本來已經嚴重不足，一直沒錢補充，在被抽走一部分後，已經威脅到了內部成員的生存。為了補充失去的空氣，生態系統不得不電解一部分水，這個操作使得整個系統的狀況急劇惡化。主控電腦發出了警報：如果我們不向系統中及時補充 15 升水的話，系統將在三十小時後崩潰。警報燈的紅色光芒瀰漫在每個房間。我們曾打算到外面的河裡偷些水，但旋即放棄了，因為我們打到水後還來不及走回家，就會被無所不在的執法單元擊斃。父親沉思了一會兒，讓我不要擔心，先睡覺。雖然處於巨大的恐懼中，但在缺氧的狀態下，我還是睡着了。不知過了多長時間，一個機器人推醒了我，它是從與我家對接的一輛資源轉換車上進來的，它指着旁邊一桶清澈晶瑩的水說：這就是你父親。資源轉換車是一種將人體轉換成能為家庭生態循環系統所用資源的流動裝置，父親就是在那裡將自己體內的水全部提取出來，而這時，就在離我家不到一百米處，那條美麗的河在月光下嘩嘩地流着。資源轉換車從他

的身體還提取了其他一些對生態循環系統有用的東西：一盒有機油脂、一瓶鈣片，甚至還有硬幣那麼大的一小片鐵。

「父親的水拯救了我家的生態循環系統，我一個人活了下來，一天天長大，五年過去了。在一個秋天的黃昏，我從舷窗望出去，突然發現河邊有一個人在跑步，我驚奇是誰這麼奢侈，竟捨得在戶外這樣呼吸？！仔細一看，天啊，竟是終產者！他慢下來，放鬆地散着步，然後坐在河邊的一塊石頭上，將一隻赤腳伸進清澈的河水裡。他看上去是一個健壯的中年男人，但實際已經兩千多歲了，基因工程技術還可以保證他再活這麼長時間，甚至永遠活下去。不過在我看來，他真的是一個很普通的人。

「又過了兩年，我家的生態循環系統的運行狀況再次惡化，這樣小規模的生態系統，它的壽命肯定是有限的。終於，它完全崩潰了。空氣中的含氧量在不斷減少，在缺氧昏迷之前，我吞下了一枚空氣售貨機，走出了家門。像每一個家庭生態循環系統崩潰的人一樣，我坦然地面對着自己的命運：呼吸完我在銀行那可憐的存款，然後被執法機器掐死或擊斃。

「這時我發現外面的人很多，家庭生態循環系統開始大批量地崩潰了。一個巨大的執法機器懸浮在我們上空，播放着最後的警告：『公民們，你們闖入了別人的家裡，你們犯了私闖民宅罪，請盡快離開！不然……』離開？我們能到哪裡去？自己的家中已經沒有可供呼吸的空氣了。

「我與其他人一起，在河邊碧綠的草地上盡情地奔跑，讓清甜的春風吹過我們蒼白的面龐，讓生命瘋狂地燃燒……

「不知過了多長時間，我們突然發現自己銀行裡的存款早就呼吸完了，但執法單元們並沒有採取行動。這時，從懸浮在空中的那個巨型執法單元中傳出了終產者的聲音。

「『各位好，歡迎光臨寒舍！有這麼多的客人我很高興，也希望你們在我的院子裡玩得愉快，但還是請大家體諒我，你們來的人實在是太多了。現在，全球已有近十億人因生態循環系統崩潰而走出了自己的家，來到我家，另外那十多億可能也快來了，你們是擅自闖入，侵犯了我這個公民的居住權和隱私，社會機器採取行動終止你們的生命是完全合理合法的，如果不是我勸止了它們那麼做，你們早就全部被激光蒸發了。但我確實勸止了他們，我是個受過多次超等教育的有教養的人，對家裡的客人，哪怕是違法闖入者，都是講禮貌的。但請你們設身處地地為我想想，家裡來了二十億客人，畢竟是稍微多了些，我是個喜歡安靜和獨處的人，所以還是請你們離開寒舍。我當然知道大家在地球上無處可去，但我為你們，為二十億人準備了兩萬艘巨型宇宙飛船，每艘都有一座中等城市大小，能以光速的百分之一航行。上面雖沒有完善的生態循環系統，但有足夠容納所有人的生命冷藏艙，足夠支持 5 萬年。我們的星系中只有地球這一顆行星，所以你們只好在恆星際間尋找自己新的家園，但相信一定能找到的。宇宙之大，何必非要擠在我這間小小的陋室中呢？你們沒有理由恨我，得到這幢住所，我是完全合理合法的，我從一個經營婦女衛生用品的小公司起家，一直做到今天的規模，完全是憑藉自己的商業才能，沒有做過任何違法的事，所以，社會機器在以前保護了我，以後也會繼續保護我，保護我這個守法公民的私有財產，它不會容忍你們的違法行徑，所以，還是請大家盡快動身吧，看在同一進化淵源的份上，我會記住你們的，也希望你們記住我，保重吧。』

「我們就是這樣來到了第四地球，航程延續了 3 萬年，在漫長的星際流浪中，損失了近一半的飛船，有的淹沒於星際塵埃中，有的被黑洞吞食……但，總算有一萬艘飛船，十億人到達了這個世界。好了，這就是第一地球的故事，二十億個窮人和一個富人的故事。」

「如果沒有你們的干涉，我們的世界也會重複這個故事嗎？」聽完了第一地球人的講述，滑膛問道。

「不知道，也許會也許不會，文明的進程像一個人的命運，變幻莫測的……好，我該走了，我只是一名普通的社會調查員，也在為生計奔忙。」

「我也有事要辦。」滑膛說。

「保重，弟弟。」

「保重，哥哥。」

在星環的光芒下，兩個世界的兩個男人分別向兩個方向走去。

滑膛走進了總統大廳，社會財富液化委員會的 13 個常委一起轉向他。朱漢楊說：

「我們已經驗收了，你幹得很好，另一半款項已經匯入你的賬戶，儘管錢很快就沒用了……還有一件事想必你已經知道：哥哥文明的社會調查員已君臨地球，我們和你做的事都無意義，我們也沒有進一步的業務給你了。」

「但我還是攬到了一項業務。」

滑膛說着，掏出手槍，另一支手向前伸着，啪啪啪啪啪啪啪，七顆澄黃的子彈掉在桌面上，與手中大鼻子彈倉中的 6 顆加起來，正好 13 顆。

在 13 個富翁臉上，震驚和恐懼都只閃現了很短的時間，接下來的只有平靜，這對他們來說，可能只意味着解脫。

外面，一群巨大的火流星劃破長空，強光穿透厚厚的窗簾，使水晶吊燈黯然失色，大地劇烈震動起來。第一地球的飛船開始進入大氣層。

「還沒吃飯吧？」許雪萍問滑膛，然後指着桌上的一堆方便麵說，「咱們吃了飯再說吧。」

他們把一個用於放置酒和冰塊的大銀盆用三個水晶煙灰缸支起來，在銀盆裡加上水。然後，他們在銀盆下燒起火來，用的是百元鈔票，大家輪流着將一張張鈔票放進火裡，出神地看着黃綠相間的火焰像一個活物般歡快地跳動着。

　　當燒到 135 萬時，水開了。

**2005.9.4　於娘子關**

思想者

# 太陽

　　他仍記得 34 年前第一次看到思雲山天文台時的感覺,當救護車翻過一道山樑後,思雲山的主峰在遠方出現,觀象台的球形屋頂反射着夕陽的金光,像鑲在主峰上的幾粒珍珠。

　　那時他剛從醫學院畢業,是一名腦外科見習醫生,作為主治醫生的助手,到天文台來搶救一位不能搬運的重傷員,那是一名到這裡做訪問研究的英國學者,散步時不慎躍下山崖摔傷了腦部。到達天文台後,他們為傷員做了顱骨穿刺,吸出了部分淤血,降低了腦壓,當病人改善到能搬運的狀態後,便用救護車送他到省城醫院做進一步的手術。

　　離開天文台時已是深夜,在其他人向救護車上搬運病人時,他好奇地打量着周圍那幾座球頂的觀象台,它們的位置組合似乎有某種晦澀的含義,如月光下的巨石陣。在一種他在以後的一生中都百思不得其解的神秘力量的驅使下,他走向最近的一座觀象台,推門走了進去。

　　裡面沒有開燈,但有無數小信號燈在亮着,他感覺是從有月亮的星空走進了沒有月亮的星空。只有細細的一縷月光從球頂的一道縫隙透下來,投在高大的天文望遠鏡上,用銀色的線條不完整地勾畫出它的輪廓,使它看上去像深夜的城市廣場中央一件抽象的現代藝術品。

　　他輕步走到望遠鏡的底部,在微弱的光亮中看到了一大堆裝置,其複雜超出了他的想像,正在他尋找着可以把眼睛湊上去的鏡頭時,從門那邊傳來一個輕柔的女聲:

　　「這是太陽望遠鏡,沒有目鏡的。」

　　一個穿着白色工作服的苗條身影走進門來,很輕盈,彷彿從月

光中飄來的一片羽毛。這女孩子走到他面前,他感到了她帶來的一股輕風。

「傳統的太陽望遠鏡,是把影像投在一塊幕板上,現在大多是在顯示器上看了……醫生,您好像對這裡很感興趣。」

他點點頭:「天文台,總是一個超脫和空靈的地方,我挺喜歡這種感覺的。」

「那您幹嘛要從事醫學呢?噢,我這麼問很不禮貌的。」

「醫學並不僅僅是瑣碎的技術,有時它也很空靈,比如我所學的腦醫學。」

「哦?您用手術刀打開大腦,能看到思想?」她說。他在微弱的光線中看到了她的笑容,想起了那從未見過的投射到幕板上的太陽,消去了逼人的光焰,只留下溫柔的燦爛,不由心動了一下。他也笑了笑,並希望她能看到自己的笑容。

「我,盡量看吧。不過你想想,那用一隻手就能托起的蘑菇狀的東西,竟然是一個豐富多彩的宇宙,從某種哲學觀點看,這個宇宙比你所觀察的宇宙更為宏大,因為你的宇宙雖然有幾百億光年大,但好像已被證明是有限的;而我的宇宙無限,因為思想無限。」

「呵,不是每個人的思想都是無限的,但醫生,您可真像是有無限想像的人。至於天文學,它真沒有您想像的那麼空靈,在幾千年前的尼羅河畔和幾百年前的遠航船上,它曾是一門很實用的技術,那時的天文學家,往往長年纍月在星圖上標註成千上萬顆恆星的位置,把一生消耗在星星的人口普查中。就是現在,天文學的具體研究工作大多也是枯燥乏味沒有詩意的,比如我從事的項目,我研究恆星的閃爍,沒完沒了地觀測記錄再觀測再記錄,很不超脫,也不空靈。」

他驚奇地揚起眉毛:「恆星在閃爍嗎?像我們看到的那樣?」看

到她笑而不語，他自嘲地笑着搖搖頭，「噢，我當然知道那是大氣折射。」

她點點頭：「不過呢，作為一個視覺比喻這還真形象，去掉基礎恆量，只顯示輸出能量波動的差值，閃爍中的恆星看起來還真是那個樣子。」

「是由於黑子、斑耀甚麼的引起的嗎？」

她收起笑容，莊嚴地搖搖頭：「不，這是恆星總體能量輸出的波動，其動因要深刻得多，如同一盞電燈，它的光度變化不是由於周圍的飛蛾，而是由於電壓的波動。當然恆星的閃爍波動是很微小的，只有十分精密的觀測儀器才能覺察出來，要不我們早被太陽的閃爍烤焦了。研究這種閃爍，是了解恆星的深層結構的一種手段。」

「你已經發現了甚麼？」

「還遠不到發現甚麼的時候，到目前為止我們還只觀測了一顆最容易觀測的恆星 —— 太陽的閃爍，這種觀測可能要持續數年，同時把觀測目標由近至遠，逐步擴展到其他恆星……知道嗎，我們可能花十幾年的時間在宇宙中採集標本，然後才談得上歸納和發現。這是我博士論文的題目，但我想我會一直把它做下去的，用一生也說不定。」

「如此看來，你並不真覺得天文學枯燥。」

「我覺得自己在從事一項很美的事業，走進恆星世界，就像進入一個無限廣闊的花園，這裡的每一朵花都不相同……您肯定覺得這個比喻有些奇怪，但我確實有這種感覺。」

她說着，似乎是無意識地向牆上指指，向那方向看去，他看到牆上掛着一幅畫，很抽象，畫面只是一條連續起伏的粗線。注意到他在看甚麼時，她轉身走過去從牆上取下那幅畫遞給他，他發現那條起伏的粗線是用思雲山上的雨花石鑲嵌而成的。

「很好看，但這表現的是甚麼呢？一排鄰接的山峰嗎？」

「最近我們觀測到太陽的一次閃爍，其劇烈的程度和波動方式在近年來的觀測中都十分罕見，這幅畫就是它那次閃爍時輻射能量波動的曲線。呵，我散步時喜歡收集山上的雨花石，所以……」

但此時吸引他的是另一條曲線，那是信號燈的弱光在她身軀的一側勾出的一道光邊，而她的其餘部分都與周圍的暗影融為一體。如同一位卓越的國畫大師在一張完全空白的宣紙上信手勾出的一條飄逸的墨線，僅由於這條柔美曲線的靈氣，宣紙上所有的一塵不染的空白立刻充滿了生機和內涵……在山外他生活的那座大都市裡，每時每刻都有上百萬個青春靚麗的女孩子在追逐着浮華和虛榮，像一大群做布朗運動的分子，沒有給思想留出哪怕一瞬間的寧靜。但誰能想到，在這遠離塵囂的思雲山上，卻有一個文靜的女孩子在長久地凝視星空……

「你能從宇宙中感受到這樣的美，真是難得，也很幸運。」他覺察到了自己的失態，收回目光，把畫遞還給她，但她輕輕地推了回來。

「送給您做個紀念吧，醫生，威爾遜教授是我的導師，謝謝你們救了他。」

十分鐘後，救護車在月光中駛離了天文台。後來，他漸漸意識到自己的甚麼東西留在了思雲山上。


## 時光之一

直到結婚時，他才徹底放棄了與時光抗衡的努力。這一天，他把自己單身宿舍的東西都搬到了新婚公寓，除了幾件不適於兩人共享的東西，他把這些東西拿到了醫院的辦公室，漫不經心地翻看着，

其中有那幅雨花石鑲嵌畫，看着那條多彩的曲線，他突然想到，思雲山之行已經是十年前的事了。

# 人馬座 α 星

這是醫院裡年青人組織的一次春遊，他很珍惜這次機會，因為以後這類事越來越不可能請他參加了。這次旅行的組織者故弄玄虛，在路上一直把所有車窗的簾子緊緊拉上，到達目的地下車後讓大家猜這是哪兒，第一個猜中者會有一份不錯的獎勵。他一下車立刻知道了答案，但沉默不語。

思雲山的主峰就在前面，峰頂上那幾個珍珠似的球形屋頂在陽光下閃亮。

當有人猜對這個地方後，他對領隊說要到天文台去看望一個熟人，然後徑自沿着那條通向山頂的盤山公路徒步走去。

他沒有說謊，但心裡也清楚那個連姓名都不知道的她並不是天文台的工作人員，十年後她不太可能還在這裡。其實他壓根就沒想走進去，只是想遠遠地看看那個地方，十年前在那裡，他那陽光燦爛燥熱異常的心靈瀉進了第一縷月光。

一小時後他登上了山頂，在天文台的油漆已斑駁退色的白色柵欄旁，他默默地看着那些觀象台，這裡變化不大，他很快便認出了那座曾經進去過的圓頂建築。他在草地上的一塊方石上坐下，點燃一支煙，出神地看着那扇已被歲月留下痕跡的鐵門，腦海中一遍遍重放着那珍藏在他記憶深處的畫面：那鐵門半開着，一縷如水的月光中，飄進了一片輕盈的羽毛……他完全沉浸在那逝去的夢中，以至於現實的奇跡出現時並不吃驚：那個觀象台的鐵門真的開了，那片曾在月光中

出現的羽毛飄進陽光裡，她那輕盈的身影匆匆而去，進入了相鄰的另一座觀象台。這過程只有十幾秒鐘，但他堅信自己沒有看錯。

五分鐘後，他和她重逢了。

他是第一次在充足的光線下看到她，她與自己想像的完全一樣，對此他並不驚奇，但轉念一想已經十年了，那時在月光和信號燈弱光中隱現的她與現在應該不太一樣，這讓他很困惑。

她見到他時很驚喜，但除了驚喜似乎沒有更多的東西：「醫生，您知道我是在各個天文台巡迴搞觀測項目的，一年只能有半個月在這裡，又遇上了您，看來我們真有緣份！」她輕易地說出了最後那句話，更證實了他的感覺：她對他並沒有更多的東西，不過，想到十年後她還能認出自己，也感到一絲安慰。

他們談了幾句那個腦部受傷的英國學者後來的情況，然後他問：「你還在研究恆星閃爍嗎？」

「是的。對太陽閃爍的觀測進行了兩年，然後我們轉向其他恆星，您容易理解，這時所需的觀測手段與對太陽的觀測完全不同，項目沒有新的資金，中斷了好幾年，我們三年前才重新恢復了這個項目，現在正在觀測的恆星有二十五顆，數量和範圍還在擴大。」

「那你一定又創作了不少雨花石畫。」

他這十年中從記憶深處無數次浮現的那月光中的笑容，這時在陽光下出現了：「啊，您還記得那個！是的，我每次來思雲山還是喜歡收集雨花石，您來看吧！」

她帶他走進了十年前他們相遇的那座觀象台，他迎面看到一架高大的望遠鏡，不知道是不是十年前的那架太陽望遠鏡，但周圍的電腦設備都很新，肯定不是那時留下來的。她帶他來到一面高大的弧形牆前，他在牆上看到了熟悉的東西：大小不一的雨花石鑲嵌畫。每幅畫都只是一條波動曲線，長短不一，有的平緩如海波，有的陡峭

如一排高低錯落的塔松。

她挨個告訴他這些波形都來自哪些恆星，「這些閃爍我們稱為恆星的 A 類閃爍，與其他閃爍相比它們出現的次數較少。A 類閃爍與恆星頻繁出現的其他閃爍的區別，除了其能量波動的劇烈程度大幾個數量級外，其閃爍的波形在數學上也更具美感。」

他困惑地搖搖頭：「你們這些基礎理論科學家們時常在談論數學上的美感，這種感覺好像是你們的專利，比如你們認為很美的麥克斯韋方程，我曾經看懂了它，但看不出美在哪兒……」

像十年前一樣，她突然又變得莊嚴了：「這種美像水晶，很硬，很純，很透明。」

他突然注意到了那些畫中的一幅，説：「哦，你又重做了一幅？」看到她不解的神態，他又説：「就是你十年前送給我的那幅太陽閃爍的波形圖呀。」

「可……這是人馬座 α 星的一次 A 類閃爍的波形，是在……嗯……去年 10 月觀測到的。」

他相信她表現出的迷惑是真誠的，但他更相信自己的判斷，這個波形他太熟悉了，不僅如此，他甚至能夠按順序回憶出組成那條曲線的每一粒雨花石的色彩和形狀。他不想讓她知道，在過去十年裡，除去他結婚的最後一年，他一直把這幅畫掛在單身宿舍的牆上，每個月總有那麼幾天，熄燈後窗外透進的月光足以使躺在床上的他看清那幅畫，這時他就開始默數那組成曲線的雨花石，讓自己的目光像一個甲蟲沿着曲線爬行，一般來説，當爬完一趟又返回一半路程時他就睡着了，在夢中繼續沿着那條來自太陽的曲線漫步，像踏着塊塊彩石過一條永遠見不到彼岸的河……

「你能夠查到十年前的那條太陽閃爍曲線嗎？日期是那年的 4 月 23 日。」

「當然能。」她用很特別的目光看了他一眼，顯然對他如此清晰地記得那日期有些吃驚。她來到電腦前，很快調出了那列太陽閃爍波形，然後又調出了牆上的那幅畫上的人馬座 α 星閃爍波形，立刻在屏幕前呆住了。

兩列波形完美地重疊在一起。

當沉默延長到無法忍受時，他試探着說：「也許，這兩顆恆星的結構相同，所以閃爍的波形也相同，你說過，A 類閃爍是恆星深層結構的反映。」

「它們雖同處主星序，光譜型也同為 G2，但結構並不完全相同。關鍵在於，就是結構相同的兩顆恆星也不會出現這樣的情況，都是榕樹，您見過長得完全相同的兩棵嗎？如此複雜的波形竟然完全重疊，這就相當於有兩棵連最末端的枝丫都一模一樣的大榕樹。」

「也許，真有兩棵一模一樣的大榕樹。」他安慰說，知道自己的話毫無意義。

她輕輕地搖搖頭，突然又想到了甚麼，猛地站起來，目光中除了剛才的震驚又多了恐懼。

「天啊。」她說。

「甚麼？」他關切地問。

「您……想過時間嗎？」

他是個思維敏捷的人，很快捕捉到她的想法：「據我所知，人馬座 α 星是距我們最近的恆星，這距離好像是……4 光年吧。」

「1.3 秒差距，就是 4.25 光年。」她仍被震驚攫住，這話彷彿是別人通過她的嘴說出的。

現在事情清楚了：兩個相同的閃爍出現的時間相距 8 年零 6 個月，正好是光在兩顆恆星間往返一趟所需的時間。當太陽的閃爍光線在 4.25 年後傳到人馬座 α 星時，後者發生了相同的閃爍，又過了

同樣長的時間，人馬座 α 星的閃爍光線傳回來，被觀測到。

她又伏在計算機上進行了一陣演算，自語道：「即使把這些年來兩顆恆星的相互退行考慮進去，結果仍能精確地對上。」

「讓你如此不安我很抱歉，不過這畢竟是一件無法進一步證實的事，不必太為此煩惱吧。」他又想安慰她。

「無法進一步證實嗎？也不一定：太陽那次閃爍的光線仍在太空中傳播，也許會再次導致一顆恆星產生相同的閃爍。」

「比人馬座 α 星再遠些的下一顆恆星是……」

「巴納德星，1.81 秒差距，但它太暗，無法進行閃爍觀測；再下一顆，佛耳夫 359，2.35 秒差距，同樣太暗，不能觀測；再往遠，萊蘭 21185，2.52 秒差距，還是太暗……只有到天狼星了。」

「那好像是我們能看到的最亮的恆星了，有多遠？」

「2.65 秒差距，也就是 8.6 光年。」

「現在太陽那次閃爍的光線在太空中已行走了 10 年，已經到了那裡，也許天狼星已經閃爍過了。」

「但它閃爍的光線還要再等 7 年多才能到達這裡。」

她突然像從夢中醒來一樣，搖着頭笑了笑：「呵，天啊，我這是怎麼了？太可笑了！」

「你是說，作為一名天文學家，有這樣的想法很可笑？」

她很認真地看着他：「難道不是嗎？作為腦外科醫生，如果您同別人討論思想是來自大腦還是心臟，有甚麼感覺？」

他無話可說了，看到她在看錶，他便起身告辭，她沒有挽留他，但沿下山的公路送了他很遠。他克制了朝她要電話號碼的衝動，因為他知道，自己在她眼中不過是一個十年後又偶然重逢的陌路人而已。

告別後，她返身向天文台走去，山風吹拂着她那白色的工作衣，

突然喚起他十年前那次告別的感覺，陽光彷彿變成了月光，那片輕盈的羽毛正離他遠去……像一個落水者極力抓住一根稻草，他決意要維持他們之間那蛛絲般的聯繫，幾乎是本能地，他衝她的背影喊道：

「如果，7年後你看到天狼星真的那樣閃爍了……」

她停下腳步轉過身來，微笑着回答他：「那我們就還在這裡見面！」

## 時光之二

婚姻使他進入了一種完全不同的生活，但真正徹底改變生活的是孩子，自從孩子出生後，生活的列車突然由慢車變成特快，越過一個又一個沿途車站，永不停歇地向前趕路。旅途的枯燥使他麻木了，他閉上雙眼不再看沿途那千篇一律的景色，在疲倦中顧自睡去。但同許多在火車上睡覺的旅客一樣，心靈深處的一個小小的時鐘仍在走動，使他在到達目的地前的一分鐘醒來。

這天深夜，妻兒都已睡熟，他難以入睡，一種神秘的衝動使他披衣來到陽台上。他仰望着在城市的光霧中暗淡了許多的星空，在尋找着，找甚麼呢？好一會兒他才在心裡回答自己：找天狼星。這時他不由打了一個寒顫。

七年已經過去，現在，距他和她相約的那個日子只有兩天了。

## 天狼星

昨天下了今年的第一場雪，路面很滑，最後一段路出租車不能走了，他只好再一次徒步攀登思雲山的主峰。

路上，他不止一次地質疑自己的精神是否正常。事實上，她赴約的可能性為零，理由很簡單：天狼星不可能像 17 年前的太陽那樣閃爍。在這 7 年裡，他涉獵了大量的天文學和天體物理學知識，7 年前那個發現的可笑讓他無地自容，她沒有當場嘲笑，也讓他感激萬分。現在想想，她當時那種認真的樣子，不過是一種得體的禮貌而已，7 年間他曾無數次回味分別時她的那句諾言，越來越從中體會出一種調侃的意味……隨着天文觀測向太空軌道的轉移，思雲山天文台在四年前就不存在了，那裡的建築變成了度假別墅，在這個季節已空無一人，他到那兒去幹甚麼？想到這裡他停下了腳步，這 7 年的歲月顯示出了它的力量，他再也不可能像當年那樣輕鬆地登山了。他猶豫了一會兒，最終還是放棄了返回的念頭，繼續向前走。

　　在這人生過半之際，就讓自己最後追一次夢吧。

　　所以，當他看到那個白色的身影時，真以為是幻覺。天文台舊址前的那個穿着白色風衣的身影與積雪的山地背景融為一體，最初很難分辨，但她看到他時就向這邊跑過來，這使他遠遠看到了那片飛過雪地的羽毛。他只是呆立着，一直等她跑到面前。她喘息着一時説不出話來，他看到，除了長髮換成短髮，她沒變太多，7 年不是太長的時間，對於恆星的一生來說連彈指一揮間都算不上，而她是研究恆星的。

　　她看着他的眼睛説：「醫生，我本來不抱希望能見到您，我來只是為了履行一個諾言，或者說滿足一個心願。」

　　「我也是。」他點點頭。

　　「我甚至，甚至差點錯過了觀測時間，但我沒有真正忘記這事，只是把它放到記憶中一個很深的地方，在幾天前的一個深夜裡，我突然想到了它……」

　　「我也是。」他又點點頭。

他們沉默了，只聽到陣陣松濤聲在山間迴蕩。

「天狼星真的那樣閃爍了？」他終於問道，聲音微微發顫。

她點點頭：「閃爍波形與 17 年前太陽那次和 7 年前人馬座 α 星那次精確重疊，一模一樣，閃爍發生的時間也很精確。這是孔子三號太空望遠鏡的觀測結果，不會有錯的。」

他們又陷入長時間的沉默，松濤聲在起伏轟響，他覺得這聲音已從群山間盤旋而上，充盈在天地之間，彷彿是宇宙間的某種力量在進行着低沉而神秘的合唱……他不由打了個寒顫。她顯然也有同樣的感覺，打破沉默，似乎只是為了擺脫這種恐懼。

「但這種事情，這種已超出了所有現有理論的怪異，要想讓科學界嚴肅地面對它，還需要更多的觀測和證據。」

他說：「我知道，下一個可觀測的恆星是……」

「本來小犬座的南河二星可以觀測，但五年前該星的亮度急劇減弱到可測值以下，可能是漂浮到它附近的一片星際塵埃所致，這樣，下一次只能觀測天鷹座的河鼓二星了。」

「它有多遠？」

「5.1 秒差距，16.6 光年，17 年前的太陽閃爍信號剛剛到達那顆恆星。」

「這就是說，還要再等將近 17 年？」

她緩緩地點點頭：「人生苦短啊。」

她最後這句話觸動了他心靈深處的甚麼東西，他那被冬風吹得發乾的雙眼突然有些濕潤：「是啊，人生苦短。」

她說：「但我們至少還有時間再這樣相約一次。」

這話使他猛地抬起頭來，呆呆地望着她，難道又要分別 17 年？！

「請您原諒，我現在心裡很亂，我需要時間思考。」她拂開被風吹到額前的短髮說，然後看透了他的心思，動人地笑了起來，「當然，

我給您我的電話和郵箱，如果您願意的話，我們以後常聯繫。」

他長長地鬆了一口氣，彷彿飄渺大洋上的航船終於看到了岸邊的燈塔，心中充滿了一種難言的幸福感，「那……我送你下山吧。」

她笑着搖搖頭，指指後面的圓頂度假別墅：「我要在這裡住一陣兒，別擔心，這裡有電，還有一戶很好的人家，是常駐山裡的護林哨……我真的需要安靜，很長時間的安靜。」

他們很快分手，他沿着積雪的公路向山下走去，她站在思雲山的頂峰上久久地目送着他，他們都準備好了這 17 年的等待。


# 時光之三

在第三次從思雲山返回後，他突然看到了生命的盡頭，他和她的生命都再也沒有多少個 17 年了，宇宙的廣漠使光都慢得像蝸牛，生命更是灰塵般微不足道。

在這 17 年的頭 5 年裡他和她保持着聯繫，他們互通電子郵件，有時也打電話，但從未見過面，她居住在另一個很遠的城市。以後，他們各自都走向人生的巔峰，他成為著名腦醫學專家和這個大醫院的院長，她則成為國家科學院院士。他們要操心的事情多了起來，同時他明白，同一個已取得學術界最高地位的天文學家，過多地談論那件把他們聯繫在一起的神話般的事件是不適宜的。於是他和她相互間的聯繫漸漸少了，到 17 年過完一半時，這聯繫完全斷了。

但他很坦然，他知道他們之間還有一個不可能中斷的紐帶，那就是在廣漠的外太空中正在向地球日夜兼程的河鼓二的星光，他們都在默默地等待它的到達。

# 河鼓二星

　　他和她在思雲山主峰見面時正是深夜，雙方都想早來些以免讓對方等自己，所以都在凌晨 3 點多攀上山來。他們各自的飛行車都能輕而易舉地到達山頂，但兩人都不約而同地把車停在山腳下，徒步走上山來，顯然都想找回過去的感覺。

　　自從十年前被劃為自然保護區後，思雲山成了這世界上少有的越來越荒涼的地方，昔日的天文台和度假別墅已成為一片被藤蔓覆蓋的廢墟，他和她就在這星光下的廢墟間相見。他最近還在電視上見過她，所以已熟悉歲月在她身上留下的痕跡，但今夜沒有月亮，無論怎樣想像，他都覺得面前的她還是 34 年前那個月光中的少女，她的雙眸映着星光，讓他的心融化在往昔的感覺中。

　　她說：「我們先不要談河鼓二好嗎？這幾年我在主持一個研究項目，就是觀測恆星間 A 類閃爍的傳遞。」

　　「呵，我一直以為你不敢觸及這個發現，或乾脆把它忘了呢。」

　　「怎麼會呢？真實的存在就應該去正視，其實就是經典的相對論和量子力學描述的宇宙，其離奇和怪異已經不可思議了……這幾年的觀測發現，A 類閃爍的傳遞是恆星間的一種普遍現象，每時每刻都有無數顆恆星在發生初始的 A 類閃爍，周圍的恆星再把這個閃爍傳遞開去，任何一顆恆星都可能成為初始閃爍的產生者或其他恆星閃爍的傳遞者，所以整個星際看起來很像是雨中泛起無數圈漣漪的池塘……怎麼，你並不感到吃驚？」

　　「我只是感到不解：僅觀測了四顆恆星的閃爍傳遞就用了三十多年，你們怎麼可能……」

　　「你是個十分聰明的人，應該能想到一個辦法。」

　　「我想……是不是這樣：尋找一些相互之間相距很近的恆星來觀

測，比如兩顆恆星 A 和 B，它們距地球都有一萬光年，但它們之間相距僅 5 光年，這樣你們就能用 5 年時間觀察到它們一萬年前的一次閃爍傳遞。」

「你真的是聰明人！銀河系內有上千億顆恆星，可以找到相當數量的這類恆星對。」

他笑了笑，並像 34 年前一樣，希望她能在夜色中看到自己的笑。

「我給你帶來了一件禮物。」他說着，打開背上山來的一個旅行包，拿出一個很奇怪的東西，足球大小，初看上去像是一團胡亂團起的漁網，對着天空時，透過它的孔隙可以看到斷斷續續的星光。他打開手電，她看到那東西是由無數米粒大小的小球組成的，每個小球都伸出數目不等的幾根細得幾乎看不見的細桿與其他小球相連，構成了一個極其複雜的網架系統。他關上手電，在黑暗中按了一下網架底座上的一個開關，網架中突然充滿了快速移動的光點，令人眼花繚亂，她彷彿在看着一個裝進了幾萬隻熒火蟲的空心玻璃球。再定睛細看，她發現光點最初都是由某一個小球發出，然後向周圍的小球傳遞，每時每刻都有一定比例的小球在發出原始光點，或傳遞別的小球發出的光點，她形象地看到了自己的那個比喻：雨中的池塘。

「這是恆星閃爍傳遞模型嗎？！啊，真美，難道……你已經預見到這一切？！」

「我確實猜測恆星閃爍傳遞是宇宙間的一種普遍現象，當然是僅憑直覺。但這個東西不是恆星閃爍傳遞模型。我們院裡有一個腦科學研究項目，用三維全息分子顯微定位技術，研究大腦神經元之間的信號傳遞，這就是一小部分右腦皮層的神經元信號傳遞模型，當然只是很小很小一部分。」

她着迷地盯着這個星光竄動的球體：「這就是意識嗎？」

「是的，正如巨量的 0 和 1 的組合產生了計算機的運算能力一

樣，意識也只是由巨量的簡單連接產生的，這些神經元間的簡單連接聚集到一個巨大的數量，就產生了意識，換句話説，意識，就是超巨量的節點間的信號傳遞。」

他們默默地注視着這個星光燦爛的大腦模型，在他們周圍的宇宙深淵中，飄浮着銀河系的千億顆恆星，和銀河系外的千億個恆星系，在這無數的恆星之間，無數的 A 類閃爍正在傳遞。

她輕聲説：「天快亮了，我們等着看日出吧。」

於是他們靠着一堵斷牆坐下來，看着放在前面的大腦模型，那閃閃的螢光有一種強烈的催眠作用，她漸漸睡着了。


# 思想者

她逆着一條蒼茫的灰色大河飛行，這是時光之河，她在飛向時間的源頭，群星像寒冷的冰磧漂浮在太空中。她飛得很快，撲動一下雙翅就越過上億年時光。宇宙在縮小，群星在匯聚，背景輻射在劇增，百億年過去了，群星的冰磧開始在能量之海中融化，很快消散為自由的粒子，後來粒子也變為純能。太空開始發光，最初是暗紅色，她彷彿潛行在能量的血海之中；後來光芒急劇增強，由暗紅變成橘黃，再變為刺目的純藍，她似乎在一個巨大的霓虹燈管中飛行，物質粒子已完全溶解於能量之海中。透過這炫目的空間，她看到宇宙的邊界球面如巨掌般收攏，她懸浮在這已收縮到只有一間大廳般大小的宇宙中央，等待着奇點的來臨。終於一切陷入漆黑，她知道已在奇點中了。

一陣寒意襲來，她發現自己站立在廣闊的白色平原上，上面是無限廣闊的黑色虛空。看看腳下，地面是純白色的，覆蓋着一層濕

滑的透明膠液。她向前走，來到一條鮮紅的河流邊，河面覆蓋着一層透明的膜，可以看到紅色的河水在膜下湧動。她離開大地飛升而上，看到血河在不遠處分了叉，還有許多條樹枝狀的血河，構成了一個複雜的河網。再上升，血河細化為白色大地上的血絲，而大地仍是一望無際。她向前飛去，前面出現了一片黑色的海洋，飛到海洋上空時她才發現這海不是黑的，呈黑色是因為它深而完全透明，廣闊海底的山脈歷歷在目，這些水晶狀的山脈呈放射狀由海洋的中心延伸到岸邊……她拚命上升，不知過了多長時間才再次向下看，這時整個宇宙已一覽無遺。

這宇宙是一隻靜靜地看着她的巨大的眼睛。

……

她猛地醒來，額頭濕濕的，不知是汗水還是露水。他沒睡，一直在身邊默默地看着她，他們前面的草地上，大腦模型已耗完了電池，穿行於其中的星光熄滅了。

在他們上方，星空依舊。

「『他』在想甚麼？」她突然問。

「現在嗎？」

「在這 34 年裡。」

「源於太陽的那次閃爍可能只是一次原始的神經元衝動，這種衝動每時每刻都在發生，大部分像蚊子在水塘中點起的微小漣漪，轉瞬即逝，只有傳遍全宇宙的衝動才能成為一次完整的感受。」

「我們耗盡了一生時光，只看到『他』的一次甚至自己都感覺不到的瞬間衝動？」她迷茫地說，彷彿仍在夢中。

「耗盡整個人類文明的壽命，可能也看不到『他』的一次完整的感覺。」

「人生苦短啊。」

「是啊，人生苦短……」

「一個真正意義上的孤獨者。」她突然沒頭沒尾地説。

「甚麼？」他不解地看着她。

「呵，我是説『他』之外全是虛無，『他』就是一切，還在想，也許還做夢，夢見甚麼呢……」

「我們還是別試圖做哲學家吧！」他一揮手像趕走甚麼似地説。

她突然想起了甚麼，從靠着的斷牆上直起身説：「按照現代宇宙學的宇宙暴脹理論，在膨脹的宇宙中，從某一點發出的光線永遠也不可能傳遍宇宙。」

「這就是説，『他』永遠也不可能有一次完整的感覺。」

她兩眼平視着無限遠方，沉默許久，突然問道：「我們有嗎？」

她的這個問題令他陷入對往昔的追憶，這時，思雲山的叢林中傳來了第一聲鳥鳴，東方的天際出現了一線晨光。

「我有過。」他很自信地回答。是的，他有過，那是 34 年前，在這個山峰上的一個寧靜的月夜，一個月光中羽毛般輕盈的身影，一雙仰望星空的少女的眼睛……他的大腦中發生了一次閃爍，並很快傳遍了他的整個心靈宇宙，在以後的歲月中，這閃爍一直沒有消失。這個過程更加宏偉壯麗，大腦中所包含的那個宇宙，要比這個星光燦爛的已膨脹了 150 億年的外部宇宙更為宏大，外部宇宙雖然廣闊，畢竟已被證明是有限的，而思想無限。

東方的天空越來越亮，群星開始隱沒，思雲山露出了剪影般的輪廓，在它高高的主峰上，在那被蔓藤覆蓋的天文台廢墟中，這兩個年近六十的人期待地望着東方，等待着那個光輝燦爛的腦細胞升出地平線。

2002.7.24　於娘子關

坍縮

坍縮將在凌晨 1 時 24 分 17 秒時發生。

對坍縮的觀測將在國家天文台最大的觀測廳進行，這個觀測廳接收在同步軌道上運行的太空望遠鏡發回的圖像，並把它投射到一面面積有一個籃球場大小的巨型屏幕上。現在，屏幕上還是空白。到場的人並不多，但都是理論物理學、天體物理學和宇宙學的權威，對即將到來的這一時刻，他們是這個世界上少數真正能理解其含義的人。此時他們靜靜地坐着，等着那一時刻，就像剛剛用泥土做成的亞當夏娃等着上帝那一口生命之氣一樣。只有天文台的台長在焦躁地來回踱着步。巨型屏幕出了故障，而負責維修的工程師到現在還沒來，如果她來不了的話，來自太空望遠鏡的圖像只能在小屏幕上顯示，那這一偉大時刻的氣氛就差多了。

丁儀教授走進了大廳。

科學家們都提前變活了，他們一齊站了起來。除了半徑二百光年的宇宙，能讓他們感到敬畏的就是這個人了。

丁儀同往常一樣的目空一切，沒有同任何人打招呼，也沒有坐到那把為他準備的大而舒適的椅子上去，而是信步走到大廳的一角，欣賞起那裡放在玻璃櫃中的一個大陶土盤來。這個陶土盤是天文台的鎮台之寶，是價值連城的西周時代的文物，上面刻着幾千年前已化為塵土的眼睛所看到的夏夜星圖。這個陶土盤經歷了滄海桑田的漫長歲月已到了崩散的邊緣，上面的星圖模糊不清，但大廳外面的星空卻絲毫沒變。

丁儀掏出一個大煙斗，向一個上衣口袋裡挖了一下，就挖出了滿滿一斗煙絲，然後旁若無人地點上煙斗抽了起來。大家都很驚詫，因為他有嚴重的氣管炎，以前是不抽煙的，別人也不敢在他面前抽煙。再説，觀測大廳裡嚴禁吸煙，而那個大煙斗產生的煙比十支香煙都多。

但，丁教授是有資格做任何事情的。他創立了統一場論，實現了愛因斯坦的夢。他的理論對宇宙大尺度空間所作的一系列預言都得到了實際觀測的精確證實。後來，使用統一場論的數學模型，上百台巨型計算機不間斷地運行了三年，得出了令人難以置信的結論：已膨脹了二百億年的宇宙將在兩年後轉為坍縮。

現在，這兩年時間只剩不到一個小時了。白色的煙霧在丁儀的頭上聚集盤旋，形成夢幻般的圖案，彷彿是他那不可思議的思想從大腦中飄出……

台長小心翼翼地走到丁儀身邊，說：「丁老，今天省長要來，請到他不容易，請您一定對省長施加一些影響，讓他給我們多少撥一些錢。本來不該用這些事使您分心的，但台裡的經費狀況已到了山窮水盡的地步，國家今年不可能再給錢，只能向省裡要了。我們是國內主要的宇宙學觀測基地，可您看我們到了甚麼地步，連射電望遠鏡的電費都拿不出，現在，我們已經開始打它的主意了。」台長指了指丁儀正欣賞的古老的星圖盤，「要不是有文物法，我們早就賣掉它了！」

這時，省長同兩名隨行人員一起走進了大廳，他們的臉上露着忙碌的疲憊，把一縷塵世的氣息帶進這超脫的地方。「對不起，哦，丁老您好，大家好，對不起來晚了。今天是連續暴雨後的第一個晴天，洪水形勢很緊張，長江已接近一九九八年的最高水位了。」

台長激動地說了許多歡迎的話，然後把省長領到丁儀面前，「下面請丁老為您介紹一下宇宙坍縮的概念……」他同時向丁儀遞了個眼色。

「這樣好不好，我先說說自己對這個概念的理解，然後請丁老和各位科學家指正。首先，哈勃發現了宇宙的紅移現象，是哪一年我記不清了。我們所能觀測到的所有星系的光譜都向紅端移動，根據開

普勒效應，這顯示所有的星系都在離我們遠去。由以上現象我們可以得出結論：宇宙在膨脹之中，由此又得出結論：宇宙是在二百億年前的一次大爆炸中誕生的。如果宇宙的總質量小於某一數值，宇宙將永遠膨脹下去；如果總質量大於某一數值，則萬有引力逐漸使膨脹減速，最後使其停止，之後，宇宙將在引力作用下走向坍縮。以前宇宙中所能觀測到的物質總量使人們傾向於第一個結論，但後來發現中微子具有質量，並且在宇宙中發現了大量的以前沒有觀測到的暗物質，這使宇宙的總質量大大增加，使人們又轉向了後一個結論，認為宇宙的膨脹將逐漸減慢，最後轉為坍縮，宇宙中的所有星系將向一個引力中心聚集，這時，同樣由於開普勒效應，在我們眼中所有星系的光譜將向藍端移動，即藍移。現在，丁老的統一場論計算出了宇宙由膨脹轉為坍縮的精確時間。」

「精彩！」台長恭維地拍了幾下手，「像您這樣對基礎科學有如此了解的領導是不多的，我想，丁老也是這麼認為的。」他又向丁儀使了個眼色。

「他說的基本正確。」丁儀慢慢地把煙灰磕到乾淨的地毯上。

「對，對，如果丁老都這麼認為……」台長高興得眉飛色舞。

「正確到足以顯示他的膚淺。」丁儀又從上衣口袋挖出一斗煙絲。

台長的表情凝固了，科學家們那邊傳來了低低的幾聲笑。

省長很寬容地笑了笑，「我也是學的物理專業，但以後這三十年，我都差不多忘光了，同在場的各位相比，我的物理學和宇宙學知識，怕是連膚淺都達不到。唉，我現只記得牛頓三定律了。」

「但離理解它還差得很遠。」丁儀點上了新裝的煙絲。

台長哭笑不得地搖搖頭。

「丁老，我們生活在兩個完全不同的世界裡。」省長感慨地說，「我的世界是一個現實的、無詩意的、繁瑣的世界，我們整天像螞蟻

一樣忙碌，目光也像螞蟻一樣受到局限。有時深夜從辦公室裡出來，抬頭看看星空，已是難得的奢侈了。您的世界充滿着空靈與玄妙，您的思想跨越上百光年的空間和上百億年的時間，地球對於您只是宇宙中的一粒灰塵，現世對於您只是永恆中短得無法測量的一瞬，整個宇宙似乎都是為了滿足您的好奇心而存在的。說句真心話，丁老，我真有些嫉妒您。我年輕時做過那樣的夢，但進入您的世界太難了。」

「但今天晚上並不難，您至少可以在丁老的世界中呆一會兒，一起目睹這個世界最偉大的一瞬間。」台長說。

「我沒有這麼幸運。各位，很對不起，長江大堤已出現多處險情，我得馬上趕到防總去。在走之前，我還有個問題想請教丁老，這些問題在您看來可能幼稚可笑，但我苦想了很長時間也沒有弄明白。第一個問題，坍縮的標誌是宇宙由紅移轉為藍移，我們將看到所有星系的光譜同時向藍端移動。但目前能觀測到的最遠的星系距我們二百億光年，按您的計算，宇宙將在同一時刻坍縮，那樣的話，我們要過二百億年才能看到這些星系的藍移出現。即使最近的半人馬座，也要在四年之後才能看到它的藍移。」

丁儀緩緩地吐出一口煙霧，那煙霧在空中飄浮，像微縮的漩渦星系。「很好，能看到這一點，使您有點像一個物理系的學生了，儘管仍是一個膚淺的學生。是的，我們將同時看到宇宙中所有星系光譜的藍移，而不是在從四年到二百億年的時間上依次看到。這源於宇宙大尺度範圍內的量子效應，它的數學模型很複雜，是物理學和宇宙學中最難表述的概念，沒有希望使您理解。但由此您已得到第一個啟示，它提醒您，宇宙坍縮產生的效應遠比人們想像的複雜。您還有問題嗎？哦，您沒有必要馬上走，您要去處理的事情並不像您想像的那樣緊迫。」

「同您的整個宇宙相比，長江的洪水當然微不足道了。但丁老，神秘的宇宙固然令人神往，現實生活也還是要過的。我真的該走了，謝謝丁老的教誨，祝各位今晚看到你們想看的。」

「您不明白我的意思，」丁儀說，「現在長江大堤上一定有很多人在抗洪。」

「但我有我的責任，丁老，我必須回去。」

「您還是不明白我的意思，我是說大堤上的人們一定很累了，你可以讓他們也離開。」

所有的人都驚呆了。

「甚麼……離開？！幹甚麼，看宇宙坍縮嗎？」

「如果他們對此不感興趣，可以回家睡覺。」

「丁老，您真會開玩笑！」

「我是認真的，他們幹的事已沒有意義。」

「為甚麼？」

「因為坍縮。」

沉默了好長時間，省長指了指大廳一角陳列的那個古老的星圖盤說：「丁老，宇宙一直在膨脹，但從上古時代到今天，我們所看到的宇宙沒有甚麼變化。坍縮也一樣，人類的時空同宇宙時空相比，渺小到可以忽略不計，除了純理論的意義外，我不認為坍縮會對人類生活產生任何影響。甚至，我們可能在一億年之後都不會觀測到坍縮使星系產生的微小位移，如果那時還有我們的話。」

「十五億年，」丁儀說，「如果用我們目前最精密的儀器，十五億年後我們才能觀測到這種位移，那時太陽早已熄滅，大概沒有我們了。」

「而宇宙完全坍縮要二百億年，所以，人類是宇宙這棵大樹上的一滴小露珠，在它短暫的壽命中，是絕對感覺不到大樹的成長的。您

總不至於同意互聯網上那些可笑的謠言，説地球會被坍縮擠扁吧！」

這時，一位年輕姑娘走了進來，她臉色蒼白，目光黯淡，她就是負責巨型顯示屏的工程師。

「小張，你也太不像話了！你知道這是甚麼時候嗎？！」台長氣急敗壞地衝她喊道。

「我父親剛在醫院去世。」

台長的怒氣立刻消失了，「真對不起，我不知道，可你看……」

工程師沒再説甚麼，只是默默地走到大屏幕的控制計算機前，開始埋頭檢查故障。丁儀咬着煙斗慢慢走了過去。

「哦，姑娘，如果你真正了解宇宙坍縮的含義，父親的死就不會讓你這麼悲傷了。」

丁儀的話激怒了在場的所有人，工程師猛地站起來，她蒼白的臉由於憤怒而漲紅，雙眼充滿淚水。

「您不是這個世界上的人！也許，同您的宇宙相比，父親不算甚麼，但父親對我重要，對我們這些普通人重要！而您的坍縮，那不過是夜空中那弱得不能再弱的光線頻率的一點點變化而已，這變化，甚至那光線，如果不是由精密儀器放大上萬倍，誰都看不到！坍縮是甚麼？對普通人來説甚麼都不是！宇宙膨脹或坍縮，對我們有甚麼區別？！但父親對我們是重要的，您明白嗎？！」

當工程師意識到自己是在向誰發火時，她克制了自己，轉身繼續她的工作。

丁儀歎息着搖搖頭，對省長説：「是的，如您所説，兩個世界。我們的世界，」他揮手把自己和那一群物理學家和宇宙學家劃到一個圈裡，然後指指物理學家們，「小的尺度是億億分之一毫米，」又指指宇宙學家們，「大的尺度是百億光年。這是一個只能用想像來把握的世界；而你們的世界，有長江的洪水，有緊張的預算，有逝去的和

還活着的父親⋯⋯一個實實在在的世界。但可悲的是，人們總要把這兩個世界分開。」

「可您看到它們是分開的。」省長説。

「不！基本粒子雖小，卻組成了我們；宇宙雖大，我們身在其中。微觀和宏觀世界的每一個變化都牽動着我們的一切。」

「可即將發生的宇宙坍縮牽動着我們的甚麼嗎？」

丁儀突然大笑起來，這笑除了神經質外，還包含着一種神秘的東西，讓人毛骨聳然。

「好吧，物理系的學生，請背誦您所記住的時間空間和物質的關係。」

省長像一個小學生那樣順從地背了起來：「由相對論和量子力學所構成的現代物理學已證明，時間和空間不能離開物質而獨立存在，沒有絕對時空，時間、空間和物質世界是融為一體的。」

「很好，但有誰真正理解呢？您嗎？」丁儀問省長，然後轉向台長，「您嗎？」轉向埋頭工作的工程師，「您嗎？」又轉向大廳中的其他的技術人員，「你們嗎？」最後轉向科學家們，「甚至你們？！不，你們都不理解。你們仍按絕對時空來思考宇宙，就像腳踏大地一樣自然，絕對時空就是你們思想的大地，離開它你們對一切都無從把握。談到宇宙的膨脹和坍縮，你們認為那只是太空中的星系在絕對的時間空間中散開和匯聚。」他説着，踱到那個玻璃陳列櫃前，伸手打開櫃門，把那個珍貴的星圖盤拿了出來，放在手上撫摸着，欣賞着。台長萬分擔心地抬起兩隻手在星圖盤下護着，這件寶物放在那兒二十多年，還沒有人敢動一下。

台長焦急地等着丁儀把星圖盤放回原位，但他沒有，而是一抬手，把星圖盤扔了出去！

價值連城的古老珍寶，在地毯上碎成了無數陶土塊。

空氣凝固了，大家呆若木雞。只有丁儀還在悠然地踱着步，是這僵住的世界中唯一活動的因素，他的話音仍不間斷地響着。

「時空和物質是不可分的，宇宙的膨脹和坍縮包括整個時空，是的朋友們，包括整個時間和空間！」

又響起了一聲破裂聲，這是一隻玻璃水杯從一名物理學家手中掉下去。引起他們震驚的原因同其他人不一樣，不是星圖盤，而是丁儀話中的含義。

「您是說……」一名宇宙學家死死地盯住丁儀，話卡在喉嚨裡說不出來。

「是的。」丁儀點點頭，然後對省長說，「他們明白了。」

「那麼，這就是統一場數學模型的計算結果中那個負時間參量的含義？！」一名物理學家恍然大悟地說。丁儀點點頭。

「為甚麼不早些把它公佈於世？！您太不負責任了！」另一名物理學家憤怒地說。

「有甚麼用？只能引起全世界範圍的混亂，對時空，我們能做些甚麼？」

「你們都在說些甚麼？！」省長一頭霧水地問。

「坍縮……」台長，同時是一名天體物理學家，做夢似地喃喃地說。

「宇宙坍縮會對人類產生影響，是嗎？」

「影響？不，它將改變一切。」

「能改變甚麼呢？」

科學家們都在匆匆地整理着自己的思緒，沒人回答他。

「你們就告訴我，坍縮時，或宇宙藍移開始時，會發生甚麼？」省長着急地問。

「時間將反演。」丁儀回答。

「……反演?」省長迷惑地望望台長,又望望丁儀。

「時光倒流。」台長簡短地解釋。

巨型屏幕這時修好了,壯麗的宇宙出現在大家面前。為了使坍縮的出現更為直觀,太空望遠鏡發回的圖像由計算機進行變頻處理,並對頻率變化所產生的色彩效應進行了視覺上的誇張。現在所有的恆星和星系發出的光在大屏幕上都呈紅色,象徵着目前膨脹中宇宙的紅移。當坍縮開始時,它們將同時變為藍色。屏幕的一角顯示出藍移出現的倒計時:一百五十秒。

「我們的時間隨宇宙膨脹了二百億年,但現在,這膨脹的時間只剩不到三分鐘了,之後,時間將隨宇宙坍縮,時光將倒流。」丁儀走到木然的台長面前,指指摔碎的星圖盤:「不必為這件古物而痛心,藍移出現後不久,碎片就會重新復原,它會回到陳列櫃中去,多少年以後,回到土中深埋,再過幾千年的時間,它將回到燃燒的窯中,然後作為一團潮泥回到那位上古天文學家的手中……」他走到那位年輕的女工程師身邊,「也不要為你的父親悲傷,他將很快復活,你們很快就會見面。如果父親對你很重要,你應該感到安慰,因為在坍縮的宇宙中,他比你長壽,他將看着你作為嬰兒離開這個世界。是的,我們這些老人都是剛剛踏上人生旅途,而你們年輕人則已近暮年,或說幼年。」他又走到省長面前:「如果過去沒有,那麼長江的洪水未來永遠不會在您的任期內越出江堤,因為現在宇宙中的未來只剩一百秒了。坍縮宇宙中的未來就是膨脹宇宙中的過去。最大的險情要到一九九八年才會出現,但那時您的生命已接近幼年,那不是您的責任了。還有一分鐘,現在無論做甚麼,都不會對將來產生後果,大家可以做各自喜歡的事情而不必顧慮將來,在這個時間裡已經沒有將來了。至於我,我現在只是幹我喜歡、但以前由於氣管炎而不能幹的一件小事。」丁儀又用大煙斗從口袋裡挖了一鍋煙絲,點上悠

然地抽了起來。

藍移倒計時五十秒。

「這不可能！」省長叫道，「從邏輯上這説不通，時間反演？一切都將反過來進行，難道我們倒着説話嗎？這太難以想像了！」

「您會適應的。」

藍移倒計時四十秒。

「也就是説，以後的一切都是重複，那歷史和人生變得多麼乏味。」

「不會的，你將在另一個時間裡，現在的過去將是您的未來，我們現在就在那時的未來裡。您不可能記住未來，藍移開始時，您的未來一片空白，對它，您甚麼都不記得，甚麼都不知道。」

藍移倒計時二十秒。

「這不可能！」

「您將會發現，從老年走向幼年，從成熟走向幼稚是多麼合理，多麼理所當然，如果有人談起時間還有另一個流向，您會認為他是癡人説夢。快了，還有十幾秒，十幾秒後，宇宙將通過一個時間奇點，在那一點時間不存在。然後，我們將進入坍縮宇宙。」

藍移倒計時八秒。

「這不可能！真的不可能！！」

「沒關係，您很快就會知道的。」

藍移倒計時五秒，四，三，二，一，零。

宇宙中的星光由使人煩躁的紅色變為空洞的白色……

……時間奇點……

……星光由白色變為寧靜美麗的藍色，藍移開始了，坍縮開始了。……

……。了始開縮坍，了始開移藍，色藍的麗美靜寧為變色白由光星……

……點奇間時……

……色白的洞空為變色紅的躁煩人使由光星的中宙宇

。零，一，二，三，四，秒五時計倒移藍

」。的道知會就快很您，係關沒「

」！！能可不的真！能可不這「

。秒八時計倒移藍

」。宙宇縮坍入進將們我，後然。在存不間時點一那在，點奇間時個一過通將宙宇，後秒幾十，秒幾十有還，了快。夢說人癡是他為認會您，向流個一另有還間時起談人有果如，然當所理麼多……

……

**1999　於娘子關**

荊軻把放在長案上的地圖展開，秦始皇看着帛卷上徐徐顯現的敵國的山河，有一種舒適感。地圖上的山河讓他覺得容易把握，站在真實的遼闊大地上，即使是他也有一種無力感。

　　圖展到盡頭時寒光一閃，一把精緻的匕首顯露出來。咸陽宮的大殿中空氣似乎瞬間凝固。文武大臣都站在距秦始皇三丈之外，且都手無寸鐵；持械衛士離得更遠，都在台階下面，這些拉開的距離本是為了始皇帝的安全，現在卻使這突如其來的刺殺變的不可阻止。

　　秦王仍然鎮靜，他只是掃了一眼匕首，便把陰沉而犀利的目光集中在荊軻身上。心思縝密的他已經注意到了，匕首的柄對着自己，刀尖對着刺客。

　　荊軻拿起匕首，大殿上響起一兩聲短促並很快抑制住的驚呼，但秦王暗鬆了一口氣，他看到荊軻握着的是刀身，柄仍然對着自己。

　　「請陛下殺了我，」荊軻把匕首過頭頂，俯首說道，「太子丹讓我來行刺您，君命難違；但對您的敬仰讓我不可能下手。」

　　秦始皇沒有動。

　　「陛下輕刺即可，匕首淬火時浸了劇毒，我見血即死。」

　　始皇帝仍然端坐，輕輕抬手阻止了從台階下面衝上來的衛士，不動聲色地說：「像你這樣的人，如果這次不殺我，以後就更不會了。」

　　荊軻的右手滑到匕首的柄上，刀尖仍對着自己，似乎正在準備自盡。

　　「你是博學之士，去軍中為我做些事，到時再死不遲。」秦王冷冷地說，同時一擺手示意荊軻退下。

　　燕國的刺客把匕首輕放在長案上，倒着退出了大殿。

　　秦始皇隨後起身，也走到殿門外，長空萬里無雲，他看到了藍天上雪白的月亮，玲瓏剔透，像長夜留下的夢幻。

　　「荊軻，」他叫住了正在走下長階的刺客，「白天也會出月亮嗎？」

「回陛下，」長階上的荊軻一襲白衣在陽光下像雪亮的火焰，他叩首道：「日月同輝是常有的事，每月初四到十二，只要天氣好就能在白天的不同時間看到月亮。」

　　秦王點點頭，沉吟道：「哦，日月同輝是常有的事……」

　　兩年後，秦始皇再次召見荊軻。

　　當荊軻來到咸陽殿外時，看到三個官員在幾名軍士的押解下走出殿門，他們頭上的官飾已經摘掉，其中的兩人臉色煞白地低頭走過，一人已經渾身軟癱無法行走，只能由兩名軍士拖下台階，他嘴裡含糊地喊着皇上饒命之類的，好像還提到甚麼藥。這些人大概已被秦王下令處死。

　　皇帝見到荊軻時和顏悅色，好像剛才沒有發生過甚麼不愉快的事，他指指三個丟命的官員離去的方向說：「徐福的船隊出了東海再也沒有回來，總得有人負責。」

　　徐福是一個術士，聲稱能到東海上的三座仙山上為始皇帝找到長生不老的藥，他得到了一隻龐大的船隊，載有三千童男童女和大量財寶作為給持有長生藥的仙人的禮物，但船隊出航已經三年，再沒有任何消息。

　　秦始皇一擺手，趕走了剛才的話題：「我聽說你這兩年做了許多事，你發明的弓箭用同樣的力氣可以多一倍的射程；你設計的戰車裝有神奇的彈簧，在坑窪的地面上也奔馳如飛；你監建的橋樑只用一半的材料，卻更加堅固……我很高興，你是怎麼做到這些的？」

　　「我照上天的旨意做，能做成許多事。」

　　「徐福也曾經這麼說。」

　　「陛下，恕我直言，徐福這樣的術士從占卜和冥想中是無法參透上天旨意的，他們根本不懂上天的語言。」

　　「那上天的語言是甚麼？」

「數學，也就是數字和形狀，這是上天書寫世界的語言。」

秦始皇若有所思地點點頭：「好，那你最近在做些甚麼？」

「我一直在盡自己的努力，為陛下參透上天更多的旨意。」

「有進展嗎？」

「有的，陛下，我甚至感覺自己已經站在上天奧秘寶庫的大門前。」

「上天是怎樣告訴你那些奧秘的？你剛才說過上天的語言是數字和形狀。」

「圓。」

在迷惑的始皇帝面前，荊軻得到允許後拿起筆，在長案上的一張帛卷上畫了一個圓，他沒有藉助任何工具，卻把那個圓畫得很正。

「陛下，除了人工製品，您在世間萬物中見過正圓嗎？」

秦始皇想了想說：「很少見，我曾經與一頭鷹對視過，它的眸子很圓。」

「是的陛下，還有一些水中動物的卵，露珠與葉面的相交線等等，但這些我都精確測量過，都不是正圓，就像我畫的這個，看上去很圓，但有肉眼看不出來的變形和誤差，其實是個橢圓，不是真正的圓。我一直在尋找真正的圓，發現塵世中是沒有的，但天上有。」

「哦？」

「斗膽請陛下到殿外一觀蒼穹。」

秦始皇和荊軻走出殿門，發現這又是一個日月同輝的白天，晴空中太陽和月亮同時出現。

「太陽和滿月都是正圓。」荊軻指着天空說，「上天把塵世間罕見的正圓放到天上，而且放了兩個，成了天上最顯眼的存在，這已經表示的很明白了：上天的奧秘在圓裡面。」

「但圓是最簡單的形狀，除了直線就它最簡單了。」秦始皇說，

轉身返回大殿。

「但，陛下，這簡單中蘊含着深不見底的奧秘。」荊軻跟在皇帝後面説，回到長案邊時，他又用筆在帛卷上畫了一個長方形，「您請看這個長方形，它的長邊 4 寸，短邊 2 寸，其實上天在這個圖形中也有要説的話。」

「説了甚麼？」

「上天説這長方形的長邊與短邊之比是 2。」

「你在耍弄朕嗎？」

「在下不敢，這是上天説的一句簡單的話，陛下請再看。」荊軻又畫了一個長方形，「這個長方形的長邊是 9 寸，短邊是 7 寸，上天在這個圖形中表達的意思就豐富多了。」

「我看仍然極其簡單。」

「不然，陛下，這個長方形中的長邊與短邊的比值是：1.285714285714285714⋯⋯這個值中的 285714 可以無限循環，於是使比值無限精確，但永遠達不到絕對精確。您看，雖然也很簡單，但這裡面的涵義就豐富多了。」

秦始皇點點頭：「有意思。」

「下面我們看上天給出的最神奇的形狀：圓。」荊軻在之前畫的那個圓中畫了一條直徑線，「陛下您看，圓的周長與直徑的比值是一串無限長的數字，它的頭幾位是 3.1415926，在後面無限延伸，永不重複！」

「永不重複嗎？」

「是的，設想有一大張帛卷，有天下那麼大，這串數字可用最小的蠅頭篆書從這裡一直寫到天邊，然後另起一行接着寫，最後可以寫滿這覆蓋天下的帛卷，但裡面沒有重複的數字段。陛下，這個無限長的數字中，就藏着上天的奧秘啊！」

秦始皇仍然不動聲色，但荊軻注意到他的眼睛放出光來：「即使你得到了這個數字，又怎樣從中解讀出上天說的話呢？」

　　「有多種方法，其中有一種叫坐標的方法，可以把數字變成圖形。」

　　「那圖形會是甚麼？」

　　「不知道，可能是一幅提示奧秘的大圖，或者是一篇文章，甚至可能是一本書。但關鍵是要把圓周率計算到足夠多的位數才能解讀出內容來，估計得算到上萬位，甚至 10 萬位才行，而我現在，只算到區區不足百位，遠遠不足以看出甚麼來。」

　　「才算了這麼點兒？」

　　「陛下，這可是在下十年的心血啊！圓周率的計算方法是用內切或外切的多邊形逐步逼近圓形，多邊形的邊越多就越精確，算出的位數也就越多，但計算量急劇增大，非人力所能及。」

　　秦始皇盯着那個畫有直徑的圓問道：「這裡面會有長生不老的奧秘嗎？」

　　「陛下，一定會有的！」荊軻興奮起來，「生與死是上天為世界所定的最基本的規則，所以生與死的奧秘一定在這裡面，當然長生的奧秘也在其中。」

　　「那就把圓周率算出來，給你兩年時間，算到 1 萬位；五年之內，再算到 10 萬位。」

　　「陛下，這真的不可能。」

　　秦始皇用長袖指過案面，繪有圖形的帛卷和筆墨都落到地上：「需要多少人力物力你儘管開口，」他盯着荊軻的目光變得陰冷，「但一定要按時算出來。」

　　五天後，秦始皇再次召見荊軻，這次不是在咸陽宮，而是在他巡遊的途中。皇帝很關心地問起圓周率計算的進展。

荊軻俯首説：「陛下，我召集了帝國全部有能力進行這樣計算的數學家，不過 8 人而已。按照所需的計算量估算，即使窮我們 9 人畢生的精力，也只能把圓周率的位數向前推算 3000 位左右，兩年時間，竭盡全力也只能算出 300 位。」

秦始皇點點頭，示意荊軻隨他散步。他們來到一座花崗岩石碑前，石碑有兩丈多高，非同尋常的是，碑頂端有一個孔洞，石碑用穿過孔洞的粗牛皮繩懸吊在一副高大的木架上，像懸在空中的一個巨大的秤砣。平滑的碑底離地有一人多高，碑上沒有刻字。

秦始皇指着懸空的巨碑説：「你看，如果你按時算出了圓周率，這就是朕為你立的豐碑，它將被放到地上，在上面刻上你的豐功偉績；如果你算不出來，這碑就是你的恥辱柱，它當然也會被放到地上，但砍斷吊碑的繩子之前，你得先坐在碑下面。」

荊軻抬頭望望那懸空的巨石，它在上方佔據了大半個天空，在移動的白雲的背景上顯得黑乎乎的，有一種陰森般的壓迫感。

荊軻轉向皇帝説：「我的命本是陛下的，即使按時算出了圓周率，也恕不了我的罪，所以我不懼死。請再給我五天時間，如果還想不出可行的方案，我會自己坐到石碑下面的。」

四天後，荊軻請求皇帝召見，秦始皇立刻應允，顯然圓周率的計算工程是他最重要的事情。

「從你臉上能看出來，你想出辦法來了。」始皇帝微笑着説。

荊軻沒有正面回答皇帝的問題：「陛下，您説過在人力上滿足我提出的要求，不知這個承諾現在是否還有效？」

「當然。」

「我需要 300 萬軍隊。」

這個數目並沒有使始皇帝吃驚，他只是略略揚了揚眉毛：「300 萬甚麼樣的軍隊？」

「就是帝國現有的軍隊。」

「我想你應該知道，軍中的士兵大部分是文盲，兩年時間，你根本不可能教會他們那樣複雜的數學，更別説完成計算了。」

「陛下，他們需要學的計算技能，即使是最笨的士兵，我都能在一個時辰內教會。請給我三個士兵，我將為您演示。」

「三個？只要三個嗎？可以立刻給你三千個。」

「陛下，我只要三個。」

秦始皇揮手召來了三名士兵，他們都很年輕，與秦國的其他士兵一樣，一舉一動像聽從命令的機器。

「我不知道你們的名字，」荊軻拍拍前兩個士兵的肩，「你們兩個負責數字輸入，就叫入1、入2吧，」他又指指最後一名士兵，「你，負責數字輸出，就叫出吧。」他伸手撥動三名士兵，「這樣，站成一個三角形，出是頂端，入1和入2是底邊。」

「你讓他們成楔形攻擊隊形不就行了？」秦始皇有些輕蔑地看着荊軻。

荊軻從甚麼地方掏出6面小旗，3白3黑，分給三名士兵，每人一白一黑，説：「白色代表0，黑色代表1。好，現在聽我説，出，你轉身看着入1和入2，如果他們都舉黑旗，你就舉黑旗，其他的情況你都舉白旗，這種情況有三種：入1白入2黑、入1黑入2白、入1入2都是白。」

荊軻又重複了一遍剛才的話，確認三個士兵都記住後，他大聲命令：「現在開始運行！入1入2，你們每人隨意舉旗，好，舉！好，再舉！舉！」

入1和入2同時舉了三次旗，第一次是黑黑，第二次是白黑，第三次是黑白。出都進行了正確反應，分別舉起了一次黑和兩次白。

「很好，運行正確，陛下，您的士兵很聰明！」

「這白癡都會，你能告訴我他們在幹甚麼嗎？」秦始皇一臉困惑地問。

「這三個人組成了一個計算系統的部件，叫『與門』，向這個門部件中輸入的兩個數字如果都是 1，則輸出結果為 1；否則，如果輸入有一個為 0，如 01，10 或 00，則輸出為 0。」荊軻説完停了一會兒，好讓皇帝理解。

秦始皇面無表情地説：「好，繼續。」

荊軻轉向排成三角陣的三名士兵：「我們構建下一個部件：你，出，只要看到入 1 和入 2 中有一個人舉黑旗，你就舉黑旗，這種情況有三種組合：黑黑、白黑、黑白，剩下的一種情況：白白，你就舉白旗，明白了嗎？好孩子，你真聰明，門部件的正確運行你是關鍵，好好幹，會獎賞你的！下面開始運行：舉！好，再舉！再舉！好極了，運行正常，陛下，這個部件叫『或門』，在兩個輸入中有一個為 1 的情況下，輸出為 1。」

然後，荊軻又用三名士兵構建了與非門、或非門、異或門、同或門和三態門，最後只用兩名士兵構建了最簡單的非門，出總是舉與入顏色相反的旗。

荊軻對皇帝俯首説：「現在，陛下，所有的部件都已演示完畢，300 萬士兵需要學的只有這些。」

「用這樣小孩子都會的簡單把戲如何進行那麼複雜的計算？」秦始皇看荊軻的目光中充滿了不信任。

「偉大的陛下，複雜的宇宙萬物其實都是由最簡單的元素構成的，同樣，巨量的簡單元素通過適當的結構聚合為一體，則能產生極其複雜的機能。300 萬士兵將構成百萬個剛才演示的門部件，這些部件再構成一個完整的軍陣，能夠高速進行任何複雜的計算，我把它叫計算陣。」

「我還是不明白計算將如何進行。」

「這很複雜，以後如果陛下有興趣我會為您詳細解釋。現在只需說明，計算陣的計算是以一種全新的計數方式為基礎的，在這種計數方式中，只有 0 和 1 兩個數碼，就是剛才的白旗和黑旗，但這種計數方式可以用 0 和 1 表示任何數字，這使得計算陣用大量簡單部件的集成進行高速計算成為可能。」

「300 萬，幾乎是大秦的全部兵力了，不過，我給你。」秦始皇輕歎一聲，意味深長地加了一句：「快去做吧，朕感覺老了。」

一年過去了。

這又是一個晴朗的日月同輝的白天，秦始皇和荊軻站在高聳的石台上，身後是眾多的文武群臣。在他們下方，300 萬秦國軍隊宏偉的方陣鋪展在大地上，這是一個邊長 10 里的正方形。在初升的太陽下，方陣凝固了似的紋絲不動，彷彿一張由 300 萬個兵馬俑構成的巨毯，飛翔的鳥群誤入這巨毯上空時，立刻感到了下方濃重的肅殺之氣，鳥群頓時大亂，驚慌混亂地退飛或繞行。

「陛下，您的軍隊真是舉世無雙，這麼短的時間，就完成了如此複雜的訓練。」荊軻對秦始皇讚歎道。

「雖然整體上複雜，但每個士兵要做的很簡單，比起以前的軍事訓練，這算不了甚麼。」秦始皇按着長劍劍柄説。

「那麼，請陛下發出您偉大的號令吧！」荊軻用激動的聲音説。

秦始皇點點頭，一名衛士奔跑過來，握住皇帝的劍柄向後退了幾步，抽出了那柄皇帝本人無法抽出的青銅長劍，然後上前跪下將劍呈給皇帝，秦始皇對着長空揚起長劍，高聲喊道：

「成計算陣！」

戰鼓激蕩，石台四角的四尊青銅大鼎同時轟地燃燒起來，下面的士兵用宏大的合唱將始皇帝的號令傳頌下去：

「成計算陣 ── 」

下面的大地上，方陣均勻的色彩開始出現擾動，複雜精細的線路結構浮現出來，並漸漸充滿了整個方陣，十分鐘後，大地上出現了一塊 100 平方里的計算陣列。

荊軻指着下方巨大的陣列介紹道：「陛下，我把這個陣列命名為秦一號。請看，那裡，中心部分，是中央處理陣，是計算陣的核心計算部件，由您最精銳的軍團構成，對照這張圖您可以看到裡面的加法陣、寄存陣、堆棧存貯陣等；外圍整齊的部分是內存陣，構建這部分時我們發現人數不夠，好在這部分每個單元的動作最簡單，就訓練每個士兵拿多種顏色的旗幟，組合起來後，一個人就能同時完成最初二十個人的操作，這就使內存陣的容量達到了運行圓周率計算程序的最低要求；您再看那條貫穿整個陣列的通道，還有那些在通道上待命的輕騎兵，那是系統總線陣，負責在各個子陣間傳遞信息。」

兩個士兵從後面搬來一個一人多長的大帛卷，在秦始皇面前展開來，當帛卷展到盡頭時，周圍不止一人想起了似曾相識的情景，一陣頭皮發緊，但匕首並沒有出現，面前只有一張寫滿符號的大紙，那些符號都是蠅頭大小，密密麻麻，看上去與下面的計算陣列一樣複雜得令人頭暈目眩。

「殿下，這就是我編寫的圓周率計算程序。殿下您看，」荊軻指指下面的計算陣，「這陣列是硬件，而這張紙上寫的是軟件，是計算陣的靈魂。硬件和軟件，就如同琴和樂譜的關係，計算陣運行這個軟件進行圓周率的計算。」

秦始皇點點頭：「那就開始吧。」

荊軻雙手舉起，莊嚴地喊道：「奉聖上御旨，計算陣啟動！系統自檢！！」

在石台的中部，一排旗手用旗語發出指令，一時間，下面大地上 300 萬人構成的巨型陣列彷彿液化了，充滿了細密的粼粼波光，那是幾百萬面小旗在揮動。

「自檢完成！引導程序運行！操作系統加載！！」

下面，貫穿計算陣的系統總線上的輕騎兵快速運動起來，總線立刻變成了一條湍急的河流，這河流沿途又分成無數條細小的支流，滲入到各個模塊陣列之中。很快，黑白旗的漣漪演化成洶湧的浪潮，激蕩在整個陣列上。中央處理陣列區激蕩最為劇烈，像一片燃燒的火藥。突然，彷彿火藥燃盡，中央處理陣列的擾動漸漸平靜下來，最後竟完全靜止了，以它為圓心，這靜止向各個方向飛快擴散開來，像快速封凍的湖面，最後整個計算陣大部分靜止了，其間只有一些零星的死循環在以不變的節奏沒有生氣地閃動着。

「系統鎖死！」一名信號官高喊。故障原因很快查清，是中央處理陣列中狀態存貯子陣的一個門部件運行出錯。

「系統重新啟動！」荊軻胸有成竹地命令道。

「慢，」秦始皇拄着長劍説：「更換出錯部件，組成那個部件的所有兵卒，斬！以後故障照此辦理。」

一組利劍出鞘的騎兵衝進主板，斬殺了三名士兵並更換了新人，從高台上看去，陣列中的中央處理陣處出現了三灘醒目的血跡。荊軻重新發佈了啟動命令。這次啟動十分順利，10 分鐘後，圓周率計算程序進入運行狀態。主板上波光粼粼，計算陣開始了漫長的計算。

「真是很有意思。」秦始皇手指壯觀的計算陣説，「每個人如此簡單的行為，竟產生了如此複雜的智慧！」

「偉大的始皇帝，這是機器的機械運行，不是智慧。這些普通卑賤的人都是一個個 0，只有在最前面加上您這樣一個 1，他們的整體才有意義。」荊軻帶着奉承的微笑説。

「要多長時間才能算到圓周率的 1 萬位？」秦始皇問。

「十個月左右，也可能更快些。」

大將王翦上前説：「陛下請三思，即使在常規的軍事行動中，帝國大部分軍力在如此長的時間裡集結於一處開闊地，也是十分危險的行動，而陣中的 300 萬士兵都不帶兵器，只拿着兩面小旗，計算陣不是作戰隊形，在攻擊面前脆弱無比，不堪一擊；即使在平時，疏散這樣龐大的陣列也需要大半天的時間，一旦面臨攻擊，疏散撤退是根本來不及的！陛下，您看看下面的計算陣，就是砧板上的肉啊！」

秦始皇沒有回答，把目光轉向荊軻，荊軻俯首説：「王將軍所言極是，是否繼續計算，請陛下三思。」

説完，荊軻做了一個從未有過的失禮舉動，抬頭與皇帝對視了一秒鐘，那目光的含義秦始皇立刻就懂了：您的所有豐功偉績都是 0，只有加上永生這個 1 才有意義。

「將軍過慮，」皇帝一拂長袖説，「韓、魏、趙、楚四國已滅，剩下的燕齊兩國君王昏聵，國力孱弱，已是奄奄一息之幫，不足為懼。按照兩國現在的衰落趨勢，圓周率計算完成時它們可能已經自行崩潰，歸順大秦。當然，我讚賞將軍的謹慎，建議在計算陣周圍建立遠距離警戒線，同時密切注意燕齊兩軍的動向，可保萬無一失。」他高舉長劍，莊重地對着長空宣佈：「計算必須完成，我意已決！」

計算陣順暢地持續運行了一個月，成果超出預想，已經把圓周率推算到了兩千多位，隨着操作的熟練和荊軻對計算程序的進一步優化，以後的速度還會加快，照此推算，只需三年左右就可完成圓周率 10 萬位的計算目標。

計算開始後的第 45 天清晨，大霧迷漫，計算陣籠罩於迷霧中，從高台上根本看不到，而陣中的士兵前後左右能看清的也不超過 5 個人的距離。但霧並不影響計算，計算陣仍然繼續運行着，霧氣中

迴蕩着此起彼伏的口令聲和總線上輕騎兵的馬蹄聲。

在計算陣的最北邊，士兵們聽到了另一種聲音，最初隱隱約約，好似幻覺，但很快增強，這是一種轟隆隆的聲響，像濃霧中的滾雷。

這是千萬馬蹄聲的混響，一個龐大的騎兵陣列正從北方向計算陣逼近，陣列的前方高擎着燕國的大旗。騎兵的推進速度並不快，壓着馬蹄保持着嚴整的隊形，他們知道不用急，有的是時間。直到距計算陣北邊列僅一里時，燕軍才發起衝鋒，直到騎兵陣線的前鋒衝入計算陣，陣中的秦軍士兵還沒來得及看清這濃霧中突然出現的敵軍的樣子。在這第一次衝擊中，僅被奔馬的鐵蹄踏死的秦兵就有上萬人。

接下來的不是戰鬥，而是大屠殺。戰前燕軍統帥已經知道，他們的軍隊不會遇到任何有組織的抵抗，為了提高殺戮的效率，騎兵放棄了適合馬上對戰的長戟和長矛，全部裝備長刀和釘齒棍，燕國幾十萬鐵騎織成一張死亡的大地毯，所到之處，秦軍死傷狼藉。

為了避免提前驚動計算陣深處，燕軍騎兵都像殺戮機器一般在沉默中砍殺，但被踐踏和屠殺中的秦軍士兵的慘叫聲還是在濃霧中傳了出去。而計算陣中的士兵都經受了嚴苛的訓練，能夠排除外界的干擾專注於計算操作，加上迷霧的遮掩，計算陣的大部分並未覺察到陣北受到的大規模攻擊，當北方的死亡地毯有條不紊地在血泥和屍堆中推進時，計算陣的其他部分的計算操作竟然仍在進行，雖然越來越多的程序錯誤開始出現。

在第一波騎兵陣列線後面，十多萬燕軍弓箭手用重弩向計算陣深處放箭，短時間內百萬支飛箭如暴雨般落入計算陣，幾乎每支箭都能射中目標。

直到這時，計算陣內部才開始出現混亂，與此同時，敵軍進攻的消息也在陣中傳播，更加劇了混亂的蔓延。消息主要是由總線上的

輕騎兵傳播的，但隨着混亂的加劇，總線被堵塞，輕騎兵的戰馬在人群中踐踏，無數秦軍死於自己的馬蹄之下。

在計算陣未遭攻擊的南、東、西三邊，秦軍開始了紛亂的逃散，但在急劇增加的混亂中，疏散的速度很慢，已經陷入崩潰的計算陣像一滴濃得化不開的墨汁，內部擁擠成一團，只在邊緣有淡淡的散逸。

向東方逃竄的大批秦軍很快遭遇到嚴陣以待的齊國軍隊，齊軍沒有衝鋒，而是步騎結合構成了堅固的防線，原地不動等待秦軍湧入伏擊圈後圍殲。

在東線被阻斷逃路的秦軍只能向西南方向逃跑，百萬潰不成軍的散兵在平原上像一片漫流的污水，他們很快遇到了第三支強軍，與陣列嚴整的燕齊兩軍不同，這支全部由兇悍的騎兵構成的軍隊像洪水般鋪天蓋地湧來，這是從西方進攻的匈奴軍。

戰役進行到中午，強勁的西風吹散了霧霾，廣闊的戰場暴露在正午的陽光下。

這時，燕、齊和匈奴三軍已在各處會合，構成了對秦軍的包圍圈。三軍騎兵向秦軍縱深發起更加凌厲的攻擊，留在後面的殘局由跟進的步兵收拾，大批的火牛陣和拋石機也投入攻擊，大大增加了屠殺的效率。

傍晚，殘陽中的戰場上迴蕩着淒厲的號角，屍橫遍野，血流成河。這時，殘餘的秦軍已被分割包圍成三塊。

接下來是一個滿月之夜，純圓的月亮冷漠地看着大地上的屠殺，把如水的月光撒在屍山血海上。戰役徹夜進行，直到第二天清晨才結束，大秦帝國軍隊的主力全軍覆沒。

一個月後，燕齊聯軍攻陷咸陽，秦始皇被俘，秦帝國滅亡。

處死秦王的這天又是一個日月同輝的日子，月亮在湛藍的天空

中像一片剔透的雪片。

那個為荊軻造的大石碑仍然懸吊在半空中，秦始皇此時就坐在碑下面，等着燕國的行刑者砍斷吊碑的牛皮繩。

荊軻從圍觀的人群中走出來，仍是一身白衣，他來到秦王面前同他打招呼，仍稱他為陛下。

「你一直是燕國的刺客。」秦始皇說，並沒有抬頭看荊軻。

「是的，但我要消滅的不僅是您，還有您的軍隊，因為即使三年前刺殺成功，陛下死了，秦國仍然強大，有聰明的謀士和如林的強將統帥的幾百萬大軍，燕國仍難以自保。」

「你們怎麼能夠這麼快地集結這麼多的軍隊？」秦始皇問出了他此生的最後一個問題。

「在計算陣開始訓練和運行的這一年多時間裡，燕齊兩國挖了三條地道，每條長達百里，寬可跑馬，都是我設計的，聯軍就是通過地道突然出現在計算陣附近。」

秦始皇點點頭，不再說話，閉眼等待着死亡的來臨。這時監刑官發出準備行刑的號令，一個帶着砍刀的行刑者開始向懸吊石碑的高木架上爬去。

秦王聽到身邊有響動，睜眼一看，是荊軻坐在自己旁邊。

「陛下，我們一起死，這塊大石頭落下來，將成為我們共同的恥辱柱，我們的血肉將混在一起，這也許能給您些安慰。」

「你這又何必？」秦始皇冷冷地說。

「陛下，不是我想死，燕王要殺我。」

一抹微笑如輕風般掠過秦王的臉：「你功高蓋主，這下場也不奇怪。」

「這是一個原因，但主要是因為我向燕王建議建立燕國的計算陣，讓他抓住了殺我的把柄。」

秦始皇轉頭看了荊軻一眼，這次他眼中的驚奇是真誠的。

「不管您信不信，我這是為了燕國強盛。計算陣確實是毀滅大秦的一個計謀，但它本身是一項偉大的發明，通過它進行的數學計算，就能夠讀懂上天的語言，了解世界萬物最深的奧秘，這將開啟一個新時代。」

這時，行刑者已經爬到木架頂端，站在吊石碑的牛皮繩前，握刀等待指令。

在遠處的一頂華蓋下，燕王揮手示意，行刑官高聲發出行刑命令。

荊軻突然睜圓了雙眼，彷彿剛從夢中醒來一樣：「我想起來了！計算陣可以不用軍隊，不用人！與門、非門、與非門、或非門……那些部件都可以用機器代替！這些機器部件可以做得很小，它們集成起來就成為機器的計算陣！不，不應叫計算陣了，應叫計算機！大王！等等！計算機！計算機！」荊軻站起身向遠處的燕王喊道。

行刑者揮刀砍斷牛皮繩。

「計算機！！！」荊軻聲嘶力竭地喊出最後三個字。

巨石落下，在那從天而降瞬間籠罩一切的巨大陰影中，秦始皇感到了生命的終結，而在荊軻的眼中，一縷新時代的曙光熄滅了。

2013.2.17　於娘子關

圓　　245

| 責任編輯 | 許琼英 |
|---|---|
| 書籍設計 | 霍明志 |
| 排　版 | 周　榮 |
| 印　務 | 馮政光 |

| 書　名 | 時間移民　劉慈欣中短篇科幻小說選III |
|---|---|
| 作　者 | 劉慈欣 |
| 出　版 | 香港中和出版有限公司<br>Hong Kong Open Page Publishing Co., Ltd.<br>香港北角英皇道499號北角工業大廈18樓<br>http://www.hkopenpage.com<br>http://www.facebook.com/hkopenpage<br>http://weibo.com/hkopenpage<br>Email: info@hkopenpage.com |
| 香港發行 | 香港聯合書刊物流有限公司<br>香港新界荃灣德士古道220-248號荃灣工業中心16樓 |
| 印　刷 | 中華商務彩色印刷有限公司<br>香港新界大埔汀麗路36號中華商務印刷大廈 |
| 版　次 | 2023年6月香港第1版第1次印刷<br>2024年5月第2次印刷 |
| 規　格 | 32開（148mm×210mm）248面 |
| 國際書號 | ISBN 978-988-8812-31-8 |